KB138465

기이현상청 사건일지

안전가옥
오리지널
18

이산화
연작
소설

기이현상청 사건일지

차례

노을빛

"새 담당이에요?"

서류 더미를 한 아름 들고 사무실에 빼꼼 고개를 들이민 여자를 보자마자 나는 물었다. 항상 보던 사람을 보게 될 거라고 기대했는데, 아무래도 담당자가 바뀐 모양이었다. 승진했는지, 아니면 일을 그만뒀는지. 정장을 입고 있다기보단 차라리 붙잡혀 있단 표현이 적합할 듯한 여자는 창백한 얼굴로 고개를 두어 번 끄덕이고선 잔뜩 긴장한 목소리로 대답했다.

"네네, 처, 처음 뵙겠습니다. 문화체육관광부 기이현상청 행정3팀 영희예입니다."

"반가워요. 앞으로 얼굴 자주 보겠네. 기획재정부 특수예산과의 미정연이라고 해요."

그렇게 말하며 기껏 웃어 보이기까지 했건만, 여전히 뻣뻣하게 굳은 채로 불안하게 이쪽 눈치만 보는 것이 전임자를 처음 만났을 때의 모습과 아주 똑같았다. 기재부에 처음 불려 온 공무원이라면 누구나 이럴 수밖에 없기도 했고. 그러잖아도 내년 예산 편성 문제로 온 정부 부처가 기재부의 눈치를 안 볼 수 없는 시기였다. 기재부 특수예산과와 문체부 기이현상청은 중앙행정기관 중에서도 좀 많이 특수한 조직이지만, 그렇다고 해서 근본적인 역학 관계가 달라지는 것은 아니다.

"피차 바쁠 테니까, 이것저것 다 생략하고 본론으로 들어갈게요. 왜 불렀는지는 아시죠?"

"그, 예산 세부 항목 관련해서 전면 재검토 얘기가 나왔다고 들었는데요."

"맞아요. 왜, 이번 정권은 일단 한 번씩 다 엎고 보자는 게 정책 기조잖아요."

그 말을 마치고 나는 일부러 "하하." 하고 메마른 웃음을 뱉어 보았다. 의외로 이번 농담은 분위기를 누그러뜨리는 데에 조금 도움이 된 모양이었다. 다행스러운 일이었다. 이제부터는 거기에 찬물을 끼얹을 말을 해야 하니까.

"그리고, 아시겠지만 청와대에서 기이현상청을 별로 좋게 안 보고 있어요. 지난번 팔선녀 건이 해결 안 된 채로 넘어갔잖아요. 그런 정보가 언론에 새어 나간 건 사안이 좀 커서."

"그 점에 대해서 꼭 말씀드리라고 들은 게 있었는데요! 그러니까요, 그때 이후로 팔선녀 보관 상태를 여러 번 재점검했는데 아무 문제도 없었고요, 정말로 언론 탄 그 팔선녀가 우리가 아는 그것인지도 확신할 수 없고요, 따라서 그게 순응실 바깥으로 영향력을 행사했다는 증거는……."

"네, 알겠어요. 그런데 그 이야길 듣는 건 제 일이 아니네요."

기이현상청이 온갖 불온하고 위험하고 수상쩍은 초자연적 존재와 현상, 이른바 기이들을 얼마나 잘 관리하고 있는지의 문제는 전적으로 본인들 소관이다. 특수예산과의 일이란 그 업무에 국민의 혈세가 얼마나 투입되어야 마땅한지를 결정하는 것. 대한민국의 온갖 공적이고 사적인 조직 가운데서도 기이현상청은 그럭저럭 일을 깨끗이 처리하는 축에 든다고 개인적으로 생각하지만, 그래도 윗선 분위기가 분위기인 만큼 트집 하나 정도는 잡지 않으면 안 되는 것이 내 입장이다.

"보자, 우리가 처리해야 할 게 예순세 건이거든요? 쉬운 것부터 하죠. 신규 발생 기이 관리 예산안 항목 아래 보시면, 강남 오피스텔 한 층을 통째로 장기 임대 하는 데 필요한 예산이 따로 책정되어 있더라고요. 중요한 보안 시설인가 해서 확인해 봤더니 그냥 사람들 사는 데였고요. 이 임대 목적이 정당한지 아닌지 확실히 하고 싶은데요. 하필이면 이게 부동산 문제라, 국회에서도 분명히 말 나올 거라서."

"그래요? 그런 게 있나? 잠깐만요, 제가 좀 볼게요."

영희예 씨가 예산안을 넘겨받아 안경알 너머로 이리저리

훑어보는 모습을 나는 한동안 가만히 바라보았다. 전임자 같은 빠릿빠릿함은 없었지만, 또 생각해 보면 그 사람은 지나치게 빠릿빠릿했다. 기이현상청 행정3팀처럼 타 부서와 계속 부대끼며 온갖 잡다한 일을 도맡는 자리에는 걸맞지 않았다고나 할까. 자신이 가져온 서류와 예산안을 한동안 대조해 보던 영희예 씨가 곧 기운찬 목소리로 입을 열었다.

"아! 이거 그거네요. 기이 제397-3호."

"기이라고요? 그 건물이?"

"정확히는 건물이 아니라…… 최근에 추가됐으니까 못 들어 보셨을 수도 있겠다. 그, 지금 알려 드릴까요?"

당연한 소릴. 그러려고 부른 것이 아닌가. 어이없어 죽겠다는 내 표정을 어떻게 받아들인 건지, 영희예 씨는 약간 들뜬 모습으로 이야기를 시작했다.

***

"요전번에 각목 테러 사건 기억나세요? 환경 단체가 미세먼지 대책 요구하면서 시위 벌이던 도중에, 웬 남자가 달려들어서 각목 휘두르다가 붙잡혔잖아요. 그 사람 조사하다가 기이의 존재가 밝혀져서 우리가 관여하게 됐거든요."

"그 사람이 기이 때문에 테러를 한 거였다고요? 사람을 조종해서 폭력 행위로 유도하는 기이라면 보통 악령, 다차원 기생충, 고대 신의 파편 같은 종류라고 들었는데요. 그런 기이를 서울 한복판 오피스텔에 내버려 두는 건 그것대로 문제 아닌 가요?"

"상식적으로 생각하면 그렇죠? 범인은 그 방에 살던 사람 이니까, 방에 제41호 비슷한 게 있었을 것 같잖아요? 그런데 아니었어요."

영희예 씨의 말에 따르면 범인은 오피스텔 주인의 조카뻘 되는 인물로, 수년 전 주인의 부탁을 받아 방 청소를 맡은 적 이 있다고 한다. 원래 세입자가 자살했는데 가족들이 오지 않 아 부득이하게 건물주가 유품 뒤처리를 해야 했기 때문이다. 죽은 사람은 한때 중국에서 액세서리 따위를 수입하는 영세 수입 회사의 임원이었던 인물이지만, 사망 당시에는 그 직함조 차 없이 그저 외톨이에 빈털터리 신세였다.

"사업을 크게 말아먹어서 빚도 엄청 있었대요. 장례식에도 아무도 안 오고……. 아무튼 그런 사람 방을 청소하다가 범인 이 유서를 발견한 게 계기였죠. 유서도 뭐 기이 그런 게 아니라 그냥 종이였는데, 내용이 좀 신기했거든요."

"어떤 내용이었죠?"

"글쎄요, 뭐라고 해야 하지? 범행 기록이라고 말하는 게 맞겠네요. 엄청 나쁜 일을 꾸미고 있었는데, 그 내용을 유서에 다 적어 놓은 거더라고요."

엄청 나쁜 일이란 것이 무엇일지 조금 궁금했는데, 듣고 보니 정말로 나쁜 일이었다. 자살한 세입자는 사업을 하며 알게 된 온갖 연줄을 동원해 국내외의 여러 공장에 이런저런 발주를 넣고 있었다. 회사 규모를 생각하면 도무지 감당이 안 될 물량을 내놓으라고 닦달하기도 했다. 돈이 필요하면 여기저기서 빌리다가 급기야는 사채를 끌어다 썼다. 그리고 이 모든 일의 목적은 하나였다.

"특정한 제품을 생산하는 공장들을 계속 가동하게 만들려고 했대요."

"왜 그랬는데요?"

"특정한 성분의 미세먼지를 대기중에 계속 유입하려고요."

"저 하늘이 그 인간 작품이라고요?"

"그런 셈이죠."

그러니까 서울 하늘을 무슨 인스턴트 수프 같은 색으로 만들어 놓은 게, 알고 보니 오피스텔 방에서 자살한 웬 이상한 작자라는 것이다. 전적으로 그렇다는 건 물론 아니겠지만 적어도 어느 정도의 책임은 있단 소리겠지. 이것만으로도 이미 터무니없는 소리 같았지만, 정말로 터무니없는 것은 문제의 인물이 하늘에 미세먼지를 왕창 들이부음으로써 이루고자 한 궁극적 목표였다.

"방에 무슨 계산 적힌 종이가 엄청나게 쌓여 있었대요. 언제 어떻게 공장이 가동되어야 어느 시기에 바람을 타고 서울에 먼지가 도달하는가, 그때 태양의 고도가 어때야 하는가, 이런 것들이요. 그 사람은 생전 배운 적도 없을 고난도 수학이었다고 하던데. 아무튼 그렇게 계산해 봤더니 어디어디의 공장에서 나온 어떠한 성분이 포함된 미세먼지가 꼭 필요했더라는 거죠. 노을 만드는 데에요."

"노을이요?"

"유서에 쓰여 있길, 어느 날 저녁에 창밖을 바라보는데 노을이 그렇게 아름다울 수가 없었대요. 그걸 보는 순간 그런 생각이 들었다는 거죠. 내가 저런 빛깔을 다시 볼 수 있을까? 다시 보려면 어떻게 해야 할까? 똑같은 노을을 한 번이라도 더 볼 수만 있다면 여한이 없을 텐데, 그러려면 지금부터 뭘 해야 할까? 그래서 그 모든 일을 벌였다는 거죠. 그리고 범인이 유서를 여기까지 읽었을 때 마침……."

해가 뉘엿뉘엿 지고 있었다. 공교롭게도 하필 그 순간에, 대기 중 성분과 태양의 위치와 창문의 방향을 포함한 모든 복잡한 조건이 정확히 충족될 때 비로소 만들어지는 아주 기이하고도 아름다운 색상이 그 방 안을 가득 채워 버리고 말았다. 그 빛깔에 사로잡히는 순간 그에게는 한 가지 생각밖에 남지 않았다. 어떻게든 저 색을 지켜야 한다는 생각이었다. 미세먼지 대책을 요구하는 환경운동 단체의 시위 현장에 각목을 들고 난입하는 한이 있더라도.

***

"대충 이렇게 된 얘기래요."

이야기를 마친 영희예 씨의 얼굴은 놀랍도록 태연했다. 이런 점에서도 과연 전임자와는 달랐다. 한편 나는 언제나 그랬듯이 동요하는 표정을 드러내지 않으려 애쓰면서, 가능한 한 사무적으로 대답했다.

"그럼 이 항목에는 문제가 없단 소리군요."

이 대답에 영희예 씨는 활짝 핀 얼굴로 안도의 한숨을 내쉬었다. 한편 나 또한 작은 한숨을 내뱉기는 했지만, 그 의미는 정반대였다. 이제는 저녁에 창밖도 마음 놓고 못 내다보게 생겼다는 사실에 대한 한탄에 가까웠으니까. 익숙한 일이었다. 우리가 살아가는 사회 이면에 도사리고 있는 각종 위험천만한 기이의 존재를 서류상으로 확인할 때마다 새로운 걱정거리가 하나씩 늘어나는 것도, 지긋지긋하리만치 평범한 일상 곳곳이 묘한 빛깔로 덧칠되어 가는 것도. 이제 겨우 첫 번째 일거리를 마쳤을 뿐인데, 영희예 씨 앞에 높다랗게 쌓인 저 예순두 건어치의 서류 더미를 전부 파 내려갈 즈음엔 대체 세상이 얼마나 달리 보이게 될까?

'글쎄, 그걸 알아내려면 우선 저 산더미 같은 서류부터 다 끝장내야겠지만.'

속으로 그렇게 중얼거리며, 나는 다음 예산안 항목을 향해 시선을 옮겼다.

주문하신 아이스크림 나왔습니다

그즈음 일어난 사건은 모두 지구 온난화 때문에 벌어졌다고 해도 과언이 아니었다. 전 세계적인 기후 변화의 한 갈래로서 그해 여름 한반도에는 미증유의 폭염이 내리꽂혔고, 그 탓에, 당시의 내 주변에선 별별 사건이 다 일어나던 참이었다. 이를테면 인공적인 바람은 몸에 안 좋다면서 등산으로 자연과 맞서려던 아버지가 결국 쓰러지신 일이 있었다. 다니던 IT 회사의 양처럼 순한 대리가 갑작스레 사장과 난투극을 벌인 것 또한 분명 날씨가 원인이었으리라. 문제의 난투극이 몰고 온 파국 속에서 정작 회사를 그만두고 만 사람은 나였는데, 왜 전개가 그렇게 되었는지는 아직도 잘 모르겠다. 아마 너무 더워서였겠지.

그렇게 백수로 전락한 지 사흘째 되던 날, 은행에 다녀오던 발걸음이 무의식중에 동네 슈퍼마켓으로 향한 것 또한 물론 더위 때문이었다. 이글거리며 쏟아지는 햇살과 아스팔트 위에서 바짝 구워진 샌들의 협공으로 당시의 내 정신은 이미 내 것이 아니었다. 갓 구운 달걀처럼 뜨끈뜨끈해진 머릿속에는 오직 딱 한 가지 생각밖에 들지 않았다. 에어컨 빵빵하게 틀어 놓고 좋아하는 아이스크림 먹으면서 좀 쉬어야지. 그러니까 아이스크림을 사자, 아이스크림, 아이스크림! 뇌를 찾는 좀비라도 된 양 멍하니 중얼거리며, 나는 물방울 맺힌 냉동고를 향해 비틀비틀 다가갔다.

하지만 그런 내 눈앞에 드러난 광경은 참담했다. 원하던 종류의 아이스크림이라곤 단 하나도 없이, 고작해야 맛없는 단팥 아이스바 한 무더기만이 냉동고 바닥에 아슬아슬하게 깔린 꼬락서니라니. 나중에 들은 바로는 근처 종합 학원에서 아이들을 수업 동안 살려 놓고자 점심 무렵에 아이스크림을 급히 쓸어 갔다고 한다. 그래도 그렇지, 이 동네에서 몇 년을 살았건만 슈퍼 냉동고 밑바닥을 본 적은 없었는데! 깊고도 차가운 공허 속을 절박하게 뒤지며 팥맛이 아닌 무언가를 찾아보았지만 손톱에는 허연 성에밖에 걸리지 않았다. 아니면 알레르기 때문에 입에도 못 대는 복숭아 아이스크림, 내용물을 알고 싶지 않은 비닐봉지, 적어도 몇 달은 넘게 파묻혀 있었을 빙과류의 쭈글쭈글하고 서리 긴 화석…… 그리고 낯선 아이스바 하나.

"사탕초코?"

휘적거리던 손 안에 어느새 쥐어 있던 문제의 아이스바는 그때껏 본 적이 없는 제품이었다. 하지만 절대로 요즘 신제품 같진 않았다. 일단 상품명의 느낌부터가 그랬고, 길쭉한 보라색 포장지나 구석에 그려진 꿀벌 캐릭터도 마찬가지로 어딘지 모르게 어색했으니까. 뭣보다 이 배색에 이 캐릭터를 써 놓고 초코맛이라니! 냉혹한 현대 자본주의 사회의 시장에 나올 만한 상품과는 거리가 멀어도 너무 멀었다. 이 정도면 몇 달이 아니라 적어도 몇 년, 어쩌면 그보다 오래되었을지도 모른다고 생각하니 헛웃음이 나올 지경이었다. 냉동고라고 하기보단 이미 유적지 아냐?

그래서 유적지에서 출토된 아이스바를 어떻게 했느냐면, 당연히 사 들고 왔다. 슈퍼 주인도 처음 본다며 어리둥절했고, 바코드를 찍어 보았더니 엉뚱하게 피망 가격이 떴지만, 아무튼 단팥 아이스크림 네 개와 함께 균일 할인가로 구입하는 데엔 문제가 없었다. 그런 걸 왜 샀느냐고? 글쎄, 돈이 되지 않을까 싶어서? 열기에 푹 삶아지고 있었던 뇌의 사고 과정이 정확히 떠오르지는 않지만, 정말로 한참 전에 단종된 아이스크림이라면 혹시 수집가에게 비싸게 팔 수 있지 않을까, 그런 망상을 했던 것도 같다. 다시 한번 말하지만 전부 더위 때문이었다.

***

집에 도착해 에어컨 바람을 쐬고 나서도 망상은 잔열처럼 머릿속을 빙빙 돌았다. 아주 큰 돈을 바라는 건 아니었다. 할인가로 몇백 원에 산 아이스크림을 몇천 원에라도 팔 수 있다면 벌써 열 배나 이득이니, 그 정도면 충분할 것 같았다. 게다가 궁금하기도 했다. 어릴 적부터 다닌 슈퍼이니 어떤 아이스크림이 냉동고를 거쳐 갔는지도 대충은 알고 있을 텐데, 도대체 **사탕초코**라는 제품은 언제 나왔기에 기억조차 나지 않는 걸까? 제조일자며 성분 따위가 적혀 있어야 할 뒷면은 하필 잉크가 번졌는지 온통 모호한 얼룩뿐이었다. 뭐, 아무래도 좋은 일이었다. 어차피 인터넷에서 찾아보면 간단할 테니까, 그래야만 했는데…….

"뭐야, 왜 아무것도 안 나와."

별로 좋아하지도 않는 단팥 아이스바를 빨며 컴퓨터 앞에서 몇 시간을 허비했건만 성과는 제로. 제과 업체의 공식 홈페이지에서도, 아이스크림 마니아의 블로그에서도, 여러 위키와 대형 커뮤니티 사이트에서도 **사탕초코**라는 아이스크림에 대한 정보는 전혀 찾을 수 없었다. 추억하는 사람도 없었고, 흥밋거리로나마 입에 올리는 사람도 없었다. 포기하지 않고 지역의 소규모 제과 업체 정보를, 그다음에는 옛날 TV 광고와 신문 기사 아카이브를 들춰 보았지만 결과는 마찬가지였다. 심지어 인터넷의 여명 이전에 단종된 아이스크림조차 빠짐없이 언급

된 논문 속 표에서조차 **사탕초코**만큼은 한 차례도 등장하지 않았다. 마치 존재하지 않는 물건이기라도 한 것처럼.

이렇게나 정보가 부족한 상황에선 추측조차 여의치 않았다. 혹시 외국에서 제조된 조잡한 가짜 아이스크림일까? 아니면 누군가 장난삼아 심어 놓은 것 아닐까? 이래저래 머리를 굴려 보아도 찝찝한 의문을 지우기엔 역부족이었다. **사탕초코**의 포장은 비록 디자인 면에선 좀 우스웠지만, 동시에 개인이 심심풀이로 만든 작품이라기엔 너무나도 대량 생산품다운 만듦새를 하고 있었다. 어색한 이름이나 흐리멍덩한 성분 표시는 분명 외국산 짝퉁의 특징이었으나, 짝퉁을 수입해다가 싸게 팔아 치우기에 아이스크림은 유통에 지나치게 수고가 드는 상품이었다. 냉동 컨테이너에 실려 바다를 건너오는 순간 적자가 날 게 분명했다.

단팥 아이스바 네 개는 하루 만에 감쪽같이 먹어 치웠건만, **사탕초코**의 수수께끼에는 그날 끝까지 잇자국 하나 낼 수 없었다. SNS에 사진을 뿌려 집단 지성의 힘을 빌려 보겠다는 마지막 시도는 예상외의 참사까지 불러왔다. "합성사진으로 거짓말을 하는 것이 틀림없다"라고 주장하는 일단의 인터넷 자경단원들과 장장 네 시간에 걸친 무익한 말싸움을 벌여야 했으니까. 싸움이 끝나고도 여전히 화가 가시질 않아 침대에서 애꿎은 베개를 뒤틀어 대다가 잠드는 동안, 정체불명의 아이스크림이 남긴 수수께끼는 첫 모습 그대로 사고의 한구석을 그저 빙빙 돌고 있었다.

그날 밤에는 꿈을 꾸었다.

꿈속에서 나는 어느 오래된 아이스크림 가게에 앉아 있었다. 빛바랜 은색 타일, 삐걱대는 나무 테이블, 창밖의 아련한 노을빛이 차례로 잠든 정신에 스쳤다. 장미와 라임 향기가 어렴풋하게 코를 간질였다. 계산대 옆으로는 아이스크림 통 여러 개가 줄지어 놓여 있었는데, 어떤 건 색깔만으로도 맛이 대강 짐작이 갔지만 개중에는 도무지 이 세상의 것이 아닌 듯한 아이스크림도 보였다. 하얀 냉기 속에서 소용돌이치는 우주 빛깔 아이스크림을 응시하고 있자니, 시야 바깥에서 점원 한 명이 불쑥 나타났다.

"손님, 혹시 아이스크림을 아직 안 드셨나요?"

점원의 쾌활한 목소리가 은빛 벽 위로 사정없이 메아리쳤다. 한 마디 한 마디가 피리 음색처럼 귓가에 아른아른 맴도는 기이한 울림이었다. 분홍색 유니폼은 평범해 보였지만 이상하게도 그 옷을 걸친 점원의 얼굴은 알아볼 수가 없었다. 초점을 맞추려 해도 금세 이목구비가 뿌옇게 흐려지기 일쑤였다.

"이번에 구입하신 아이스크림은 우리 가게의 새로운 자신 작입니다. 맛을 보신 뒤에는 꼭 평가를 부탁드려요!"

"그래, 별로면 별로라고 솔직하게 말해."

등 뒤에서 또 하나의 목소리가 들려왔다. 이번에는 큰북처럼 무겁게 온몸을 강타하는 목소리였다. 이윽고 바닥 위를 미끄러지듯 움직이며 나타난 사람은 마찬가지로 분홍색 유니폼 차림이었고, 얼굴에서는 찬란한 빛이 뿜어져 나와 똑바로 보기가 힘들 지경이었다.

"벌레가 들어 있을지도 몰라. 입에 넣자마자 증발할지도 몰라. 이 아이가 만드는 물건이 다 그렇듯이. 그러니 불만 사항을 있는 그대로 들려주길 바라."

"손님 앞에서 왜 그래? 요번 작품은 너도 문제없다고 그랬잖아!"

"문제가 없다고는 안 했어. 문제가 없어 보인다고 했지. 입만 열면 날조네."

두 점원이 이런 식으로 신경전을 벌이던 동안에는 그저 좀 우스운 꿈일 뿐이었다. 하지만 말싸움이 그치고 둘의 시선이 내게 모이는 순간 분위기가 일시에 뒤바뀌었다. 처음으로 직시한 점원들의 얼굴은 여전히 불분명한 형상을 하고 있었지만, 안개와 광휘 속에서 각각 번뜩이는 눈빛 네 줄기만큼은 또렷했으며 거기에는 아이스크림 가게 점원에게서는 기대하기 힘든 무시무시한 위압감마저 서려 있었다. 찰나 눈을 마주쳤을 뿐인데 전신이 급속 냉동 된 금붕어처럼 딱딱하게 굳었다. 얼어붙은 노을빛 속에서는 꽃향기조차 서릿발이 되어 차갑게 식은 피부에 내려앉았다. 두 갈래의 장엄하고도 소름 끼치는 음성이 오한을 가르며 쉴 틈 없이 날아왔다.

"아이스크림을 시식할 준비는 됐어?"

"심혈을 기울였어요. 마음에 드실 거라니까요."

"조심해. 새빨간 거짓말은 이 아이 특기야."

"시시콜콜 트집 잡아 대는 게 이분 취미고요."

"먹어 보면 알게 될 거야. 누가 진실을 말하는지."

"맞아요! 빨리 드셔 보세요! 그리고 어땠는지 들려줘요!"

번갈아 고막을 때려 대는 불협화음의 이중주로부터 도망치려는 시도조차 하지 못하고, 하다못해 혀조차 움직여지질 않아서, 나는 꼼짝없이 의자 위에 못 박힌 채 눈앞의 꿈을 응시하는 수밖에 없었다. 두 사람의, 아니 두 존재의 얼굴이 형언할 수 없는 만화경처럼 뒤섞여 흘렀다. 단어와 단어가 서로 겹쳐지며 귀로는 이해할 수 없는 방언의 합창이 되어, 그 의미만이 끈적이는 시럽으로 녹아 정신을 직접 파고들었다. 드셔 보세요, 어서 먹어 봐, 감상을 알고 싶으니까…….

머리맡에서 울린 휴대전화 진동 덕택에 간신히 눈을 떠 보니, 온몸은 물론 이불까지 식은땀에 흠뻑 젖은 게 느껴졌다. 천천히 숨을 쉬며 신경을 집중하자 손가락부터 시작해서 조금씩 몸의 통제권이 돌아왔다. 원래도 가위에 이상하리만치 잘 눌리는 체질이긴 했지만, 회사에서 밤새 코딩을 하다 깜박 곯아떨어졌을 때 이후로 이렇게까지 옴짝달싹할 수 없이 당해 본 경험은 처음이었다. 문자를 확인하려 휴대전화로 손을 뻗을 수 있기까지 족히 20분은 더 걸렸고, 얕은 수면으로부터 기어 나온 의식은 겨우 두 줄을 읽는데도 숨을 헐떡였다. 문자의 내용은 이러했다.

[행정 안내] 금일 오전 11시경에 조사 목적 방문 예정입니다.
문화체육관광부 기이현상청.

문자에 적힌 낯선 정부 부처 이름을 보자마자 순식간에
정신이 확 들었다. 공무원이 집에 온다고? 황금 같은 토요일
에, 그것도 앞으로 30분 내에? 갑자기 조사는 무슨 조사? 몸
을 벌떡 일으켜 허둥지둥 샤워부터 하고, 옷을 갈아입고, 뭐
조사하러 사람 온다니까 아버지 문병은 혼자 다녀오시라고 어
머니께 황급히 말씀드리는 데에 걸린 시간이 정확히 28분이
었다. 문체부에서 도대체 왜 여기 오는지 의문을 가져 볼 시간
조차 없이, 기이현상청이 도대체 뭐 하는 기관인지 미처 알아
보기도 전에 벨 소리가 먼저 들렸다. 이어서 문 두드리는 소리,
조금 무뚝뚝한 목소리.

"계십니까? 기이현상청에서 나왔습니다!"

위협적인 말투는 아니었지만, 그래도 집에 혼자 있는 이상,
경계해서 나쁠 건 없었다. 그래서 일단 현관문 렌즈 너머를 조
심스레 살피니 파란 작업복을 입은 자그마한 여자가 눈에 들
어왔다. 가슴께에 대롱대롱 매달린 신분증에 찍힌 건 고조은
이라는 이름과 정부 기관 로고인 선명한 태극무늬. 안경알 뒤
의 눈 아래에 묻은 건 거뭇거뭇한 피곤. 다시 한번 짜내는 목

소리마저 주말 오전 근무자 특유의 진한 커피색이었다.

"인터넷에 아이스크림 사진 올리셨죠? 조사 협조 부탁드립니다! 잠깐이면 됩니다!"

그 말이 채 끝나기도 전에 내 손은 문을 열어 주고 있었다. 아무리 알아보고 또 알아보아도 해소할 수 없어 머릿속에 들러붙었던 전날의 궁금증이 충동적으로 저지른 짓이었다. 훅 밀려오는 바깥의 더운 바람 속에서, 덜 깬 이성은 그저 흐릿하게 웅얼거릴 따름이었다. 설마 나라에서 사람까지 보낼 정도라니, 모르긴 몰라도 진짜 대단한 아이스크림이긴 한 모양이라고.

*****

"흐어으어어으어어어."

무더위의 마수에서 벗어나 에어컨 바람 가득한 집 안으로 발을 들이자마자, 문체부 공무원 고조은은 몸을 축 늘어뜨리며 퇴치당하는 풍선 귀신 비슷한 소리를 냈다. 그해 여름의 한반도에서 흔히 볼 수 있는 풍경이었다. 반면에 공무원이 입은 작업복은 꽤 생소했다. 가까이서 보니 가느다란 금실로 복잡한 문양 자수가 빼곡히 놓여 있어서, 흡사 사극에서나 볼 법한 궁중 한복을 작업복 형태로 리폼해 놓은 듯한 모양새였다. 이런 땡볕 아래에 저런 걸 입고 다니다니, 사람이 방금까지 지쳐 죽어 가는 꼴이었던 것도 당연했다.

"으, 이제야 살겠네. 빨리 아이스크림부터 보죠."

"정말로 아이스크림 때문에 오신 거예요? 혹시 인터넷에 올리면 안 되는……."

"아뇨, 덕분에 찾은 건데요. 딱 그걸 찾으러 온 건 아닙니다만. 냉장고가 어딨죠?"

멋대로 발걸음을 옮기려는 공무원을 부엌으로 안내해 냉동실 문을 열어 주니, 정체를 알 수 없는 아이스바 **사탕초코**가 과연 전날과 같은 위치에 고이 놓여 있었다. 목장갑을 낀 손이 그 아이스크림을 살며시 집어 들었다. 피로 속에서도 예리하게 빛나는 눈이 꿀벌 캐릭터와 눈싸움이라도 하려는 듯 포장을 노려보기 시작했다. 떠오르는 의문을 참지 못한 내가 다시 물었다.

"문체부에서 아이스크림도 관리해요? 식약처 일인 줄 알았는데."

"평범한 아이스크림이나 그렇죠. 이 녀석은 좀 특별해서."

"검색해도 안 나오긴 하더라고요. 어찌나 신경이 쓰였는지 가위까지 눌렸다니까요."

그렇게 말했더니 공무원이 눈을 동그랗게 떴다. 계속 심드렁하게만 보이더니, 설마 이런 화제에 반응할 줄은 몰랐는데. 되묻는 목소리에도 놀란 기색이 역력했다.

"혹시 꿈은 안 꿨어요? 뭐 나오는 꿈."

"어, 그냥 좀 이상한 아이스크림 가게 점원만 둘 나왔는데요."

"촉이 되게 좋으시네. 진짜 흔치 않은데. 혹시 집안에 만신이나 영매 있어요?"

만신? 영매? 외증조할머니가 고향에서 유명한 점쟁이였다는 이야기를 얼핏 접한 기억은 있었지만, 가족도 아니고 공무원에게서 이런 단어들을 듣게 되니 적잖이 당황스러웠다. 뭐라 대답해야 할지 몰라 고개만 갸웃하고 있으려니까 이번엔 눈앞에 아이스크림이 확 들이밀어졌다. 정확히는 포장지를 세로로 가르는 흰색 봉합선 안쪽이. 접힌 부분을 검지 두 개로 들추며 공무원이 말을 이었다.

"사진에 여기가 살짝 찍혀서 왔거든요. 보이시죠? 인장 박아 놓은 거."

처음에는 무슨 인장이 박혀 있단 얘긴가 싶었는데, 눈을 찌푸리니 과연 봉합선 안쪽에 손을 맞잡은 두 사람 모양으로 움푹 파인 요철이 희미하게 보였다. 그 옆에도, 또 그 옆에도. 요철은 일정한 패턴을 반복하며 포장 끝까지 쭉 이어졌다. 더 자세히 보려고 고개를 들이밀자 문득 아찔한 어지러움이 밀려왔다. 동시에 목뒤로부터 소름이 쫙 끼쳤다. 왜냐하면 패턴에 묘사된 두 사람의 모습은, 너무 작아서 확신할 수는 없었지만 어쩐지 꿈에서 본 형체들을 연상시켜서…… 식탁을 붙잡고서 가쁘게 들이마시는 호흡 사이로 침착한 목소리가 끼어들었다.

"페르시아식 굴림 인장 양식. 그냥 도장인데도 이만큼 힘이 남아 있어요. 느껴지셨죠?"

"그, 그게 도대체 무슨 말인데요!"

한계까지 부풀어 오른 의문이 마침내 폭발했다. 하지만 대답은 어김없이 차분하고도 짧았다.

"사람이 만든 게 아니란 뜻이죠."

***

냉수를 좀 마시고서 간신히 기운을 차린 내게, 문체부 공무원은 일단 **사탕초코**를 찾아낸 장소로 안내해 주길 정중히 요청했다. 물론 그건 지옥불이 타오르는 밖으로 나가 무려 몇 분씩이나 걸어야 한다는 의미였다. 긴소매에 바지도 끝단까지 내려오는 작업복 속에서 불쌍한 공무원은 네 걸음에 한 번씩 죽는 소리를 냈다. 그 와중에도 여전히 혼란스러워하는 나를 위해 설명을 계속해 주긴 했지만.

"원래는 다 말해 드리면 안 되는 건데, 이렇게 촉이 좋은 사람은 어차피 살다 보면 다 알게 되거든요. 그러니까 그냥 말씀을 드릴게요. 혹시 귀신 믿어요? 요괴, 이매망량, 이스시, 버닝, 에너지 생명체, 뭐 그런 종류."

"어, 초자연적인 존재를 부정하진 않는데요. 가끔 뭐가 보이기도 하고……."

"그럼 얘기가 쉽네. 갖고 계신 아이스크림은 바로 그런 초자연적인 존재를 써서 만든 거예요. 정확히 말하자면 초자연

적 존재의 힘이 담긴 물건으로요. 10년 전쯤에 국립중앙박물
관에서 페르시아 유물 전시회 기획할 때 연구용으로 반입되
었다가 도둑맞은, 전문가들이 정령 항아리라고 부르는 유물이
죠. 실물을 보시면 좀 더 이해가 쉬우실 텐데, 저 슈퍼인가요?
그늘 있는?"

힘껏 발걸음을 재촉해 슈퍼 앞 차양 아래까지 도달해서
보니, 어제와는 달리 냉동고 안에는 아이스크림이 상당히 두
툼하게 쌓여 있었다. 문체부 공무원은 그 안으로 서슴없이 두
손을 찔러 넣었다. 짜릿한 냉기로 반쯤 황홀경에 빠진 목소리
가 설명을 이어 나갔다.

"제가 알기로, 그때 도둑은 바로 요 앞에 있는 성당에서
금방 잡혔어요. 박물관 직원이었죠. 그런데 훔친 유물을 어떻
게 했는지 아무리 물어봐도 입을 안 연 거예요. 안전한 곳에
숨겨 놓았다고만 말했다더라고요. 10년 동안 찾으려고 했지만,
못 찾는 게 당연하죠. 이런 데에 숨겨 뒀는데."

그렇게 말하면서 공무원이 길어 올린 것은 검은색 비닐
봉지였다. 바르르 떠는 손가락이 매듭을 풀자, 그 안에서 화
장품 앰플 크기의 빛나는 은색 병이 모습을 드러냈다. 군데군
데 검게 변색이 되어 있었지만 전체적인 형태는 멀쩡해 보였
고, 표면에는 섬세한 양각 장식이 빼곡해 고풍스러운 분위기
를 풍겼다. 장식 한가운데에는 이번에도 손을 맞잡은 사람 형
상이 뚜렷했다. 다시금 어지럼증이 몰려왔다. 꿈속의 두 점원,

아이스크림에 새겨진 인장 무늬, 그리고 여기에도……. 이쯤 되면 정말로 귀신 들린 물건이란 사실을 인정하는 수밖에 없었다. 일반적으로 생각하는 귀신 들린 물건하고는 다소 차이가 있었지만.

"정령 항아리는 중동 지방에서 흔히 발견되는 유물이에요. 제작 시기나 형태도 다양한데 이건 기원전 4세기경, 그러니까 아케메네스 왕조 페르시아의 물건이네요. 어떤 항아리든 기본적인 작동 양식은 비슷해요. 계약된 정령이 들어 있어서, 가까이 손을 댄 사람의 욕망을 감지하면 그에 따라 도움을 주게 되어 있죠."

"그런 물건이 동네 슈퍼 냉동고에 있었다고요? 10년 동안?"

"도둑이 머릴 쓴 거예요. 너무 오래 작동하지 않으면 정령하고 계약이 끊기거든요. 도둑맞은 당시에도 이미 불안한 상태였는데, 범인은 그걸 알고서 일부러 아이스크림 냉동고에 유물을 집어넣어 둔 거예요. 여기에 손을 집어넣는 순간엔 누구나 똑같이 안전한 욕망만을 품을 테니까요. 10년 동안 이 녀석은 들키지 않고 아이스크림만 만들어 왔겠죠."

그러니까 이건 괴담에서 자주 나와 익숙할 법한 저주받은 유물이 아니었다. 다른 의미로 익숙한 물건이기는 했다. 중동의 신비로운 항아리 속에 일을 도와주는 정령이 갇혀 있다는 이야기라면 세상에 모르는 사람이 없을 테니까. 《천일야화》와

디즈니 애니메이션을 거쳐 이제는 전 세계적으로 유명해진 중동 지역의 민담에 딱 그런 정령이 등장하지 않던가?

"여기 램프의 지니가 들어 있다고요?"

"딱 그렇게 비유하려고 했는데! 지니, 그러니까 진은 중동의 초자연적 존재를 통틀어서 부르는 말인데, 일설에 따르면 고대 페르시아의 악령 자이니에서 유래했다고 해요. 대다수 정령 항아리에 들어 있는 건 진짜로 그런 하급 악령이고요. 하지만 이건 2400년 전의 유물인데도 현대의 아이스크림을 아주 비슷하게 따라 만들었잖아요? 그런 일이 가능하려면 조로아스터교 이전 다신교의 신령급은 되어야 해요. 어디보자, 무슨 정령을 담았는지 보통 뚜껑에다 각문을 해 두니까……."

공무원의 손이 은제 병을 조심스레 꺼내서 햇빛 아래 비췄다. 입술이 오물대며 알아들을 수 없는 언어를 흘렸다. 그렇게 1~2분이 지나는 동안 안경알 뒤의 눈가가 서서히 찌푸려졌다. 이마에서 흘러내린 땀방울이 턱까지 도달할 때쯤 공무원의 표정에는 불안한 당혹감이 역력했다.

"이럴 리가 없는데."

안경테에서도, 귀 끄트머리에서도, 머리카락 끝에서도 땀이 비 오듯 쏟아졌다. 땡볕 아래서 손가락만 한 병 윗면을 노려보는 공무원의 다리가 점점 균형을 잃고 흔들렸다. 이러다가는 정말 열사병으로 쓰러질 것처럼 보였기에, 나는 급히 공무원을 부축해 에어컨이 있는 집으로 향했다. 이상해, 말도 안 돼 하는 중얼거림만 녹은 아이스크림처럼 흘리는 몸뚱이를 질질 끌다시피 하면서.

***

"죽는 줄 알았네. 고마워요."

"저야말로, 진짜, 죽을 뻔했는데."

사람 하나를 반쯤 업고서 작열하는 아스팔트 언덕을 올라오고 나니 온 근육이 삶은 고기처럼 느껴졌다. 다행스럽게도 차가운 보리차를 한 잔 들이켜니 뇌만큼은 그럭저럭 되살아났고, 덕분에 고뇌에 빠진 공무원에게 질문을 던질 의지도 생겼다. 도대체 뭐가 문제인지 묻자 공무원은 고개를 절레절레 저으며 대답했다.

"뭔가 맞질 않네요. 분명히 이 녀석이 만든 아이스크림인데, 저런 아이스크림을 만들 수 있는 녀석이 아니에요. 잡령 둘 넣어 놓은 항아리로는 절대 불가능해요."

"그렇게 약한 정령인가요?"

"각문에 적혀 있기로는 탈림투하고 에네 아마루. 탈림투는 가짜 음식이나 보석을 만들어서 사람을 속이는 악령이고, 에네 아마루는 거짓말을 하는 사람을 보면 쪼아 대는 새라네요. 이것부터가 이상하죠. 얄팍한 환상을 자아내는 부류의 정령들은 결코 진짜를 만들어 내지 못하는 법이니까, 아이스크림도 진작 없어졌든지 모래가 됐든지 해야 정상인데. 거짓을 감지하는 정령은 애초에 창조 능력이 없고요. 둘 다 그런 평범한 놈들이에요."

가짜를 만드는 정령과 진실을 분간하는 정령. 꿈에서 만난 두 점원의 역학 관계가 딱 그랬다는 사실이 기억났다. 평범한 정령이라기엔 위압감이 장난이 아니었는데, 그냥 간밤에 내기가 좀 약했던 걸까? 공무원의 해설이 계속되었다.

"게다가 이런 정령들은 보통 어리석어요. 근본적으로 단순한 존재들이라, 현대인의 욕망을 보고 이해할 만한 통찰력이 없죠. 다시 말해서 아이스크림을 보고도 '달고 차가운 음식'이란 부분밖에 이해를 못 하는 거예요. 기원전 4세기 페르시아엔 기록에 남은 최초의 빙과류가 있긴 했죠. 간단한 빙수, 아니면 팔루데라고 해서 전분 국수에 살짝 얼린 장미향 시럽 끼얹은 디저트, 그런 거요. 하지만 정작 만들어진 건 그럭저럭 모양을 갖춘 아이스바잖아요."

"주변에 널려 있는 게 아이스바였는데, 보고 배운 건 아닐까요?"

"쉽지 않아요. 이런 항아리는 욕망밖에 통과시키지 않거든요. 지식을 전달해서 학습시키려면 아주 구체적으로, 포장과 성분까지 명시해 가면서 아이스크림을 원해야 한다고요. 세상에 그런 사람이 어디 있겠냐마는."

램프의 지니까지 나온 시점에서는 세상에 불가능한 일이

없겠다 싶었건만, 설마 아이스크림 하나 만드는 게 이렇게나 어려운 영적 과업이었을 줄이야. 역시 세상은 디즈니 애니메이션과는 많이 다른 모양이었다. 그런 세상의 풍파에 휩쓸리며 머리를 감싸 쥐고 끙끙 앓던 공무원이 마침내 뭔가 결심한 듯 박수를 크게 한 번 쳤다. 단호한 선언이 뒤를 이었다.

"이러긴 싫었지만 어쩔 수 없죠. 직접 테스트를 해 봐야겠어요."

순간 공무원의 눈이 굶주린 늑대처럼 번뜩였다. 앞에 붙은 이러긴 싫었지만의 의미를 알게 된 것은 그 직후였다. 송곳니를 드러내고 으르렁거리며, 공무원은 바닥에 놓인 유물을 향해 힘껏 돌진했다.

***

우리 집 거실에서 낯선 사람이, 그것도 다 큰 어른이 각종 맹수 흉내를 내는 꼴은 그다지 보기 유쾌한 모습이 아니었다. 하지만 두 팔을 쭉 펴고 펄쩍펄쩍 뛰는 공무원의 태도는 한없이 진지했다. 입에 거품을 물고 거친 숨을 몰아쉬면서 늘어놓는 해명 또한 진지하긴 마찬가지였다.

"욕망을 받아들이는 유물이에요! 그냥 테스트했다간 뭐가 나올지 모르죠! 그래서 제 욕망을 순수한 형태로 통제해야 해요! 그게 되니까 딴 사람이 아니라 제가 온 거고!"

"그게 곰 흉내랑 무슨 상관이……."

"곰이 아니라 웬디고!* 알곤킨의 식인령! 캐나다 유학 시절에 터부를 깨서 씌었어요!"

하지만 식인령에 씌었다는 말은 그다지 안심이 되는 종류의 해명이 아니었다. 본인도 뒤늦게나마 그 사실을 깨달았는지, 허공을 맹렬히 물어뜯는 와중에도 급히 혀를 놀려 몇 마디를 덧붙였다.

"걱정 마세요! 통제하는 법을 배웠으니까! 식인 욕구를 다른 방향으로 돌리고 성질을 바꿔서, 빙과에 대한 갈망만 영혼에 남겨 두면 돼요! 보세요!"

손톱을 바짝 세운 손이 마침내 은빛 병 곁을 스쳤다. 허공에서 피투성이 시체가 떨어지는 건 아닐까 싶어 눈을 질끈 감았지만, 다행스럽게도 그런 끔찍한 일은 일어나지 않았다. 대신 공무원의 손아귀에 아이스크림 하나가 들려 있었을 뿐. 맛 바나나라고 적힌 분홍색 포장에 바코드가 두 개나 붙은 아이스크림이었다. 공무원이 고개를 가로젓자 아이스크림은 작은 펑 소리와 함께 사라졌다.

"거절하면 자동으로 사라지게 되어 있네요. 방금 보셨다시피 진짜로 아이스크림도 나오고요. 도대체 어떻게 이게 가능하지? 다시 해 볼게요!"

연속으로 휘둘러지는 손마다 아이스크림이 나타났다가,

---

* Wendigo. 캐나다 및 미국 동부 지역 원주민인 알곤킨족의 민담에 등장하는 식인 괴물 혹은 악령.

사라졌다가, 다시 나타났다. 대부분은 아이스바였지만 열 번 중에 한 번은 콘이거나 파인트였다. 아주 가끔은 종이 상자도 보였다. 의심의 여지 없이 초자연적인 현상이었지만, 놀랍고 신비롭다기보다는 좀 우스꽝스러운 광경이었다. 무엇보다도 나타나는 아이스크림마다 하나같이 잘못된 구석이 있었으니까. 사소하게는 성분 표시가 정면에 박힌 것부터, 크게는 아이스크림이 포장을 뚫고 튀어나온 것까지. 그럼에도 전부 아이스크림인 것만은 틀림이 없었다.

"우연이 아니에요! 불완전하지만! 정말로 욕망을! 이해하고 있어!"

아니, 정말로 이해하고 있는 것일까? 끊임없이 튀어나오는 아이스크림을 멍하니 바라보던 중에 퍼뜩 그런 생각의 파편이 떠올랐다. 아슬아슬하게 아이스크림의 형상을 갖춘 이미지의 연속이 어쩐지 디즈니 애니메이션만큼이나 익숙하게 느껴졌기 때문이다. 분명 이 비슷한 걸 어디서 본 적이 있었다. 악몽이나 신들린 황홀경이 아니라, 건조하고 논리적인 현실 속에서. 그것도 바로 일주일 전쯤에. 익숙함의 원천을 눈치채자마자 나는 다음에 해야 할 일을 깨달았다. 테스트 방법을 바꿀 필요가 있었다.

"저기, 제가 말하는 대로 해 보실 수 있나요?"

처음에 공무원은 고개를 갸웃했지만, 어차피 문제의 유물이 아이스크림을 만들어 낼 수 있단 사실은 명백해진 상황이었다. 그 이유를 도무지 알 수 없다면 같은 시도를 반복하기보다는 조금 다른 방향으로 접근해야 했다. 이내 공무원의 손이 내가 지시한 그대로, 고양이가 16배속으로 발톱을 갈듯 재빠르게 유물 옆의 바닥을 긁었다. 아이스크림들이 줄지어 허공으로 튀어 올랐다가 사라져 갔다. 너무 빠른 속도였기에 이름이나 다른 디테일은 보이지 않았다. 아무래도 좋았다. 색깔의 잔상만 눈에 담을 수 있다면.

처음에 그 잔상은 제멋대로 바뀌는 무지개였다. 하지만 조금씩, 아주 조금씩 그 색채의 구성이 변화했다. 200번째 아이스크림이 탄생할 무렵에는 노란색이 무지개의 절반 정도를 차지하고 있었다. 500번째 즈음에는 대부분이 그랬다. 손끝이 천 번째로 바닥을 할퀴고 나서야 공무원은 움직임을 멈추었고, 마지막으로 생겨난 아이스크림이 바닥에 툭 떨어졌다. 파인애플이 선명하게 그려진 아이스바였다. 공무원이 숨을 헐떡이며 말했다.

"말씀하신 대로 됐네요. 어이가, 어이가 없네."

그럴 만도 했다. 왜냐하면 파인애플의 원산지는 남아메리카니까. 기원전 4세기 중동의 정령은 당연히 파인애플이란 과일이 어떻게 생겼는지조차 몰라야 한다. 그러니 포장에 이토록 확실한 파인애플을 그려 놓을 수는 없는 것이다. 내가 주문한 대로, 오직 파인애플맛 아이스크림만 욕망하도록 웬디고를 통제해서, 소원을 1000번씩 반복한다고 하더라도.

"이게 어떻게 가능하죠? 널리고 널린 단순한 정령들이에요. 똑같은 욕망을 계속 본다고 이해할 놈들이 아니라고요."

"그게, 그런 놈들한테 딱 맞는 방법이 하나 있거든요."

도무지 모르겠다는 표정의 공무원을 앞에 두고서, 이제는 내가 설명할 차례였다. 단순하고도 어리석은 두 존재가 어떻게 힘을 합쳐 파인애플 아이스크림을 만들어 냈는지에 대해서. 기원전 4세기의 어느 천재가 쌓아 올린 실로 기발한 주술 알고리즘에 대해서.

***

"이것부터 시작하죠. 어째서 이 유물에는 굳이 정령이 둘이나 담겼을까요? 탈림투는 가짜라도 만들어 낼 수 있다 치고, 에네 아마루는 거짓말 찾는 것밖에 못 한다면서요."

"페르시아에는 이원론적 세계관의 전통이 있어요. 그 때문에 상반되는 정령을 일부러 넣었다고 생각했고요. 실제 기능과는 무관하게."

이것이 정부에서 인정한 오컬트 전문가의 사고방식이었다. 반면에 문외한인 나는 페르시아에 무슨 세계관 전통이 있는지 전혀 몰랐다. 다만 최근까지 회사에서 담당했던 일, 학교에서 공부한 내용, 최신 기술에 대한 몇 가지 지식이 머릿속에 들어 있을 뿐이었다. 그중에는 마침 이런 식으로 작동하는 알고리즘에 대한 지식도 있었다.

"자, 생각해 보자고요. 누군가 유물에다 대고 보석을 달라는 소원을 빌면, 탈림투는 가짜 보석을 만들어 줄 거예요. 그것밖에 할 수 없는 정령이니까. 맞죠?"

"정확해요. 나뭇잎을 돈처럼 보이게 변신시키는 일본의 바케다누키, 쓸모없는 물건을 금으로 바꿔 장난을 치는 웨일스의 요정들, 다 그런 부류니까요. 절대로 진짜 보석을 주는 법이 없죠."

"하지만 유물 속에는 마침 에네 아마루도 같이 있잖아요. 거짓을 용납하지 않는 정령 말이에요. 그렇다면 어떻게 될까요? 에네 아마루가 탈림투의 속임수를 막지 않겠어요?"

공무원이 고개를 갸웃했다. 그야 그렇겠지. 탈림투가 가짜를 만들어 내고 에네 아마루가 그것을 막는다면, 얼핏 생각해서는 아무 일도 일어나지 않아야 할 테니까. 하지만 내가 문외한으로서 열심히 이해한 바로는, 욕망을 받아들인 이상 이를 해소해 주어야 한다는 것이 정령들에게 걸려 있는 계약이다. 그러니 탈림투는 뭐라도 내놓아야 한다.

"에네 아마루가 속임수를 차단하면, 탈림투는 다시 가짜를 만들고, 그러면 다시 에네 아마루가 방해를 하겠죠. 이런 싸움이 끝나는 건 언제일까요? 탈림투는 어떻게 해야 계약을 완수할 수 있을까요?"

"물론 에네 아마루가 구분할 수 없는 가짜를 만들어서……."

"하지만 진짜와 구분할 수 없는 가짜라면, 그건 이미 진짜가 아닐까요."

한쪽은 열심히 가짜를 만들어 낸다. 다른 한쪽은 기를 쓰고 가짜와 진짜를 분별한다. 이처럼 제한적인 기능만을 수행하는 두 존재의 경쟁으로부터 언젠가는 틀림없는 진짜가 만들어진다. 이러한 원칙이 기원전 4세기에는 정령에게 적용되었다면, 4차 산업 혁명의 시대인 지금은 인공지능 기술 개발에 널리 이용되고 있다. 초자연현상의 세계뿐 아니라 컴퓨터 공학의 세계에도 혁신을 가져다준 그 알고리즘의 이름을 나는 자신만만하게 입에 담았다.

"이언 굿펠로의 생성적 적대 신경망. 기계 학습 분야에서 지난 10년을 통틀어 가장 주목받는 아이디어죠."

"어, 어어, 그런 방법이 있었군요! 그래서 에네 아마루를 넣은 거였어! 굿펠로라면 홉고블린의 이명이죠? 과연 정령 혈통은 다르네요!"

마지막 부분은 도대체가 예상치 못한 반응이었지만, 아무튼 웬디고를 다루는 문체부 공무원에게 기계 학습 이론을 대충 이해시켰다는 사실이 중요했다. 그리고 진짜 이언 굿펠로의 조상 중에 홉고블린이 있을지도 모르잖아? 대수롭지 않은 부분은 넘길 필요가 있었다. 더 핵심적인 이야기가 남아 있었으니까.

"그래도 이 방법으로 파인애플 아이스크림을 만들려면,

에네 아마루가 **파인애플**과 **아이스크림**을 이해하고 있어야 하지 않나요? 그러지 않으면 어떤 게 진짜 아이스크림인지 분간할 수가 없을 텐데요."

정확한 지적이었다. 정령 둘로 이루어진 생성적 적대 신경망이 작동하려면, 일단 분별하는 쪽이 확실한 기준을 갖지 않으면 안 된다. 현대의 다양한 빙과류를 다루려면 기원전 4세기의 빙과에 대한 지식만으론 턱없이 부족하다. 에네 아마루에게 직접 지식을 가르쳐 줄 수도 없다. 오직 욕망밖에 받아들이지 않으니까.

하지만 10년어치의 욕망이라면 얘기가 다르다.

내가 생성적 적대 신경망 기술을 처음 접한 장소는, 존재하지 않는 가짜 고양이 사진을 만들어 내는 사이트였다. 완벽하게 작동하는 사이트라고는 빈말로라도 말할 수 없었다. 버튼을 누를 때마다 나오는 결과물은 십중팔구 기괴하게 뒤틀린, 눈이 셋 달리거나 다리가 여기저기 뻗어 나온 고양이 사진이었다. 그도 그럴 것이, 알고리즘은 고양이에게 두 개의 눈과 네 개의 다리가 달렸다는 사실을 직접 배운 적이 없었으니까. 사이트 주인은 단지 수만 장의 진짜 고양이 사진을 입력해 놓고, 이를 기준으로 알고리즘이 진짜와 가짜를 판정하도록 만들었을 따름이다. 가짜 이미지 속 고양이의 눈과 다리의 개수를 손수 세는 대신에, 진짜 고양이 사진과 충분히 닮았는지 아닌지만 비교하도록.

유물의 신비로운 힘으로 창조된 우스운 아이스크림들을 보면서 나는 바로 그 사이트에서 본 고양이들을 떠올렸다. 간신히 고양이를 닮았을 뿐인, 하지만 바꿔 말하면 적어도 고양이를 닮기는 한 가상의 괴물들. 그것들은 고양이에 대해 하나도 이해하지 못하는 알고리즘이 수만 장의 사진 속 고양이를 보고 나름대로 그려 낸 산물이었다. 아마 10만 장을 더 본다면, 100만 장을 더 본다면 훨씬 더 고양이다운 고양이를 그릴 수도 있으리라. 배우고 이해할 필요는 없다. 데이터베이스만 있으면 된다. 정령도, 아이스크림도 마찬가지다.

"에네 아마루는 빙과에 대한 기원전 4세기의 지식을 갖고 있어요. 그게 탈림투의 속임수를 가리는 판단 기준이죠. '차갑고 달콤하고 막대기가 꽂혔고 이상한 포장에 싸인 빙과'에 대한 욕망을 보면, 그것도 빙과는 빙과라고 여기고서 똑같이 기원전 4세기의 지식을 기준으로 판정할 준비를 할 테고요. 하지만 지식이 있다는 건 기억하는 능력도 있단 뜻이잖아요?"

냉동고 속 유물을 향해 끊임없이 비슷한 욕망이 밀려 들어온다. 전부 빙과, 그것도 아케메네스 제국에는 없었던 다양하고 낯선 빙과를 바라는 욕망이다. 에네 아마루는 그런 욕망을 하나하나 기억한다. 지금까지 알고 있던 빙과와는 조금 다르지만, 한번 빙과라고 판단한 이상 앞으로도 이 비슷한 것들은 전부 똑같이 판단하기로 한다. 다음에도, 그다음에도, 그러다 보면 어느 순간에는 과거의 지식보다 21세기의 기억이 더욱 많이 쌓이는 날이 온다. 이제 에네 아마루는 탈림투가 가져온 가짜 빙과를 보고 '전분 국수가 너무 흐물거려.'라고 생각하지 않는다. 대신 '비닐 질감이 거칠어.'라고 생각한다. 판단의 기준이 바뀐다. 그러면 탈림투도 바뀌어야 한다. 새로운 기준을 통과할 만한 빙과를 만들어 내야 한다. 포장에 색을 칠하고 나무 막대를 꽂는다.

"처음에는 정말로 기원전의 아이스크림을 만들어 냈을 거예요. 하지만 데이터가 쌓이면서 포장된 전분 덩어리, 막대기가 꽂힌 얼음, 이런 식으로 계속 바뀌었겠죠. 그렇게 10년이 지나면 지금처럼 어떻게든 아이스크림처럼 보이는 결과물이 나오는 거예요. 처음 이 유물을 만든 사람도, 냉동고에 숨겨 둔 도둑도 아마 여기까진 예상 못 했겠지만요."

틀림없이 단순하고 어리석지만, 바로 그렇기에 자신들이 전혀 이해할 수 없는 파인애플맛 아이스크림조차 만들어 낼 수 있는 램프의 지니 한 쌍. 그들이 담긴 아름다운 은제 병을 바라보며 공무원은 나지막이 탄성을 흘렸다. 기나긴 설명을 마친 나 또한 다시금 기원전 페르시아의 기계 학습 장치를 향해 눈을 돌렸다. 아니나 다를까 가벼운 현기증이 몸을 쓸고 지나갔지만, 이번에는 어쩐지 견딜 만했다. 처음 보면 머리가 아픈 논문도 두 번째에는 그럭저럭 읽히듯이. 얽히고설킨 미지의 코드를 파헤치다 보면 결국에는 이해 가능한 논리와 패턴이 눈에 들어오듯이.

***

문체부 공무원 고조은은 끝까지 집에서 나가고 싶지 않아 했지만, 사람이 언제까지나 에어컨 바람 아래서만 살 수는 없는 법이었다. 한편 "현대 지식을 학습할 수 있는 정령 항아리를 확보하는 바람에 일이 늘었다."라는 투덜거림을 들었을 땐 좀 안타깝기도 했다. 인공지능 기술이 빠르게 발전하며 그 위험성에 대한 경고의 목소리에도 점점 힘이 실리는 실정이다. 가짜 고양이를 만들어 내는 알고리즘을 가지고도 그런 말이 나오는데, 하물며 가짜 고양이를 현실에 던져 놓을 수 있는 유물이라니. 정령 윤리학이 인공지능 윤리학만큼이나 치열한 화두가 되길 바라는 수밖에.

"어떻게든 되겠죠. 내일도 출근해야겠지만. 아, 명함 놓고 갈게요."

"감사합니다. 또 무슨 이상한 일 생겼을 때 연락하면 되나요?"

"아뇨. 우리가 좀 인력난이라서. 감이 꽤 좋으신 듯하니까, 한번 고려해 보세요."

이건 또 갑작스러운 제안이었다. 일단은 웃어넘겼지만, 글쎄, 프로그래밍 공부하다 말고 귀신 잡으러 다니는 것도 나름 흥미진진한 커리어 패스 아닐까 싶었다. 아니면 더위 때문에 또 얼토당토않은 바람이 들었거나. 일단은 차가운 거라도 좀 먹고 진정해야겠다 싶었고, 냉동실에는 마침 **사탕초코**가 그대로 남아 있었다. 그리고 사람이 정령들의 유혹에 굴복하는 데엔 그리 오랜 시간이 필요하지 않았다. 포장을 벗기고 나니 초콜릿맛이라기에는 한없이 투명한 얼음덩어리가 모습을 드러냈고, 한 입 깨물어 보니 장미 향이 훅 끼치면서…….

"뭐야, 얼린 설탕물이네."

허탈하게 웃음이 났다. 하기야 고양이 하나 완벽하게 못 그리는 기계 학습인데, 아이스크림의 맛까지 그대로 재현하려면 아직 갈 길이 먼 게 당연하겠지. 그렇다고 못 먹을 맛은 결코 아니었지만. 아무튼 달았고, 차가웠으며, 아이스크림이었다. 이 무더위에 몸을 식히기에는 충분하고도 남을 만큼 틀림없이. 그렇게 생각하고 있자니 문득, 얼음이 부서지는 소리 가운데서 정말 희미하게, 이런 목소리가 들려왔다.

"감사합니다! 드디어 우리 자신작을 맛보셨군요!"

"나쁘지 않았다니 다행이야. 운이 좋네."

어김없이 티격태격하는 중에도 명백히 들뜬 목소리였다. 양손을 맞잡고서 성공을 축하하는 두 점원의 모습이 언뜻 눈앞에 그려졌다. 내가 **사탕초코**를 다 먹어 치우도록, 둘은 줄곧 그렇게, 지난 10년 동안 쉬지 않고 노력해 온 만큼 환하게 웃고 있었다.

잃어버린 삼각김밥을 찾아서

당시에 내가 비희와 사귀고 있었다는 사실을 아는 사람은 한 손으로 꼽을 수 있을 정도였다. 사람이 아닌 존재까지 합쳐야 겨우 여섯 명이 되었다. 그중에서 넷은 전 애인이었으며, 둘은 애인 사이까지 발전할 가능성이 제로라는 이유로 내 신뢰를 받는 친구들이었고, 직장 동료는 한 명도 없었다. 비희와 사귀는 동안 나는 연애 사실이 직장에 알려지지 않도록 최선을 다했다. 대화를 얼버무렸고, 휴대전화 화면을 감추었으며, 심리 상담을 앞두고선 예행연습까지 했다. 문화체육관광부 산하 기이현상청 소속의 공무원이 사람으로 변신하는 이족보행 파충류와 사귄단 건 그런 일이었다.

음, 엄밀히 말해 비희가 변신 파충류 인간이라는 사실 자체는 그다지 문제가 되지 않았다. 그 정도면 기이현상청의 관리 대상치곤 평범한 축에 드니까. 귀신, 정령, 흡혈 괴물, 다른 차원에서 유래한 괴현상 등을 매일같이 다루는 직장에서는 인간 이외의 존재와 사귄다고 공표해 봐야 "선배는 출장만 다녀오면 새 애인이 생기네요." 내지는 "제발 부탁이니까 지난번 매구* 때처럼 소란 피우진 마라." 정도의 반응밖에 돌아오지 않는다. 아마 비희가 평범한 파충류 인간이었다면 굳이 비밀로 할 필요도 없었겠지. 진짜 문제는 한국 땅에 평범한 파충류 인간이란 존재하지 않는다는 사실이었다.

처음 만났을 당시에 비희의 표면적인 신분은 모 대형 식품 제조 업체 직원이었다. 직책은 경기도 광명시 연구개발특구에 위치한 제3광명신제품연구소의 시니어 매니저. 주요 업무는 전국 대형마트와 편의점 매대에 놓일 신제품 개발 프로젝트 관리. 하지만 연구소 소재지가 하필 광명 연구개발특구라는 데에서 알 수 있듯이, 제3광명신제품연구소의 진짜 주인은 식품 제조 업체가 아닌 광명회, 즉 일루미나티였다. 파충류 인간들의 범국가적 카르텔로 악명 높은 일루미나티가 직접 운영하는 시설인 만큼, 기이현상청에서는 연구소를 포함한 특구 전체를 1급 지정기이 단체로 분류해 매년 두 차례씩 담당 공무원을 통해 정기 실태 조사를 진행하고 있다.

그리고 당시의 담당 공무원이 바로 나였다.

---

* 천 년 묵은 여우가 변하여 된다는 전설 속 짐승.

광명시까지 조사를 나가서, 매니저랑 면담부터 하고, 규정이 잘 지켜지고 있는지 이곳저곳 성실하게 검토한 다음, 커피나 한잔 마시고 바로 돌아올 생각이었다. 그런데 커피를 마시는 동안 이야기가 "업무는 할 만하신가요?"에서 "언니, 나랑 잠깐 사귈래?"로 진행되고 만 것이다. 버릇처럼 하는 말이었지만 그땐 솔직히 아차 싶었다. 평소에 기이들이랑 사귀는 거야 내 자유라고 해도, 지정기이 단체 직원이 상대면 이거 민관유착 되는 거 아냐? 조사의 공정성 문제도 있고, 비위 사건으로 발전할지도 모르고, 지금이라도 빨리 농담이었다고 해야……

"음, 잠깐 정도는 괜찮을 것 같네요. 모린 씨라고 부르면 되나?"

상대가 두 눈을 빙글빙글 굴리면서 먼저 이렇게 나왔기 때문에, 이다음부터는 뭐 어쩔 수가 없었다. 아슬아슬한 비밀 연애를 시작하는 수밖에. 그 주 주말에 나는 위장용 허물을 벗어 던진 비희의 모습을 처음으로 보았고, 렌즈를 끼지 않았을 때의 세로로 쭉 찢어진 동공이 퍽 매력적이라고 생각했으며, 공기의 맛을 보듯 공연히 혀를 날름거리는 게 딱히 나 보라고 하는 행동은 아니라는 사실을 배웠다. 다음 주와 다다음 주에는 좀 더 많은 걸 배우는 한편, 직장에서는 필사적으로 아무런 일도 없었던 척을 했다. 그러잖아도 포항에서 있었던 일 때문에 징계를 겨우 피한 참이었으니까. 안정적인 직장을 잃고 싶지는 않았다.

지금 와서 생각해 보면, 재난의 씨앗은 그때 이미 뿌려졌던 셈이다.

***

지금까지 확인된 일루미나티 직영 연구조직은 전 세계에 스물여덟 곳. 하지만 아직 드러나지 않았거나 간접적으로만 영향을 받는 연구소까지 포함한다면 100군데가 넘으리라는 것이 유력한 추산이다. 이들이 과연 어떤 연구를 진행하고 있는지 알고 싶다면, 일반 대중에게도 어느 정도 알려진 구글의 X 연구소나 미 국방성의 방위고등연구계획국(DARPA)을 보면 된다. 분야는 첨단 정보 기술과 신무기 연구로 각각 다르지만, 현재의 과학으로는 실현 불가능한 기술을 개발하기 위해 막대한 예산을 투자한다는 점만큼은 동일한 곳이니까. 1776년 설립된 이래 지금껏 일루미나티는 그런 **미래의 기술**에 투자해 왔고, 또 그 결과물을 독점해 왔다. 인류 문명의 미래를 원하는 형태로 이끌어 가기 위해서.

DARPA에서 연구 중인 신무기가 지금 당장 전쟁터에 등장하지는 않겠지만, 수십 년 후 미래에는 분명 전쟁의 양상을 좌지우지할 것이다. X 연구소에서 만들어 내려는 전자기기 또한 가까운 미래에 인류의 생활방식을 바꿔 놓을지 모른다. 미래에 쓰일 그 모든 기술이 일루미나티의 주머니에 들어 있다면? 인류의 미래 전체가 일루미나티에게 저당 잡힌 셈. 그리고 미래 기술을 한발 앞서서 손에 넣기 위해서라면 일루미나티는 수단 방법을 가리지 않는다. 비희가 다니던 **제3광명신제품연구소** 또한 마찬가지였다. 일루미나티 직영 연구소답게, 내 애인의 직장은 미래 인류의 먹을거리를 개발하기 위해 수단 방법을 가리지 않는 곳이었다. 본인에게 정말 그러냐고 물었을 땐 다소 신경질적인 대답이 돌아왔지만.

"세상에, 기이현상청에선 그렇게 가르쳐요? 수단 방법이 어쩌고 하니까 되게 악당처럼 들리네. 근데 미래에도 뭔가 먹고는 살아야 할 거 아녜요. 세계는 점점 더 빨리 변화하고 있는데, 10년 후의 인간 사회에 과연 모린 씨가 아는 음식이 몇 개나 남아 있을 것 같아요? 미래의 휴대전화도 제대로 상상하지 못한 여러분이 과연 미래의 음식을 상상할 수 있겠어요?"

"떡볶이가 없어지는 거야? 와, 큰일 났네. 내일부터 매일 떡볶이 먹어야겠다."

"농담이 아니에요. 공장제 축산업이 얼마나 갈 것 같아요? 양봉은? 드넓은 경작지가 필요한 대규모 농업은? 이미 다른 연구소들은 현재의 사회 구조를 수백 번은 더 뒤집어 놓을 만한 혁신적 기술을 확보하고 있어요. 조만간 인류는 지금껏 먹어 본 적도 없는 식재료를 주식으로 삼아야 할걸요. 그리고 우리 연구소의 식품공학 기술이 여기에 발맞춰 나아가지 않는다면, 그런 식재료로 만든 음식들은 다양하지도 않고 맛도 없겠죠."

그러니까 비희의 설명에 따르면, **제3광명신제품연구소에서**

진행되는 연구란 온갖 낯설고 기괴한 식재료로부터 어떻게든 먹을 만한 음식을 확보하기 위한 식품공학적 사투였다. 아니면 원숭이 떼한테 타자기를 던져 주고서 언젠가는 셰익스피어의 전 작품이 완성되어 나오길 기다리는 일에 더 가깝거나. 배양육, 식용 곤충, 스카이피시, 나노머신 향신료와 가향 엑토플라즘* 등으로부터 마구잡이로 만들어진 시제품 대다수는 입에 댈 수조차 없는 실패작이라면서 비희는 한숨을 푹 쉬었다.

"DARPA에서 진행되는 연구의 90퍼센트는 목적 달성에 실패한다는 얘기 들어 봤어요? 당연한 일이죠. 지금의 기술로는 실현 불가능한 영역을 연구한다는 건 결국 실패하고 깨지면서 배우는 과정이니까요. 실패를 통해 알아낸 게 하나라도 있다면 성공이란 게 그쪽 모토죠. 우리도 마찬가지예요. 간신히 먹을 만한 게 나오면 신제품으로 내놓기도 하는데, 반응 보면 편의점 리뷰 블로그에 괴식이라고 낙인찍혀 있더라고요. 막 마시고 욕하는 영상 찍어서 올리는 짓이나 유행하고."

"어쩐지 편의점 신제품들 가끔 좀 이상하더라. 지난번에 요구르트 계란 샌드위치인가 뭔가는 먹어 보고 만든 게 맞나 싶었는데, 다 너네가 만드는 거였구나."

"거기 들어간 게 좀 특수한 알인데, 하도 맛이 이상하니까 아예 더 이상하게 조리해서 얼버무려 보자는 아이디어가 나

---

* Ectoplasm. 프랑스의 생리학자 샤를 리셰가 물질적 매질로써 구체화된 영적 에너지를 가리키기 위해 고안한 용어.

왔거든요. 그렇게라도 시장 반응을 보지 않으면 얻을 수 없는 데이터가 있어요. 한국은 그런 면에서 특히 실험에 용이하죠. 대만 카스테라도 그렇고 치즈 등갈비나 흑당도 그렇고, 특정 음식이 확 유행했다가 싹 사라지잖아요? 땅은 좁고 인구는 바글거리는데 유행 교체 주기는 빠르고. 유전학 실험에 초파리 쓰듯이 쓰기 좋아서. 이거 하면 안 되는 말이었나요?"

"내 앞에서만 해."라고 대답한 다음에 키스했던 것까진 기억이 난다. 광명시에서 진행되는 연구에 대해 비희와 나눈 이야기는 이 정도가 전부였고, 더 깊이 파고들 생각도 딱히 없었다. 그야 일루미나티가 벌이는 일이니 꺼림칙한 건 사실이었지만, 안전 관련 규정만 빈틈없이 지켜 준다면야 결국 편의점에 맛없는 음식 푸는 게 전부잖아? 규정 위반 정황이 드러나지 않는 이상 기이현상청 공무원이 간섭할 사안은 아니었다. 나 개인으로서는 비밀 연애에나 집중하면 그만이었고.

그랬을 텐데, 연애 한 달째에 접어들 무렵의 화요일에 모든 상황이 바뀌었다.

"모린 씨, 큰일이 터졌는데, 말할 사람이 모린 씨밖에 없어요."

새벽 3시에 갑자기 집에 찾아온 애인이 이런 말을 하면, 대체로 모든 상황이 바뀌는 법이다.

***

자다 깬 나를 앉혀 두고서 도대체 무슨 일인지 설명하는 내내, 비희의 목소리는 알아듣기 힘들 정도로 바들바들 떨리고 있었다. 허물이 벗겨져 비늘이 다 드러난 손등도, 한쪽만 서클렌즈를 낀 눈동자도, 점액질이 허옇게 말라붙은 혀끝도. 평소답지 않게 흐트러진 그 모습만 보더라도 얼마나 심상찮은 사태가 발생했는지 감이 올 정도였다. 그리고 비희가 이야기를 마칠 무렵에는 나 또한 그 다급한 불안감에 사로잡힌 채였다.

"그러니까 네 말은, 심각한 문제 있는 상품을 시장에 냅다 풀어 버렸다고? 연구소에서는 무작정 은폐할 생각이고? 아니, 규정은 그렇게 잘 지키더니 어쩌다 그랬어?"

"실수였어요. 소각장으로 보낼 삼각김밥 박스가 없어졌다고 처리팀에서 연락이 왔길래 급히 확인해 보니까, 연구원 하나가 시장 실험 들어갈 제품으로 착각해서 본사로 보냈다네요. 내부 임상시험에서 심각한 부작용이 발견되는 바람에 전량 폐기하기로 한 물건이었거든요. 절차대로 회수하려고 했는데 상부에서 말하길, 그러니까……"

"절차대로 소란 떨다가 우리한테 들켜서 지정기이 업체 면허 취소 당하지 말고, 그냥 너네들 잘하는 정보 공작으로 덮으라고 했겠지. 작년에 삼성이터널테크가 사고 쳐 갖고 규정 엄청 빡빡해졌으니까. 으, 이걸 어떡하냐."

모범적인 기이현상청 공무원이라면 여기서 "어떡하냐"라

고 말해서는 안 된다. 지정기이 단체 직원의 내부 고발이 들어온 상황이니, 이럴 땐 상부에 즉시 보고한 다음 지시에 따라 현장 인력을 보조하는 것이 원칙이다. 다만 그러려면 제보 출처도 보고해야 하는데, 내가 도저히 그럴 수 없는 처지였단 게 문제. "지난번에 조사 나갔던 업체 직원이랑 사귀는 중이라서"라고 곧이곧대로 말했다간 징계 확정일 터였다. "친해져서 개인적으로 들었다"라고 둘러대 봐야 전적이 있으니 들키기는 매한가지겠지. 하지만 혹시라도 일이 더 커진다면? 정보를 입수해 놓고도 입 닫고 있었단 사실을 들킨다면? 이래도 징계, 저래도 징계, 정말이지 진퇴양난이었다. 그런 내 고민을 읽은 듯 비희가 다시금 입을 열었다.

"불의의 사태부터 막는 게 우선이라고 봐요. 유출된 제품이 지금쯤이면 서울 시내 편의점 곳곳으로 퍼졌을 텐데, 누구 입에 들어가기 전에 조용히 회수할 수만 있으면 제일 깔끔하거든요. 내부 기밀을 최대한 공유해줄 테니까, 기이현상청이 아니라 모린 씨 선에서 어떻게든 안 되겠어요?"

"삼각김밥이 서울 사방으로 흩어진 걸 내가 무슨 수로 찾아. 뭐 힘이 있는 것도 아닌데. 특채 애들이면 모를까, 난 공채로 뽑힌 거란 말이야."

"모린 씨 친구분들 많으시잖아요. 그분들께 도움 구해 주시면 좋겠는데……."

친구분들이라는 단어에 실린 묘한 뉘앙스를 눈치채기는 어렵지 않았다. 직장 동료들 얘기가 아니란 건 명백했고, 이 상황에 도움을 줄 만한 나머지 친구들은 엄밀히 말해 순수한 **친구**가 아니었으며, 그 사실을 누구한테 딱히 숨긴 적도 없으니까. 내 예전 애인들이 어떤 애들인지에 대해서는 비희도 알 만큼은 알았다. 그중 몇몇하고는 헤어진 후에도 좋은 친구로 지내는 것 또한 사실이었다. 아니, 그래도 그렇지, 갑자기 연락해서 새 애인 좀 도와달라고 애원하는 건 웬만하면 피하고 싶은 일인데.

"이거 진짜 다른 방법이 없나?"

"없으니까 여기까지 왔죠. 이젠 시간도 없고요. 제발 부탁해요, 모린 씨."

"알았어, 알았다고. 정확히 어떤 물건을 찾아야 하는지, 유출된 게 어떤 식으로 위험한지, 그런 것들만 좀 알려 줘. 계획 잡히는 대로 연가 하루 내고서 좀 돌아다녀 볼게."

안도감에 힘이 풀려 쓰러지려는 비희를 안아 주면서도, 내 머릿속은 지금껏 사귀었던 애인들을 하나씩 되새기느라 분주했다. 당장 서울에서 만날 수 있고, 물건 찾는 데에 도움도 되고, 크게 안 싸우고서 헤어진 애가 설마 한 명도 없겠어? 다행스럽게도 마침 떠오르는 얼굴이 있었다. 비희가 제공해 준 단서와 지워지지 않은 껄끄러움을 품에 안은 채, 역사상 가장 치명적인 삼각김밥을 찾아 서울의 새벽 속으로 발걸음을 옮긴 것은 그때로부터 두어 시간이 지난 뒤였다.

***

동틀 녘의 탑골공원은 고요했고, 기운찬 할아버지 한 분만이 어스름을 헤치며 이른 조깅을 하고 있었다. 팔각정이 있는 광장 쪽으로 들어가도 인적이 없기는 마찬가지였다. 1919년에는 독립선언문이 낭독된 곳이고 지금은 서울 노인들의 쉼터로 특히 유명하지만, 햇빛에 감싸이지 않은 공원은 사람의 영역이 아니었다. 물론 원각사지 10층 석탑을 둘러싼 보호 유리관에 갇힌 존재의 영역도 아니고. 유리관의 봉인 상태는 완벽했다. 비둘기 몇 마리가 그 위쪽에 올라앉아 태연하게 나를 내려다보고 있었다. 어색한 침묵을 깨며 먼저 인사를 건넨 것은 나였다.

"그, 잘 지내지? 급히 부탁할 게 있어서 왔는데."

"아이구, 드디어 뭔가 사건에 말려드셨구만."

비둘기들이 푸드덕거리며 말했다. 유리관 위에서, 정자 그늘에서, 풀숲 사이와 등 뒤에서 동시에. 각각의 비둘기는 단지 조금 독특한 울음소리를 낸 것이 전부였지만, 내가 서 있는 위치에서는 그 모든 울음소리가 절묘하게 겹쳐져 분명한 목소리로 들렸다. 허스키하고 조금 비아냥대는 익숙한 목소리로.

"무슨 일인지 맞혀 볼까? 연애 문제지? 우모린 넌 맨날 이상한 애들만 골라 사귀잖아. 삶에 자극이 필요하다면서 별 두억시니 같은 놈들한테 찝쩍대고 다녔으니 사고가 안 나고 배기겠냐. 이번엔 또 누구일지 듣기도 무섭다, 야."

"일루미나티 다니는 파충류 인간이야. 꽤 귀여워."

"돌겠네, 돌겠어, 일루미나티랜다. 넌 그따위로 살면서 어떻게 아직 명줄이 붙어 있는지 모르겠다니까. 그래서, 내가 뭘 도와줬으면 하는데? 걔 눈이라도 쪼아 먹어 줘?"

사방의 푸드덕 소리가 점점 격해졌다. 머리 위에서는 이미 비둘기들이 무리를 이뤄 하늘을 위협적으로 빙빙 돌고 있었다. 하지만 그 살기등등한 무리조차도 실은 더욱 거대한 존재의 일부분에 지나지 않았다. 서울에 서식하는 약 5만 마리의 비둘기 하나하나는 전부 기이 제136호, **범서울비둘기군체의식**을 구성하는 신경세포나 다름없으니까. 1988년 서울올림픽 개막식 때 성화대에 앉아 있던 비둘기 몇 마리가 화염에 휩싸였고, 의도치 않았던 이 거대한 번제 의식으로 인해 당시 방사된 비둘기들에게 모종의 힘이 깃들었으며, 그 후손들은 지금껏 서울특별시에서 가장 거대한 두뇌이자 가장 많은 눈으로 기능하고 있다. 어쩌다 보니 나랑 3개월 정도 사귀기도 했고. 요점이 뭐냐면, 서울 시내에서 물건 찾고 싶으면 비둘기만큼 의지가 되는 애도 없다는 얘기다.

"너 냄새 잘 맡잖아. 이거랑 비슷한 냄새 나는 물건들 좀 알아봐 줬으면 하는데."

핸드백에서 작은 유리 바이알을 꺼내며 그렇게 말하자, 하늘을 날던 비둘기들이 일제히 내려앉아 내 주위로 종종 몰려들었다. 바이알 안의 회색 가루가 아침의 첫 햇빛을 받아 불길하게 반짝였다. 이것이 바로 비희가 엄격한 통제를 뚫고 간신히 빼돌렸다는 이번 신제품의 핵심 원료, **제3광명신제품연구소**의 초과학이 탄생시킨 공포의 삼각김밥 양념, **마르셸**이었다.

***

비희의 말에 따르면, **마르셸**은 신제품연구소의 최정예 연구진이 《보이니치 문서》의 기록을 참고하여 유전공학적으로 만들어 낸 아주 특수한 곰팡이의 추출 성분이었다. 겉보기엔 고운 후춧가루와 닮았고, 지독한 곰팡내가 풍기는 것이 입에 댈 생각조차 들지 않았지만, **마르셸**의 진가는 냄새나 맛이 아닌 환각 작용에 있었다. 맥각 곰팡이처럼 강렬한 환각을 유발하는 것은 아니다. **마르셸**이 불러오는 환각의 강도는 기존까지 알려진 환각 물질의 효과보다 훨씬 약하고 은근해서, 환각이라는 사실조차 눈치채기 힘들 정도라고 비희는 설명했다. 그리고 이 설명을 전해 들은 비둘기들의 반응은 이러했다.

"참 나, 밥에다 마약을 섞는댄다. 사람들 다 해롱해롱 취하게 만들어서 뜻대로 부려먹을 작정들이신가? 그럴 거면 왜 굳이 효과는 약하게 만들었대?"

그야 일루미나티의 목적은 사람들을 마약중독자로 만드는 게 아니니까. 단지 미래의 밥상이 상상할 수 없는 형태로 뒤집히더라도, 설령 하루아침에 쌀밥과 된장찌개 대신 요구르트 계란 샌드위치가 주식 자리를 차지하게 되더라도 불만 없이 식사를 해 주길 바랄 뿐. 물론 쉬운 과업은 아니다. 사람은 기본적으로 낯선 음식을 꺼리게 되어 있는데, 과연 평생 쌀밥만 먹어 온 사람이 요구르트 계란 샌드위치를 주식으로 먹으면서 만족할 수 있을까? 맛이란 미각으로만 구성된 체계가 아니다. 쌓이고 쌓인 기억의 힘은 때로 혀의 미각 수용체조차 압도한다. 이 난제에 맞서고자 **제3광명신제품연구소**에서는 환각 물질의 힘을 빌려 보기로 했다.

"환각이란 건 외부 자극이랑 개개인의 내면 무의식이 합쳐져서 만들어지는 거잖아? 그러니까 밥을 먹는 동안 아주아주 약한 환각을 걸면, 낯선 음식을 먹으면서도 기억 속의 익숙한 음식을 먹는 듯한 기분이 들도록 유도해 낼 수 있다나 봐. 말하자면 어릴 때 먹던 집밥처럼 느껴진다는 거지."

"근데 실험이 실패했단 거 아냐. 무슨 부작용 터졌대며. 그래서 네가 이렇게 일찍 일어난 쥐새끼처럼 돌아다니고 있는 거고."

"추출물 상태로 섭취했을 땐 아무 문제도 없었는데, 실제로 제품에 섞어서 블라인드 임상시험을 해 보니까 왠지 모르게 열 명 중의 여섯이 맛이 갔다더라. 갑자기 폭력적으로 되고 말이 안 통해서…… 아, 여기야?"

허공에서 릴레이처럼 이어지는 목소리를 따라 도착한 곳은 종로3가역 7번 출구 근처의 편의점이었다. 5만 마리의 비둘기 떼가 서울 전 지역의 냄새 지도를 그려 찾아낸, **마르셀의 냄**

새가 풍기는 가장 가까운 장소. 과연 정확한 정보일까? 혹시 냄새만 남아 있고 물건은 팔렸다든가 그런 건 아니겠지? 걱정을 가득 안고서 편의점에 들어가 삼각김밥 매대를 봤더니, 음, 정말로 쓸모없는 걱정이었다는 사실이 한눈에 밝혀졌다. 제육볶음부터 간장게장까지 십수 가지 맛을 자랑하는 삼각김밥의 화려한 행렬 가운데서도, 광명시의 피조물이 분명한 신제품만큼은 단 하나도 팔려나가지 않은 채였으니까.

"아니, 야, 앙버터 삼각김밥이 도대체 뭐냐."

생각해 보면 당연한 일이었다. 아무리 낯선 음식도 집밥처럼 느껴지게 하지만, 그 역겨운 냄새와 맛을 감춰야 하는 식품첨가물의 효과를 실험하려면 어떤 음식에 집어넣는 게 가장 좋을까. 가능한 한 낯설면서도 맛이 강한 음식이어야 하지 않을까? 그런 면에서 달고 짜고 듣도 보도 못한 음식인 앙버터 삼각김밥은 연구를 위한 최적의 선택이었으리라. 팥앙금이랑 버터를 넣은 주먹밥을 도대체 누가 집어 들겠느냐는 아주 사소한 문제만 제외하면.

***

제3광명신제품연구소의 연구진이 식품공학적으로 다소 무리한 수를 둬 준 덕택에, 삼각김밥 회수 작전은 아주 순조롭게 진행되었다. 비둘기들은 서울 전역에서 **마르셀**의 냄새가 나는 편의점 총 일곱 군데를 찾아냈고, 나는 현대 문명의 기적인 지도 앱의 길 찾기 기능을 총동원해 가며 각 편의점을 최단 시간 내에 들를 수 있는 대중교통 경로를 알아냈다. 그다음부터는 그저 발품을 팔 뿐이었다. 편의점에 들어가서 앙버터 삼각김밥을 있는 대로 집어 들고, 점원의 경악에 찬 시선을 애써 회피하고, 버스 정류장에서 다음 목적지까지 걷는 동안엔 비둘기랑 수다도 떨고. 무선 이어폰의 발명 덕택에 길에서 아무리 떠들어도 이상한 눈초리를 받지 않는다는 건 소소한 기쁨이었다. 애랑 지금 시점에 사귀었으면 좀 더 오래가지 않았을까?

"진심 아닌 거 다 알거든. 너 지금껏 반년 넘겨서 연애한 적 있긴 해? 없지? 남한테서 자극을 찾아다니니까 쉽게 질리는 거야. 뭐, 일루미나티 애하곤 잘해 보든가. 적어도 비싼 건 원 없이 얻어먹고 다니겠네."

"김영란법."

"얼씨구. 평소에 어길 수 있는 규정은 죄다 어기면서, 밥값은 또 각자 계산해? 하기야 넌 매번 이상한 데에서 칼 같지. 그래서 이날 이때껏 모가지 붙어 있는 걸 수도 있겠다. 아무튼 저 골목에 있는 편의점이 마지막이야."

예전 애인이랑 오랜만에 노닥거리는 것이 생각보다는 훨씬 즐거웠지만, 삼각김밥 몇 개만 더 사면 이제 그런 시간도 끝. 서울을 동서남북으로 바쁘게 가로지르다 보니 어느덧 점심시간도 훌쩍 지나 있었다. 헤어지기 전에 같이 밥이나 먹을까? 아니면 저녁 약속 잡을까? 그렇게 멍하니 생각하며 최후의 목적지에 들어섰는데…… 앙버터 삼각김밥이 매대에 없었다.

"어, 어, 분명히 있다고 해서 왔는데, 이거 다 팔렸어요?"

이렇게 다급히 물어보면 내가 진짜 그 말도 안 되는 음식을 좋아하는 것 같잖아! 하지만 지금은 체면 따질 때가 아니었다. 갑작스러운 질문에 점원도 나만큼이나 당황했는지 잠깐 머뭇거렸지만, 곧 대답 대신 편의점 구석의 테이블을 가리켜 보였다. 늦은 점심을 챙겨 먹으려는 젊고 마른 남자가 앉은 곳이었다. 그리고, 점원이 고작 몇 초 머뭇거려 준 덕택에, 남자가 삼각김밥을 한 입 깨무는 모습이 기어이 내 눈에 들어오고 말았다. 다음에 할 일은 정해져 있었다.

"아이 씨, 미치겠네! 그 쓰레기 당장 뱉어!"

여기서 미래의 기이현상청 공무원들을 위해 한 가지 밝혀 두자면, 기이현상청은 경찰청이나 소방청 못지않게 임용 시 체력 시험 비중이 높은 부서다. 아무리 내근직이라고 해도 근무하다 보면 별 괴상망측한 사건에 한 번쯤은 말려들게 되어 있으니 당연한 일. 그러니 당신이 나처럼 특채 선발 요건을 만족하지 못하는 사람이라면, 신체라도 최대한 단련해 두는 게 좋을 것이다. 기왕이면 좀 더 실전적인 싸움 경험이 있으면 금상첨화고. 다시 말해서, 나도 저렇게 근육도 없는 남자 하나쯤이야 어렵잖게 제압할 수 있다는 뜻이다. 분명히 그랬어야 하는데…….

"으어우워어어어어!"

남자가 괴성을 지르며 붙들린 팔을 휘두르자, 순식간에 몸이 과자 진열대까지 붕 날아갔다. 기습 공격이었는데? 관절을 꺾어 김밥을 빼앗을 작정이었는데? 상황을 미처 파악하기도 전에 이번에는 남자가 내 쪽으로 주먹을 휘둘러 대기 시작했다. 마구잡이로, 무시무시한 힘을 담아, 망할 놈의 삼각김밥을 입안 가득 우물거리면서. 과자 봉지가 날아가고 안주와 빵이 엎어지는 동안 내가 할 수 있는 일이라고는 필사적으로 공격을 피하는 것뿐이었다.

"악! 아악! 아뇨, 괜찮아요, 경찰 부르지 마세요!"

갑자기 폭력적으로 변한다고 했지, 괴력이 생긴다고는 안 했잖아! 이대로라면 속절없이 당하고만 있겠다 싶었던 순간, 편의점 안으로 비둘기 떼가 화살처럼 날아들었다. 정교한 비행이라기보단 부리를 세운 채 남자를 향해 토실토실한 몸을 내던지는 질량 병기의 무차별 투척. 하지만 구석에 몰려 있던 불쌍한 나를 구원해 주기에는 충분한 공격이었다. 할퀴고 쪼아 대는 날짐승들의 무리에 쫓겨 남자는 이내 편의점 바깥으로 도망쳤다. 남은 서너 마리가 다급하게 구국구국 울었다.

"야, 괜찮냐? 꼴 보니까 어디 부러지진 않았나 보네. 쟤는 도대체 뭐길래 네가 쪽도 못 쓰냐?"

"몰라. 지금 중요한 건 그게 아니야. 일단 쫓아가서 잡아야 돼."

놀란 편의점 직원은 나중에 생각할 일이었다. 혹시라도 기이현상청에 알려지면 큰일이지만, 이 정도 규모의 일은 내가 인맥 동원해서 어떻게든 무마할 수 있으니까. 하지만 기이에 사로잡힌 민간인이 도심 한복판에서 초인적인 힘으로 난동을 부린다면 얘기가 전혀 달라진다. 그래서 나는 고통을 참으며 삐걱대는 몸을 일으켜, 비둘기들이 남자를 몰아가는 방향으로 힘껏 달렸다. 가능한 한 인적이 드문 골목 안쪽으로. 도망칠 길이라고는 없는 곳으로.

"겨우, 겨우 따라잡았네."

비둘기들에게 몇 분이나 시달린 남자의 눈에는 핏발이 잔뜩 서려 있었지만, 그래 봐야 막다른 구석까지 몰렸다는 사실에는 변함이 없었다. 더는 두 발로 서 있기조차 힘든지 바닥에 엎어져서는 이쪽을 향해 그저 그르렁거릴 뿐. 저런 상태라면 둘이서 어떻게 해 볼 수 있을 것 같았다. 일단은 셋을 세고서 동시에 덮친다, 하나, 둘, 셋!

그러려는 찰나 남자가 펄쩍 뛰었다. 양손과 양발로 지면을 힘껏 박차면서, 오른쪽 건물 2층 외벽에 달린 에어컨 실외기 위로. 덕분에 내 혼신의 발차기는 허공을 갈랐고, 남자는 외부 배관과 창틀을 능숙하게 붙잡아 가며 점점 더 위쪽으로 올라갔다. 무슨 암벽등반 선수처럼. 아니, 그보다는 좀 더 짐승에 가까운 움직임으로. 이 상황을 채 이해해 보기도 전에 남자의 몸은 이미 6층 건물의 옥상 너머로 사라졌다.

"뭐야, 저게."

이런 말밖에 나오지 않았다. 그야말로 닭 쫓던 개 지붕 쳐다보는 꼴이었으니까. 지금껏 뒤쫓던 게 과연 닭이었는지조차 알 수가 없었으니까. 다만 한 가지 확실한 건, 지금 가진 정보와 인력만으로는 아무래도 사태를 깔끔하게 해결하기 힘들겠다는 사실이었다. 일단은 단서가 더 필요했다. 그리고, 영 내키지는 않았지만, 조력자도 하나 더 구해야 할 것 같았다.

***

"세상에, 예상보다 부작용이 훨씬 심각하네요."

수화기 너머에서 비희는 한동안 내가 전달해 준 이야기를 곱씹어 보는 듯했다.

"연구소에서는 문제 발생하자마자 바로 임상 중단했거든요. **마르셀** 복용 시에 과도한 폭력성이 나타나는 것까진 확인했지만, 설마 시간이 경과하면서 증세가 오히려 악화될 줄은 몰랐죠. 복용자가 꼭 빙의된 사람처럼 움직였다고 했던가요?"

"그래, 그것도 아주 특출하게 강하고 질 나쁜 동물령한테. 환각 효과가 좀 강했던 거 아냐? 영감 있는 사람이 환각제 잘못 먹으면 종종 접신 작용 일어나고 그러잖아."

"접신일 리는 없어요. 내부 임상은 영적으로 확실히 차폐된 공간에서 진행했으니까요. 아직 추측 단계이긴 한데, 제 생각엔 드물게 일어나는 자가 빙의 사례가 아닐까 싶어요."

자가 빙의라고 하면 체외의 영체가 몸에 들어오는 통상적인 빙의와 달리, 몸 안에 잠재되어 있던 영체가 어떤 계기로 본래 인격을 밀어내고 전면에 드러나는 사례를 말한다. 한국에서 가장 유명한 사례라면 역시 가문 대대로 유전되어 온 조선시대 사대부의 영혼이 제례를 통해 깨어나는 염부 박씨 종가(기이 제37호, 종친회는 2급 지정기이 단체)의 경우. 하지만 동물령에 의한 자가 빙의는 보고된 바가 없을 텐데? 연구소의 임상시험 대상자들과 길 가던 민간인의 내면에 전부 같은 동물령이 잠재되어 있었을 리도 없고.

"아뇨, 전부 잠재되어 있죠. 유전자 속에 말이에요. 몇 세기 전 조상의 영혼이 후손에게까지 유전될 수 있다면, 더 먼 조상의 영혼들도 가능하지 않겠어요? 생각해 봐요. 여러분은 고작 수백만 년 전에는 털북숭이 원인이었고, 수천만 년 전에는 나무를 타는 짐승이었잖아요."

"……집밥 한번 먹이려다가 수천만 년 전 조상님들까지 죄다 깨웠다고? 잘은 몰라도, 그 시절 잠재의식이면 일부러 각성시키기도 힘들 것 같은데."

"환각이 너무 약한 게 문제였던 것 같아요. 추출물 상태로 실험했을 땐 피험자들도 자신들이 뭘 먹고 있는지 아는 상태였으니, 표층 의식의 영역에서만 환각이 작동해서 기껏해야 어릴 적 기억이나 끌어냈겠죠. 하지만 음식에 섞어서 모르는 새

섭취했을 때에는 더 깊은 무의식까지도 약효가 지항 없이 도달해 버린 거예요."

그렇게 떠오르는 기억은 아마도 태곳적의 식사 시간. 사냥한 고기를 뜯어 먹을 때의, 나무 위에서 벌레를 잡아먹을 때의 강렬한 감각이 차례로 되살아나 정신을 사로잡는다. 방을 정리하다가 옛날 일기장 무더기를 발견하면 하루 내내 학창 시절의 환상 속에서 헤매게 되듯이. 홍차에 적신 마들렌의 향기로부터 장장 일곱 권짜리 이야기가 줄줄이 사탕처럼 끌려 나오듯이. 문제는 그다음의 일이다. 겨우 몇 분 만에 나무타기 포유류까지 퇴화했다면, 저녁 무렵에는 도대체 뭐에 씌는 거야?

"아무래도 서두르는 게 좋겠네요. 이쪽은 지금 도무지 움직일 수가 없는 상황인데, 대책은 있나요? 설마 복용자를 그냥 놓친 건 아니겠죠?"

"걱정 마. 비둘기들이 지켜보고 있는데, 아직까진 큰 소란은 없대. 사람 눈 피해 가면서 무작정 이동 중인 모양이야. 나는 이 분야 전문가 만나러 가는 중이고."

정확히 어떤 존재에게 빙의되었는지 알아냈으니, 다음으로는 빙의 문제에 가장 밝은 지인한테 가서 상담을 해 봐야겠지. 물론 목적지는 명동성당이나 봉은사가 아니었다. 지금부터 만날 애는 그쪽이곤 정반대 편에 살고 있으니까. 〈에스겔〉 38장에 언급되길 이스라엘의 적국, 〈요한계시록〉 20장에 따르면 사탄이 최후의 결전을 위해 군대를 끌어오는 곳, 강서구에서 가장 위험한 행정 구역인 마곡동. 5호선 지하철역 바깥으로 발을 내딛자 희미한 유황 냄새가 벌써 코를 간질이는 것만 같았다.

"행운이나 빌어 줘. 네 애인 지금부터 지옥 다녀올 거니까."

저 멀리 상가 건물 꼭대기에서는 십자가가 기묘한 붉은빛으로 물든 채 이글거리고 있었다. 그 종말론적인 광경을 바라보는 동안 내 머릿속에 떠오르는 생각은 오직 하나뿐이었다. 다시 이곳에 찾아오게 될 줄 알았더라면, 하다못해 헤어질 때 말이라도 좀 더 부드럽게 해 둘걸.

***

동네 상가 6층에 자그맣게 위치한 마곡세상교회의 문은 굳게 잠겨 있었지만, 그 안쪽에서는 인기척과 함께 감출 수 없는 오싹함이 느껴졌다. 조심스레 벨을 눌렀더니 곧 눈이 퀭한 중년 남자가 문을 열어 고개를 내밀었고, 말없이 이쪽을 몇 초간 쳐다본 다음 들어오라는 손짓을 해 보였다. 어두컴컴한 교회 안에는 남자 외에도 신도 몇 사람이 더 돌아다니고 있었다. 혼이 나간 듯한 표정으로, 시체 같은 걸음걸이로.

안내를 받아 응접실에 앉으니, 신도들이 차례로 종이컵에 담긴 인스턴트 녹차와 깎은 사과를 내왔다. 하지만 입을 여는 사람은 한 명도 없었고, 사과에 앉은 파리를 쫓는 사람 또한 없었다. 선풍기 머리가 좌우로 윙윙 돌아가며 뜨뜻한 공기를 방 전체로 퍼뜨렸다. 무거운 침묵 속에서 겨우 정신을 가다듬어 테이블 위의 성경책을 펼치자, 바람에 팔랑이는 얇은 종이 위로 파리가 휙 날아와 앉았다. 정확히는 〈누가복음〉 15장 21절, 집을 나갔다가 돌아온 탕아가 아버지에게 용서를 구하는 구절 위에. 아들이 이르되 아버지 내가 하늘과 아버지께 죄를 지었사오니…….

"알았어, 알았다고. 미안해. 나도 염치없이 여기까지 오긴 싫었어."

선풍기 바람이 다시 돌아왔다. 〈시편〉 10장 14절. 주는 재앙과 원한을 감찰하시고 주의 손으로 갚으려 하시오니. 옛날에는 저 페이지가 〈아가〉에서 벗어나지 않았던 적도 있었건만, 지금은 가슴 아프게도 이 꼴이었다.

"복수하고 싶은 마음은 이해해. 그땐 내가 너무 감정적으로 굴었던 거 인정하고. 차라리 성모 마리아랑 사귀는 게 더 재밌겠다고 말한 것도 진심으로 사과할게."

〈창세기〉 22장 13절. 아브라함이 가서 그 숫양을 가져다가 아들을 대신하여 번제로 드렸더라. 이건 그나마 예전에 본 적 있는 구절이었다. 마곡의 악마는 결코 말만으로 움직여 주는 법이 없었다. 언제나 제물을 요구했다.

"오케이, 콜. 죄지은 건 나니까 뜯어 갈 만큼 뜯어 가. 그런데 그 전에 지금 일 해결하는 것만 도와주면 안 될까? 일만 끝나면 아주 무한 리필로 뜯어 가게 해 줄게."

한동안 성경책의 페이지는 바닥에 못 박힌 듯 미동조차 하지 않았다. 그러다가 펄럭, 휘리릭, 〈에스겔〉 27장 21절. 어린 양과 숫양과 염소들, 그것으로 너와 거래하였도다. 간신히 교섭 성립이었다.

"그럼 도와주는 거지? 정말이지? 진짜 너밖에 없다니까! 상황 알려 줄 테니까, 어떻게 하면 좋을지 명령만 내려 줘."

말이 끝나기가 무섭게 신도 여섯 명이 커다란 화이트보드를 끌어오더니, 각자 양손에 유성 매직을 들고는 일사불란하게 서울 지도를 그리기 시작했다. 주요 민간인 거주지와 심령 스팟부터 대중교통 노선까지 전부 포함된 정교하기 그지없는 지도였다. 맨 위쪽에 화려한 장식 서체로 적힌 〈잠언〉 24장 6절 구절이 지금은 그 어느 때보다 든든하게 다가왔다.

'너는 전략으로 싸우라 승리는 지략이 많음에 있느니라.'

***

동물령 퇴치는 결코 간단한 일이 아니다. 왜냐하면 동물이란 결코 만만한 놈들이 아니니까. 길고양이가 작정하고 도망치기만 해도 잡을 방도를 못 찾는 게 인간이란 생물이다. 북한산 멧돼지 한 마리가 아파트 단지까지 내려오면 기동 포획단이 총까지 들고 출동해야 한다. 영혼이 되어도 마찬가지다. 조선 후기의 실학자 유득공이 저술한 《속백호통》에는 고명한 무당 수십 명을 역으로 집어삼킨 호랑이 귀신 이야기가 기록되어 있으며, 1997년 지리산 칠선계곡 큰다람쥐 사건 때에는 당시의 가장 숙련된 동물령 퇴치 전문가들조차 목숨을 걸어야 했다. 하물며 지금은 최소 수천만 년 묵은 동물령을 비전문가의 힘만으로 몰아내야 하는 상황. 많은 인력이나 최신 장비를 동원할 수 없다면, 역으로 가장 고전적인 방법에 기대는 것이 최선이었다.

"네가 그 사람 정신에 억지로 들어가서 동물령을 내쫓으면, 그걸 근처에 있는 제일 만만한 동물 안에 봉인하자는 얘기지? 예수가 악마를 돼지 떼에 몰아넣은 다음에 호수에 빠뜨려 살처분한 것처럼. 그럼 인적 드물고 적당한 동물 많은 쪽으로 목표를 유도해야겠네."

사람의 영혼을 풍뎅이에 봉인하기는 힘들지만, 개의 영혼을 고양이 안에 집어넣는 건 훨씬 간단하다. 봉인 과정이 수월하려면 목표의 몸속에서 날뛰는 동물령을 분류학적으로 최대한 가까운 동물에게 이끌어야 한다. 문제가 있다면 그 동물령이 실시간으로 진화 단계를 거슬러 올라가고 있다는 점. 남자의 현재 위치와 상태를 고려해, 가장 적합하면서도 신속하게 확보 가능한 생체 그릇을 찾아내야 했다.

"두어 시간쯤 지나면 양서류나 어류까지는 되돌아가지 않을까 싶은데. 그러면 아무 물고기에나 몰아넣을 수 있잖아. 일할 땐 보통 석촌호수를 쓰지만 지금 그랬다간 걸릴 것 같고……. 방향을 살짝 틀어서 잠실대교 남단으로 유도하면 어떨까?"

잠실 수중보로부터 50미터 이내의 구역은 한강에서 유일하게 수영을 할 수 있는 곳으로, 헤엄쳐서 한강을 건너려는 사람들을 위해 물가까지 이어 놓은 길도 있다. 한편 수중보로 인해 끊긴 물길을 우회하는 어도를 통해선 다양한 물고기가 오가기도 한다. 급한 대로 의식을 집행하기엔 부족함이 없는 장소. 남은 일은 준비물을 조금 사고, 비둘기들한테 사냥감 몰이를 부탁하고, 혹시라도 자기네들 구역 도는 순찰팀 애들한테 들키는 일이 없도록 가까운 장소 몇 군데에 작은 사건을 일으켜 놓는 정도였다. 어려운 일은 없었다. 오후 5시 25분, 약속 장소에 돗자리를 깔아 두고 악마의 지시에 따라 마법진을 그리는 것으로 모든 작업은 마무리되었다. 얼마 지나지 않아 잠실대교 아래의 그늘로부터 비둘기들이 푸드득 날아올랐다. 옷이 여기저기 찢어진 남자가 뒤이어서 비척비척 모습을 드러냈다. 입을 뻐끔거리면서, 세차게 경련하면서.

"어류까지 갔나 봐. 딱 좋네. 그럼 시작할까?"

편의점에서 산 차가운 편육 위로 날파리 떼가 우글우글 꼬였다. 주변의 공기가 묘하게 소용돌이치자 마법진 사방에 켜 놓은 촛불이 흔들리며 그림자를 드리웠다. 이내 피라미와 작은 붕어 따위의 물고기들이 어도로 몰려들기 시작했다. 이제 응원하는 마음을 담아 주문만 똑바로 잘 외우면 할 일은 끝난다.

"하늘은 둥글고 땅은 모나니 하늘에서 이룬 것같이는 땅에서 되지 않으리라. 각항저방 심미기 두우여허 위실벽, 규루위모 필자삼 정귀유성 장익진. 떨어진 별을 제자리에 되돌리니 나라와 권세와 영광이 여기 이때에만큼은 네게 있도다! 급급여율령 아멘 파이팅!"

주문이 끝나는 것을 신호 삼아 파리 떼가 남자에게로 우르르 몰려갔다. 날벌레들이 코와 입으로 쏟아져 들어가자 거세게 저항하나 싶었지만 그것도 잠시. 교회에 있던 신도들처럼 눈이 풀린 채, 남자는 터덜터덜 물가 쪽으로 걷기 시작했다. 얕은 물 속에는 이미 물고기들이 우글우글 몰려들어 쫓겨난 영혼이 떨어지기만을 기다리고 있었다. 찰박, 찰박, 비싸 보이는 운동화가 물에 잠겨서 젖어 갔다.

그와 함께 촛불이 전부 꺼졌다. 죽은 파리 떼가 남자의 입에서 주르륵 흘러나왔다.

"뭐야? 야, 야, 너 튕겨 나왔어? 아무리 오래 묵었다고 해봐야 동물령인데 어떻게……."

있을 수 없는 일이라고 생각했다. 하지만 물가에 선 남자의 발치에 시선이 닿는 찰나, 이 사태가 단순히 **있을 수 없는 일**만은 아니라는 사실을 나는 즉각 깨달았다. 저물어 가는 햇빛을 받아 주황색으로 반짝이는 물 위로 드리워진, 도무지 이해하기조차 힘든 형상으로 꿈틀거리는 남자의 그림자. 오징어와

쥐며느리와 새우와 해파리를 마구잡이로 섞어 놓은 모습의 저 환영이 정확히 무엇인지는 알 길이 없었지만, 직감건대 지금 일어나려는 사태는 틀림없이 있어서는 안 되는 일이었다.

***

자기 자신의 기괴한 그림자에게 부름이라도 받는 듯, 남자는 한강 물을 향해 천천히 나아가기 시작했다. 그럴수록 물 위의 형체는 점점 더 뚜렷하게 일렁였다. 남자의 발목이 물에 잠기자 몰려들어 있던 물고기들이 혼비백산해 도망쳤고, 그 뒤를 쫓아 희미한 기운이 촉수처럼 뻗어 나갔다. 머리가 지끈거리며 환상이 언뜻언뜻 스쳤다. 악몽에서 기어나온 듯한 형상의 괴물들, 낯선 바다의 풍경, 꼭 자연 다큐멘터리에서 캄브리아기의 해저 생태계를 재현해 보여 줄 때의 CG 비슷한……. 등줄기를 달리는 오싹함에 무심코 물러나려는데, 귓가가 간질거리는가 싶더니 전신에 힘이 들어가며 걸음이 정반대로 향했다. 몸이 제멋대로 눈앞의 남자에게 달려드는 이 감각이 어쩐지 익숙했다.

"지금 너 설마 나한테 들어왔니? 와, 다신 못 느껴 볼 줄 알았는데!"

사랑할 때가 있고 미워할 때가 있으며 전쟁할 때가 있고 평화할 때가 있느니라. 나를 수렁에서 건지사 빠지지 말게 하시고 나를 미워하는 자에게서와 깊은 물에서 건지소서! 붕붕거리며 들끓는 목소리가 머릿속을 가득 메웠다. 동시에 마곡의 악마에게 조종당하는 양팔이 남자의 가슴께를 붙들고서 필사적으로 끌어당기기 시작했다. 이대로 물에 들어가게 두었다간 큰일이라도 난다는 듯이. 멧돼지라도 능히 제압할 만한 힘이었건만, 남자는 끌려 나오기는커녕 묵묵히 발을 내디딜 뿐이었다.

"도대체 뭐에 씐 거야? 인류의 조상은 피카이아인가 뭔가 하는 곰장어 닮은 놈 아니었어? 그게 저렇게 힘이 세?"

마곡의 악마조차 여기에는 명쾌하게 답할 수가 없는 모양이었다. 그저 길 가다 예수라도 맞닥뜨린 것처럼 겁을 집어먹고는 혼란스럽게 중얼거릴 뿐. 크고 넓은 바다가 있고 그 속에는 생물 곧 크고 작은 동물들이 무수하니이다, 지느러미와 비늘 없는 모든 것은 너희에게 가증한 것이라, 그것의 모습을 보기만 해도 그는 기가 꺾이리라. 아무래도 어릴 적에 본 자연 다큐멘터리가 거짓말을 한 모양이었다. 저런 무시무시한 오징어쥐며느리새우해파리가 우리 조상이란 사실을 알았더라면, 명절마다 차례라도 꼬박꼬박 지내 드렸을 텐데.

"아무튼 간에, 뭔지는 몰라도 물에 잠겼다간 다 끝장이란 건 나도 감이 오는데, 너 조금만 더 힘낼 수 없어? 벌써 애 종아리까지 담갔거든?"

소용없는 질책이었다. 물이 깊어질수록 남자의 힘은 점점 더 강해졌고 환상이 보이는 빈도도 잦아졌으며, 캄브리아기의 풍경이 밀어닥칠 때마다 내 다리에서는 기운이 쭉쭉 빠져나갔다. 모든 손이 약하여지며 각 영이 쇠하며 모든 무릎이 물과 같이 약해지리라 보라 재앙이 오나니……. 이대로라면 방도가 없었다. 지금이라도 누굴 더 부르기에는 시간이 부족했고, 그렇다고 당장 동원할 만한 장비나 기술이 있는 것도 아니었다. 답이 나오질 않으니 짜증만 괜스레 치밀었다. 오래 묵은 애들이 이래서 문제야! 1.4 후퇴 때 죽은 원혼하고 사귈 때도 무슨 이런 꼰대가 다 있나 싶었는데, 안압지 출토 십면엇쌍각주령구나 울주 수중암각화는 그보다도 한술 더 떴고, 5억 년 전 조상님께서 행차하시니까 이젠 말도 안 통하잖아! 삼각김밥 하나로 이 꼴인데 집밥 두 번만 더 탐냈다간……

지혜가 부르지 아니하느냐 명철이 소리를 높이지 아니하느냐.

……순간 놓치고 지나갈 뻔한 머릿속의 번뜩임을 악마가 제때 붙잡아 주었다. 대단찮은 발상이었다. 망할 놈의 마르셀 때문에 원시인, 나무 타는 포유류, 물고기를 거쳐 캄브리아기 괴물까지 튀어나와서 이 꼴이 났지만 생명의 역사는 거기서 끝이 아니잖아? 오래됐다고 무작정 더 급이 높아지는 건 아니다. 골동품을 더 쳐 주는 경향이 있는 기이현상청에서조차 컴퓨터와 휴대전화는 당연하다는 듯이 신품을 선호한다. 마찬가지 원리로, 다큐멘터리 내용이 통째로 창작이었던 게 아니라면, 캄브리아기에 온갖 기기묘묘한 생물들이 폭발적으로 등장하기 이전에는 훨씬 고요하고 심심한 시기가 있었다. 그러니까 만일 과거 회상이 이것보다도 더 진행된다면, 캄브리아기의 주

마등이 지나갈 때까지 버티기만 한다면 이 난장판도 절로 고요해지지 않을까?

"우모린 얘는 뭔 소리래. 그게 대책이냐? 30초도 못 버티게 생겼구만!"

"그럼 너도 날아다니지만 말고 힘을 보태든가! 아니, 아니지. 나 핸드백에 삼각김밥 있어!"

겨우 짜낸 한 수를 파악한 비둘기들이 일제히 급강하했다. 몇 마리가 남자의 주의를 흩트리려 세차게 퍼덕거리는 동안, 다른 한 마리는 핸드백을 뒤적여 아까 사 놓은 앙버터 삼각김밥을 꺼냈고, 그대로 하늘로 치솟아 오르더니 발톱을 툭 놓았다. 동시에 양옆에서 날아온 비둘기가 김밥 비닐 양쪽을 붙잡고 힘껏 당겼다. 난해한 포장으로부터 깔끔하게 탈출한 삼각김밥이 남자의 좌측 2미터 지점으로 낙하했다. 물 위의 형체가 왼쪽으로 고개를 홱 돌린 것은 그 직후였다.

"효과가 있어! 좀 더 유인해 봐!"

하나, 둘, 하늘에서 삼각김밥이 차례로 떨어지자 묵묵히 한강으로 향하던 걸음걸이가 틀어졌다. 심연의 부름과 본능적인 허기 사이에서 갈팡질팡하는 듯 남자가 머리를 좌우로 뒤흔들었다. 아무리 두렵고 이해할 수 없는 고대의 존재라고 해도, 결국엔 밥 먹겠다고 기어 올라온 조상 귀신이었다. 그것도 5억 년 뒤에 한국인으로 진화할 귀신. 너도 역시 제사보단 젯밥이다, 이거지?

"네, 네, 차린 건 없지만 공신전헌하니 흠향하시옵소서!"

식탐을 못 이긴 남자가 바닥에 떨어진 삼각김밥을 향해 기어이 몸을 날리는 순간, 나도 팔의 힘을 풀고서 함께 콘크리트 바닥 위로 데굴데굴 굴렀다. 핸드백 가장 깊은 곳에서 꺼낸 최후의 무기를 한 손에 쥔 채로. 김밥에 든 **마르셀**만으로는 혹여 사태가 일시적으로 더 악화될지도 모르는 일이었다. 하지만 김밥을 먹겠다며 쩍 벌어지는 저 아가리에다가, 바이알 안에 든 회색 가루를 한 방에 털어 넣는다면 얘기가 달라지지! 이성이 진화되기도 전에 살았던 괴물은 입에 뭐가 들어갔는지도 모르고 그저 밥을 우적우적 씹어 먹다가, 채 삼키기도 전에 서서히 그 자리에 엎어졌다. 죽은 건 아니었다. 캄브리아기보다도 더 오래전에 살았던 조상님들의 조상님, 그러니까 아마도 원시 미생물의 기억 속에서 추억의 **식사**를 즐기고 있을 뿐.

"끝났다아⋯⋯."

지금까지 겪은 중에서 가장 익스트림했던 제사를 마치자마자, 나 또한 스트로마톨라이트처럼 그대로 바닥에 엎어졌다. 귀에 들어갔던 파리가 날지도 못하고서 기어 나왔고, 불안하게 하늘을 빙빙 돌던 비둘기들도 죄다 내려앉은 지 오래였다. 이리하여 일루미나티의 손에서 유출된 삼각김밥을 둘러싼 긴급사태는 오후 6시, 잠실대교 남단의 강변에서 기이현상청에 들키는 일 없이 성공적으로 마무리된 것이다⋯⋯ 그렇게 믿으면서 비로소 긴장을 놓으려는데, 비탈 위 주차장 쪽으로부터 서서히 다가오는 무리가 있었다.

"야, 우모린. 우리 들킨 거 아니냐? 저거 네 직장 동료들 아니냐?"

정장을 차려입은 사람이 열두어 명, 거기에 실험 가운이며 방호복을 입은 사람이 서넛. 과연 기이현상청에서 나온 요원들이 아닐까 싶은 모양새였다. 하지만 그 무리를 이끄는 사람은 기이현상청 소속이 아니었다. 미끄러지듯 느릿느릿 걸어오면서, 박수까지 짝짝 치면서 비희가 태연히 입을 열었다.

"수고 많았어요, 모린 씨. 덕분에 귀중한 데이터를 손에 넣었네요."

파충류의 샛노란 눈동자가 저녁 햇살을 받아 선명한 황금빛으로 빛났다. 여전히 매력적인 눈이었다. 하지만 피라미드 위의 눈처럼 위압적이고도 소름 끼치는 시선을 가리기엔 그 특유의 매력조차 턱없이 부족했다.

***

흩어졌던 비둘기들이 다시 구름처럼 모여들었다. 온갖 벌레와 쥐 떼가 사방에서 기어 나와 적의를 곤두세웠다. 척 보기에도 비희의 태도가 너무 수상했으니까. 자기네들 실수 덮어주겠다고 새벽부터 지금까지 이 고생을 했는데, 정작 자기는 우리가 괴생물체 붙들고 낑낑대는 꼴을 바로 코앞에서 지켜보고 있었던 거야? 부하들까지 잔뜩 끌고 온 주제에? 이 상황을 설명 가능한 시나리오는 하나뿐이었다. 처음부터 전부 계획되어 있었다는 것. 이윽고 그 추측을 확정 짓는 발언이 생글거리는 비희의 입술 사이로 술술 흘러나왔다.

"혹시나 해서 물어보는 건데, 정말로 실수로 유출됐다든가 내부 고발이라든가 하는 얘길 믿었어요? 모린 씨도 보기와는 다르게 순진한 구석이 있네. 물론 저는 인류의 그런 면을 정말로 사랑해 마지않지만요. 우리 일에 이렇게나 도움이 되는걸요."

"잠깐, 잠깐잠깐, 말이 안 되잖아. 일부러 실패작을 시장에 푼 거야? 그래 놓고서 나한테는 회수를 부탁하고? 도대체 왜 그런 쓸데없는 짓을 한 건데?"

"쓸데없는 짓이라뇨. 말했잖아요? '실패를 통해 알아낸 게 하나라도 있다면 성공'이라고. **마르셀**은 우리가 의도한 대로 작동하지 않았지만, 그러니 실패라고 결론짓고서 싹 잊어버릴 수는 없어요. 실패한 실험에서도 뭔가 유의미한 사실을 하나쯤은 알아내야 한다고요. 이를테면 아무것도 모르는 민간인을 자가 빙의 상태에 노출시켰을 때, 과연 어디까지 거슬러 올라가서 어떤 사태를 일으킬지 같은 것 말이죠."

방호복 입은 사람들의 손에 질질 끌려가는 남자를 가리키며 비희가 아무렇지도 않게 말했다. 마음 같아서는 반박하든 맞서든 하고 싶었는데, 막상 뱀 같은 눈빛을 정면에서 맞으니 몸이 딱딱하게 굳어 목소리조차 나오지 않았다. 말을 할 수 있었다 한들 일루미나티를 상대로 당장 뭘 해 볼 수는 없었겠지만. 제길, 전 애인이 둘이나 있는 앞에서 이게 무슨 한심한 꼴이람.

"그렇게 겁먹으실 필요는 없는데. 우리가 뭐 입막음이라도 하러 온 줄 알아요? 감사를 표하러 온 거예요. 실험을 진행하려면 기이현상청에 들키지 않도록 뒤처리를 해 줄 사람이 필요했는데, 마침 당신이 간단하게도 넘어와 주셨잖아요."

"야, 마비희, 너 내가 회수 못 했으면,"

"그랬으면 다른 친구분들도 부르셨을 거 아녜요? 우리로서는 사태가 커지면 더 유의미한 데이터를 얻을 수 있었겠지만, 그랬다간 뒷감당이 쉽지는 않았겠네요. 만족할 만한 결과를 관측하는 데에는 성공했으니 이제 그만 물러갈까요? 아, 그전에 이거나 받아 두세요……."

그렇게 말하면서 비희는 품에서 작은 종이 상자를 꺼내 이쪽으로 툭 던졌다. 상자 안에는 암녹색 디지털 손목시계가 하나 들어 있었다. 일루미나티의 전시안 문양이 전면 유리에 아주 당당하게도 새겨진, 일루미나티 기념품점이란 게 있다면 거기서 팔고 있을 법한 싸구려 시계였다.

"실험에 큰 도움 주셨으니까 이쪽에서도 사례를 해야죠. 원래대로라면 더 비싼 선물을 드려야 예의일 것 같은데, 김영란법 때문에 액수 5만 원 넘기면 안 되죠?"

한 달 전에 새로 사귄 애인은 그 말을 마지막으로 등을 돌려 한강 변을 떠났다. 정장을 입은 무리도 비희를 경호하듯이 함께 계단을 올라 주차장 너머로 사라졌다. 허탈감에 젖어 시계를 멍하니 내려다보고 있으려니, 다음으로는 비둘기들이 꼴 좋다는 듯 한마디 던지고서 우르르 날아갔다.

"우리 모린이 좋은 경험 하셨네. 이젠 제발 좀 골라 가면서 사귀고 그래라."

틀린 말도 아니었다. 줄곧 재미있는 상대, 자극을 주는 상대만을 찾아다닌 결과가 이 꼴이었으니까. 좀 오래 갈 수도 있겠다고 생각했건만 이렇게 대대적으로 뒤통수를 얻어맞다니. 사귀자고 말을 꺼낸 그 순간부터 지금껏 내내 놀아나고 있었다니! 그러잖아도 울화통이 터지는 와중에 선물이랍시고 받은 시계는 고장까지 나 있었다. 배터리도 충분하고 전원도 들어오는 주제에 아까부터 계속 5시 8분에 멈춰서, 깜박깜박, 깜박깜박.

"아, 이건 네가 한 거구나. 〈베드로전서〉 5장 8절. 슬슬 제물을 내놓으란 소리네."

근신하라 깨어라 너희 대적 마귀가 우는 사자같이 두루 다니며 삼킬 자를 찾나니. 그제서야 잊고 있었던 중대한 사실 하나가 스멀스멀 떠올랐다. 마곡세상교회에서 생각 없이 내뱉은, "일만 끝나면 무한 리필로 뜯어 가게 해 주겠다."라는 약속. 마곡의 악마는 항상 아브라함의 제물을 요구했고, 한번 계약한 일에 대해서만큼은 결코 물러서는 일이 없었다. 사귀던 당시에는 좀 짜증 났지만 지금은 차라리 다행스럽기도 했다. 정신을 놓아 버리고 싶은 기분이었으니까.

"건대 쪽에 괜찮은 무한 리필 양꼬치집 하나 알아. 술 마실 건데, 늦게까지 어울려 줄 거지?"

시계의 문자판이 삑 하는 소리와 함께 바뀌었다. 12시 20분. 〈신명기〉 12장 20절. 내가 고기를 먹으리라 하면 네가 언제나 마음에 원하는 만큼 고기를 먹을 수 있으리니. 도대체 얼마나 먹어 치울 생각인지 걱정하면서도, 내 몸은 어느새 일어나 본능적으로 기지개를 쭉 켰다. 저 멀리 빌딩 숲속으로 저물어 가는 태양이 보였다. 지나치게 다사다난했던 하루가 어떻게든 끝나가고 있었다.

***

결과적으로 말하자면, 비희와는 결국 헤어졌다. 그날의 일로부터 한 달쯤 지난 뒤에. 그날 술을 마시면서 곰곰이 생각해 보니 비희가 내게 필요한 자극만큼은 충분히 선사해 주었다는 생각이 들었고, 그래서 좀 더 사귀어 보기로 작정했는데, 아무래도 비희에게는 그런 내 기대가 부담으로 다가왔던 모양이다. 어쩔 수 없는 일이었다. 한 명이 제공해 줄 수 있는 자극에는 이러나저러나 한계가 있으니까.

그러면 어떻게 하느냐? 물론 다음 자극을 찾아 나서야지. 마침 비희 덕분에 좋은 정보도 하나 얻어 낸 참이었다. 그 정보를 손에 쥐고서 주말을 이용해 향한 곳은 청룡과 백룡이 세력 다툼을 벌였다는 전설의 배경,《정감록》에 따르면 흉년도 병마도 들지 않는 이상향 **오복동**으로 가는 문이 있다는 장소, 낙동강 첫 절경인 태백산의 구문소였다. 한쪽에 굴이 뚫린 야트막한 연못 주변에는 물살에 깎인 하얀 석회암 덩어리가 뼈처럼 깔려 있었다. 감이 좋은 직장 동료들이라면 이곳 풍경 속에서 오랜 자연의 정령이라도 찾아낼 수 있지 않을까. 하지만 내가 찾는 건 조금 다른 존재였다.

"음, 경험이 없으니까 역시 잘 모르겠네. 일단 되는대로 해봐야 하나?"

연못 둘레와 황지천 줄기를 따라 걸으며 나는 석회암 덩어리들을 하나하나 들추고, 내던져 깨뜨리고, 때론 망치로 후려쳐서 조각 내 보기도 했다. 한 손에는《초보자를 위한 화석 발견 가이드북》을 든 채로. 흙이나 오래된 나무를 잘못 건드리면 귀신의 벌을 받아 동티가 나는 법인데, 그럼 천연기념물 제417호에 빛나는 태백구문소 전기 고생대 지층 및 하식 지형을 훼손해도 비슷한 효과가 있지 않을까? 나무 좀 베었다고 모든 사람이 신벌을 받는 건 아니다. 세상에는 귀신, 원령, 악마, 그 외 알아서도 만나서도 안 될 온갖 삿된 것들이 특히 잘 꼬이는 부류의 사람이 있다. 이번에도 믿을 건 타고난 체질뿐이었다.

그리고 역시나, 이번에도 내 체질은 어김없이 기대를 충족

시켜 주었다.

무심코 집어던진 돌이 깨지자, 그 틈으로 기이한 촉수 같은 자국이 드러났다. 비전문가가 봐서는 무엇인지 알기 힘든 형태였다. 저렇게 생긴 고생물이 있었나? 아니면 더 큰 화석의 일부분일까? 책을 한번 펼쳐 보려는데 손가락 끝이 어쩐지 차가웠다. 보이지 않는 오한이 다리를 타고 휘감듯 기어 올라왔다. 흐르는 물 위로 형언 불가능한 모습의 그림자가 문득 떠올랐다. 캄브리아기의 존재. 알려지지 않은 우리의 옛 조상. 지난번에는 비록 좀 껄끄러운 만남을 갖긴 했지만, 혹시라도 단둘이 보게 된다면 인상이 좀 달라질지도 모르는 일이었다. 생전 처음 보는 짜릿한 자극의 원천 앞에 서니 가슴이 콩닥콩닥 뛰었다. 하지만 이럴 때일수록 정신 차리고, 미소를 짓고, 얼어붙어 가는 혀를 놀려서 뻔뻔하게 나가야겠지.

"언니, 깨워서 미안한데 잠깐 나 상담 좀 해 줄래?"

강바닥의 돌들이 무수히 많은 이빨을 드러내며 비웃듯이 꿈틀거렸다. 지금까지의 경험으로 미루어 보건대, 이 정도면 시작이 아주 좋다.

마그눔 오푸스

"예, 그럼요. 당연히 되지요. 예, 예, 감사합니다."

수화기 너머의 상대에게 연신 굽실거리던 중년 남성의 목소리가 잠잠해지자, 도로변 건물 3층의 사무실 안은 삽시간에 불만스러운 기류로 가득 찼다. 흔히 있는 일이었다. 하나뿐인 책상 위엔 컴퓨터 한 대, 구석에는 정수기 하나에 캐비닛 하나, 테이블과 소파와 화분까지도 전부 하나씩밖에 없는 작은 사무실에선 직원 한 사람만 얼굴을 찌푸려도 그 분위기가 알아서 방 전체로 퍼지게 마련이었으니까. 속마음을 이렇게 입 밖으로 내뱉기까지 한다면 더 말할 나위가 없었다.

"아이고, 우리 사장님. 오늘도 뭐 설명도 안 듣고 일단 된다는 말부터 하네. 그 짧은 통화에 예 소리를 족히 100번은 했겠다."

소파에 비스듬히 누운 채 다들 들으라는 듯이 이렇게 한껏 비아냥거린 직원은 대략 10대 중후반쯤 되어 보이는, 검은 후드티와 청바지 차림의 여자아이였다. 까만 단발과 까만 눈, 손에 든 것은 까만 휴대전화. 직원으로서는 참으로 불량하기 짝이 없는 태도였지만 달리 제지하는 사람은 없었다. 어차피 사무실 안에 다른 직원이라고는 20대 초반의 마르고 선이 가는 남자 하나뿐이었고, 그 직원은 소파 구석에 쪼그린 채 공무원 시험 문제집만 열심히 들여다보는 중이었으니, 터져 나온 불만을 맞받아치는 것은 자연스레 방금까지 전화 통화를 하던 사장의 몫이었다.

"그럼 나라에서 일을 맡기는데 안 됩니다, 못하겠습니다, 그래? 네가 원청이면 그러는 하청 업체에 일을 주고 싶겠냐, 안 주고 싶겠냐?"

"누가 일을 아예 받지 말래? 우리가 할 수 있는 일을 골라서 받아야지. 여기 직원이 둘이야, 둘. 아니면 사장님이 현장 나갈래?"

그렇게 말하며 여자아이는 창가 쪽의 사장용 책상을 홱 노려보았다. **명주영능 대표 오 용 수**라는 글자가 박힌 나전칠기 명패가 햇빛을 받아 빛나고 있었다. 작동하는 게 기적일 듯한 구형 컴퓨터 곳곳에는 노란색 부적이 덕지덕지 붙어 바람이 불 때마다 조금씩 팔랑거렸다. 검은색 가죽 의자는 텅 빈 채였고, 쌓인 먼지의 두께를 보건대 최근 몇 년 동안 아무도 앉지 않았음이 분명했다. 하지만 책상 쪽에서 진저리를 치는 탁한 목소리가 들려오고 있다는 것 또한 분명한 사실이었다.

"서시니 저거는 말을 해도 꼬옥 저렇게 하지. 하여튼 이 회사에서 지가 제일 잘난 줄 알아요. 맨날 무슨 좌파 단체 나가더니 가면 갈수록 더한다, 더해."

"좌파 단체가 아니라 학교 밖 청소년 인권운동 단체거든. 몇 번을 말해야 알아듣는데?"

"어으, 나는 그렇게 길고 복잡한 거 못 외운다. 그리고 좌파 단체 맞지, 그럼 그 친구들이 우파냐? 어, 우파 단체야?"

주인 없는 목소리가 언성을 높이며 몰아붙이자, 서시니라 불린 직원도 지지 않고 날을 세워 대꾸했다.

"똑같은 청소년인데 학교 좀 안 다닌다고 나라가 제대로 챙겨 주질 않으니까, 자기들끼리 모여서 서로서로 권리를 찾아가자는 거 아냐. 그게 뭐 대단히 좌파야? 하긴, 기이현상청 놈들이 뭘 맡기든 한번 따져 보지도 않고 그저 앵무새처럼 예 소리나 하고 앉은 입장에서야 온 세상이 다 좌파로 보이겠지."

"야, 서시니! 우리 명주영능이 지정기이 단체 자격 유지하고 있는 거, 지난해 감사에서 최고 등급 받은 거, 그게 예스맨 짓으로 되는 건 줄 알아? 비위를 암만 맞춰 봐야 이 몸으로 고개를 숙일 수가 있냐, 술을 따를 수가 있냐? 이 오용수는 지금 오로지 능력만으로 공무원들하고 협상을 하고 있다, 노라고 말해야 할 땐 과감히 하면서……. 이 사실을 너도 알아야 된다는 거야!"

"아니, 평가를 잘 받은 게 자기 덕분인 줄 아나? 사장이 생각 없이 따온 일을 직원들이 아득바득 해내다 보니까 결과만 그럴듯해 보이는 거지. 안 그러냐, 이송영?"

격렬히 오가던 말싸움의 공이 갑작스레 넘어오자, 다른 한 명의 직원은 당황한 나머지 공무원 시험 문제집을 테이블에 툭 떨어뜨리고 말았다. 깨진 부분을 테이프로 대충 붙여 놓은 테이블 유리가 충격을 받아 부르르 떨렸다. 들릴 듯 말 듯 흘러나온 대답도 떨리고 있긴 마찬가지였다.

"저기, 사장님이랑 팀장님 두 분 다, 일단은 이번 일이 뭔지부터 얘기를 나눠 보시는 게……."

그 희미하기 짝이 없었던 몇 마디가 사무실에 침묵을 불러왔다. 다음 순간, 서시니와 오 사장은 누가 먼저랄 것도 없이 새로 제시된 의견에 동의를 표하기 시작했다. 한층 가라앉은 목소리로, 조금 멋쩍어하면서.

"그러게. 그 정돈 들을 수 있지. 나라에서 또 뭘 던져 줬나 걱정은 되지만."

"가만 보면 우리 이송영이가 상식이 있어. 목소리도 아주 청아하고."

겨우 진정된 사무실 분위기 속에서 이송영이 작게 안도의 한숨을 내쉬었다. 전라남도 명주군에 위치한 3급 지정기이단체, 기이현상청 업무를 하청받아 운영되는 중소기업인 명주영능에서는 이러한 말싸움이 하루걸러 한 번씩은 벌어지곤 했다. 이송영에겐 도무지 익숙해지질 않는 종류의 일상 풍경이었다.

***

명주영능 사무실에서 일어난 실랑이의 원인을 거슬러 올라가면, 그 끝에는 기이현상청의 고질적인 병폐 하나가 도사리고 있다. 바로 수도권에 집중된 조직 역량, 그리고 이에 따른 지방 기이현상 대응 인력 부족이다. 애시당초 **기이현상청**이라는 조직의 출범 계기부터가 "수도 서울을 하나님께 봉헌합니다."라는 2004년 당시 서울시장의 발언으로 인해 서울특별시의 영적 균형이 흔들리며 빈발하기 시작한 수도권 기이 문제를 해소하려는 것이었으니, 조직 역량의 상당 부분이 수도권에 할애되어 버린 상황은 당연한 귀결이라고 할 수 있다.

2004년 이전까지만 해도 여러 정부 부처나 지자체에 흩어져 있던 기이현상 대응 시스템을 일원화한 것은 크게 보아 성공이라고 평가할 만한 일이었다. 하지만 결과적으로 수도권 바깥의 관련 인력 부족을 초래한 것 또한 부정할 수 없는 사실이었으며, 몇 번에 걸친 조직 개편으로도 이 과제가 해결될 기미는 딱히 보이지 않았다. 지방의 심각하지 않은 기이 관리를 각 지역 소재 하도급 업체(대다수가 2~3급 지정기이 단체)에 일임하여 해결하되 감사를 철저히 진행해 문제 소지를 최소화한다는 현행 체계가 "실무자를 갈아 넣어 유지되는 전형적인 대한민국식 시스템"이라는 비판에도 불구하고 꿋꿋이 존속되는 이유다. 예를 들자면 이런 식으로.

"이번에도 맨 똑같은 조사 건이다. 거, 저쪽 명주산 근처에 공사 크게 하는 중인 거 니들은 알지? 무슨 그, 예술 문화 뭐시기 센터라던데. 거기서 이틀 새 토사가 두 번 무너지는 바람에 공사가 좀 지연이 됐는데, 사고 정황이 좀 수상하단 신고가 들어왔으니까 기이 건인지 아닌지 한번 확인해 달란다. 전에도 이런 거 해 봤잖아? 어려운 일 아니니까, 투덜거리지 좀 말고 후딱 차 끌고들 나가."

기이 관련성이 의심되는 전국 팔도의 사건 하나하나를 전부 조사하기에는 기이현상청의 현장 인력이 턱없이 부족하기에, 정말 기이현상청이 개입해야 할 일인지 알아보기 위한 사전 조사 업무는 십중팔구 명주영능과 같은 하도급 업체에 넘어오곤 했다. 오 사장의 말대로 종종 있는 일이었고, 어려울 것은 없었다. 한 시간 반만 버티면 퇴근이라고 생각하던 찰나에 갑작스레 나갈 일이 생겼다는 점이 다소 귀찮을 뿐. 파란색 승합차 뒷좌석에서 시니는 그 귀찮음을 전혀 감추지 않고 툭툭 내뱉어 댔다.

"여기 사장이 저렇게까지 성가신 인간인 줄 알았으면, 그냥 처음 소개받았던 작업복 업체 가서 자수나 놓는 거였는데. 하, 그땐 내가 뭘 몰랐지."

"제조 쪽은 진짜로 업체 나름이래요. 고생하는 데 가면 엄청 고생한다더라고요."

시니의 말을 꼬박꼬박 받으며 송영은 차에 시동을 걸었다. 내비게이션에 따르면 공사 현장까지는 대략 20분 거리. 20분이면 긴 시간은 아니었지만, 신경을 잔뜩 곤두세운 팀장과 단둘이 차 안에 있어야 한다면 아주 짧은 시간이라 말하기도 힘들었다. 승합차가 도로를 굴러가기 시작하자, 슬슬 대화의 흐름을 좀 바꾸는 게 낫겠다고 판단한 송영이 조심스레 입을 열어 보았다.

"그, 단체 쪽 일은 어때요? 요새 엄청 바빠 보이시던데."

"바쁘긴 맨날 바쁘지. 여기 배지 수 보여? 너 입사한 이래로 열 개는 더 붙었는데."

배지 수십 개가 다닥다닥 달린 연갈색 에코백을 흔들어 보이며 시니가 대꾸했다. 캔배지에는 대부분 구호가 적혀 있었고, 핀배지는 색깔과 형태가 전부 제각각이었다. "학교 밖에도 우리가 있다", "#청소년_퀴어의_일상을_보호하라", 손을 맞잡은 사람 모양, 깃발 모양, 튤립 모양……. 전부 인권운동 단체에서 모금 프로젝트를 위해 만든 물건이었다. 배지가 열 종류면 사업도 열 개. 바쁠 만도 했다.

"우리 단체에서 하는 사업도 사업인데, 다른 단체랑 연대하는 것도 요샌 많이 하거든. 이번 안전쉼터 건은 지자체까지 끼어 있어서 특히 신경 쓸 게 많단 말야."

"아, 그러고 보니까 청소년 쉼터 운영 시작했다고 하셨죠. 숙원 사업이었다고 하셨던 건 기억나는데, 어떻게 잘 돌아가요?"

"일단 궤도엔 올려놨다고 해야 하나? 만들길 잘했어. 지난 주에 온 애는 글쎄 할머니랑 둘이 살았는데, 그 할머니가 사이비 종교에 빠져서 이마에 칼로 뭘 새기려고 하길래 도망쳐 나왔다더라고. 그런 건 나라가 어떻게 해야 하는데, 맨날 또 활동가 몫이지."

"진짜 열심히 하시네요. 존경스러워요."

이것이 시니의 열변에 대한 송영의 솔직한 감상이었다. 명주영능에 입사한 지 벌써 1년 반이 지났건만, 회사 일은 일대로 하면서 사회운동에도 뜨겁게 힘을 쏟는 시니의 모습은 송영에겐 여전히 경이로웠다. 비록 그 사회운동의 궁극적 의도에 대해 본인이 시종일관 이렇게 주장하고 있더라도.

"열심히 해야지 어떡하냐? 기이현상청 놈들 덕에 평생을 이런 어린애 꼴로 지내게 생겼으니, 내 권리는 내가 알아서 챙기는 수밖에. 내가 하는 청소년 인권운동이나, 네가 하는 공무원 준비나 별로 다를 것도 없어."

"에이, 저는 본격적으로 준비하는 것도 아닌데요. 그냥 짬짬이 보는 거죠."

조수석에 놓아둔 공무원 시험 문제집을 곁눈질하며 송영이 변명처럼 말했다. 공무원 시험공부를 꾸준히 해 온 건 사실이었지만, 그 공부라고 해 봐야 무료 인터넷 강의나 듣다가 가끔 시간 정해서 모의고사 풀어 보는 정도가 고작이었다. 어차피 당장 응시할 생각도 없었다. 그러기에는 준비가 부족해도 한참 부족하다고 송영은 언제나 생각했다.

"네가 못할 것 같진 않은데. 성격도 멀쩡하고, 목소리도 좋고. 하기야 나 같은 놈들 상대할 공무원을 그런 거 보고 뽑으면 안 되긴 하겠다."

"공채로 붙으려고 해도 지금보단 감이 더 있어야 한대요. 집중 안 해도 뭐가 보일 정도는 돼야 턱걸이라는데, 저는 아직 좀 아슬아슬하거든요. 현장에서 감각을 더 키운 다음에 지원하려고 여기 들어온 거예요."

기이와 일상적으로 부대끼는 하도급 업체에서 일하면 일단 생활비도 충당할 수 있거니와, 기이현상청 업무에 필수적인 경험도 자연스레 쌓이리라는 게 송영의 계획이었다. 정말 계획대로 될지, 이럴 게 아니라 무리해서라도 서울로 올라가든 학원을 끊든 해야 하는 건 아닌지 때로는 견딜 수 없이 초조해지기도 했다. 안타깝게도 송영에게는 이런 고민을 나눌 만한 친구가 딱히 없었다. 유일한 직장 동료는 인생 조언을 구하기엔 지나치게 이질적인 존재였고.

"그래, 나랑 달라서 너는 지원 자격이 되잖냐. 나이도 딱 열일곱 살에 묶인 게 아니고, 감이야 구르다 보면 키워지는 거고. 삶은 모름지기 길게 봐야지."

"팀장님의 길게랑 제 길게는 단위가 다를 것 같은데……."

"야, 시간은 나한테도 똑같이 흐르거든? 신호등도 너네랑 똑같이 기다리고. 그러니까 넌 신호나 똑바로 보고 운전해."

시니의 질타에 송영은 파란불이 들어온 신호등 아래로 황급히 차를 몰았다. 이윽고 공사 때문에 황토색으로 깎여 나간 산비탈이 멀찍이서 모습을 드러냈다. 저곳에서 일어난 사고가 정말로 기이와 관련되어 있을까? 저곳을 조사해 보는 경험이 과연 장래의 인생에 조금이라도 도움이 되긴 할까? 차창 너머로 보이는 광경만으로는 아직 그 무엇도 알 수 없었다.

***

목적지인 명주 K-메타버스 문화예술센터 건설 현장 앞에는 담당자가 미리 나와 기다리고 있었다. "전화로 설명은 들었는데 솔직히 무슨 말씀인지는 모르겠다."라는 익숙한 반응을 규정대로 적당히 받아넘기고서, 시니와 송영은 담당자의 안내에 따라 사고가 발생했다는 장소로 조심조심 걸음을 옮겼다. 그러는 동안 들은 설명에 따르면 확실히 이번 사고 정황에는 꽤 수상한 구석이 있었다.

"말이 안 됩니다, 말이. 원래 흙을 이쪽에 쌓아 놨거든요? 근데 어제 아침에 와 보니까, 그게 여기 파 놓은 데 아래로 싸그리 무너져 있는 겁니다. 비라도 왕창 쏟아지지 않으면 절대 저절로 그렇게 될 수가 없어요. 그걸 다 치우지도 못했는데 또 오늘은, 저기 저것 좀 보십쇼. 저 비탈이 다른 데도 아니고 포크레인 위로 딱 무너져서 작살을 내놨지. 아주 환장을 할 노릇입니다."

"밤에 누가 들어와서 쏟아 놓고 간 건 아니고요? 공사 시작할 때 반대 민원이 좀 있었다던데."

"에이, 민원 그거 두어 번인가 들어오고 말았습니다. 그리고 흙더미를 통째로 옮기려면 장비가 필요한데, 아무리 밤중에 몰래 한대도 바퀴 자국 하나 안 남기고 도망갈 수가 있겠습니까?"

상황이 이렇단 걸 확인했으니, 이제는 민간인 없이 지정기이업체 직원들끼리만 현장을 본격적으로 조사해 볼 차례였다. 사진을 찍고, 기록을 남기고, 기이와 연관된 좀 더 명확한 증거는 없는지 찾아보고. 하지만 그 **명확한 증거**를 찾는다는 일이 그리 간단치 않단 건 시니도 송영도 잘 알고 있었다. 흙더미가 무너진 모양은 누가 보기에도 꺼림칙했고, 굴착기가 망가진 모양새도 단순히 흙에 깔렸다기보단 더 큰 힘으로 짓눌린 데에 가까워 보였지만 그 정도의 감상을 보고서로 써서 원청에 제출할 수는 없는 노릇이었다. 어떠한 종류의 기이가 저지른 일인지 개략적으로나마 알려 주지 않으면 기이현상청에서도 적절한 담당 인력을 골라서 보내기가 곤란해지니까. 그렇게 되면 트집 잡히는 건 당연히 하청업체다. 하다못해 기이가 남기고 간 사소한 흔적이라도 하나 찾아내지 않으면……. 그렇

게 생각하며 주변을 좀 더 샅샅이 둘러보려던 시니의 눈에, 주
머니에서 무언가를 주섬주섬 꺼내는 송영의 모습이 문득 보였
다. 주머니에서 나온 물건은 은색 사슬 끝에 엄지손가락만 한
수정이 달린 펜듈럼이었다.

"새로 산 거야? 또 사기당했으면 이번엔 같이 안 가 줄
거다."

"연습할 때는 잘됐어요. 실제로 먹힐지는 해 봐야 아는 거
긴 한데."

손끝으로 펜듈럼 끝을 붙잡은 채, 송영은 눈을 부릅뜨고
온 정신을 한데 모으기 시작했다. 혹시라도 적성에 맞을까 싶
어 수정구며 마법 오일 따위의 이런저런 보조 도구를 써 보기
시작한 지도 몇 달째였다. 지금까지는 별다른 성과가 없었지만
그래도 송영은 포기하고 싶지 않았다. 펜듈럼이 전혀 움직일
기미가 없어도, 아무런 기운도 느껴지지 않아도……. 그런 속
마음이 중얼중얼 소리로 변해 입 밖으로 흘러나올 즈음, 마침
내 어떤 힘의 흐름 같은 것이 사슬을 타고 송영의 손가락까지
와 닿았다. 미약한 움직임이 그 뒤를 따랐다. 수정 끄트머리가
흔들흔들 가리킨 곳은 처음 사고가 일어났다는 굴착 장소 아
래의 한 지점이었다.

"저, 저기 같아요. 흙 쌓인 데 말고, 옆에 커다란 바위 아래
요."

"하필 또 저 밑이야? 아니기만 해 봐라, 진짜."

문제의 바위는 성인 남성이 품에 다 안기 힘들 정도의 크기였지만, 송영이 말한 방향으로 훌쩍 뛰어 내려간 시니는 후드티 주머니에 손을 넣은 채 발끝으로 툭 밀어서 그 큰 바위를 간단히 넘어뜨렸다. 바위 아래에는 역시나 눈에 띄는 무언가가 숨어 있었다. 주변의 흙과는 명백히 다른 검은 진흙, 그리고 그 한가운데에 반쯤 파묻힌 포스트잇 한 장. 문제의 노란 종잇조각을 주워들어 앞면으로 뒤집어 본 시니의 얼굴이 가볍게 찌푸려졌다. 뒤늦게 밑으로 내려와 증거물을 직접 확인한 송영 또한 자연히 오싹함을 느꼈다. 포스트잇에 유성 펜으로 큼지막하게 적힌 한자, 尸는 두 직원이 그토록 찾아 헤매던 기이의 흔적이라고밖에 보이지 않았으니까. 그것도 아주 불길한 흔적.

"이거 그, 시체라는 뜻 맞죠?"

"맞아. 주검 시 자."

그러잖아도 위험할 일이 많은 공사장에서 수수께끼 같은 사고가 이틀 연속으로 일어났는데, 현장에 남겨진 것은 하필 시체를 의미하는 글자. 아무리 생각해도 이건 누군가의 악의가 개입된 것이 틀림없었다. 그리고 마침 세상에는 "악의를 품고서 섬뜩한 상징 등을 이용해 남을 해코지하려는 삿된 술법"을 통틀어 의미하는 단어가 하나 있기도 했다. 바로 그 꺼림칙하기 짝이 없는 단어가 송영의 입술 사이로 천천히, 아주 조심스레 흘러나왔다.

"혹시 이거, 저주 아닐까요?"

***

주검 시 자가 적힌 포스트잇은 두 번째 사건 현장 근처, 망가진 굴착기 옆의 흰색 모래 더미 사이에서도 똑같이 발견되었다. 포스트잇 두 장과 주변의 흙 시료를 지퍼백에 각각 담고서 세부사항을 기록해 두는 일은 팀장인 시니가 맡았다. 그런 다음에는 차로 돌아가서 사장에게 뭘 찾아냈는지 알려 줄 차례. 오 사장은 항상 이상한 데서 깐깐하게 구는 사람이었지만, 이렇게 확실한 증거 앞에선 그런 사장도 달리 할 말이 없으리라고 송영은 내심 기대를 품어 보았다. 그리 오래 지속된 기대는 아니었다.

"저주? 야, 종이에 한자 하나만 딱 적어 놓으면 그게 저주가 되나? 그러면 천자문은 아주 마도서겠다, 마도서."

"아니, 그래도 그냥 한자가 아니잖아요."

"잘 들어, 이송영이. 주검 시 자 하나로 무너질 리 없는 흙더미가 와르르 무너지고, 포크레인이 막 짓눌리고, 그런 편리한 저주는 동서고금에 유례를 찾아볼 수가 없다. 알았지? 그리고 만에 하나 공사판 자체에 누가 저주를 걸었다고 하면 계속 누가 넘어지고, 기계가 고장이 나고, 그런 식이 돼야지. 다른 일은 아무것도 없이 밤마다 흙만 무너질 수가 있겠느냐는……"

"아, 아무튼 기이 문제인 건 맞잖아. 우리 생각엔 저주인 것 같다고 대충 정리해서, 그냥 원청에 던져 버리면 안 돼?"

사장의 설명이 길어지려는 기미가 보이자 이번에는 시니가 불쑥 끼어들었다. 저주의 이론과 실제에 대한 지겨운 강의를 이대로 계속 듣고 있느니, 차라리 그냥 성질을 긁어 벌컥 화라도 내게 만들어야겠다는 계산에 따른 행동이었다. 과연 시니의 계산은 적중했다.

"서시니 너, 나랑 한두 해 일했어? 우리가 뭐 다달이 동네 귀신 숫자 세고, 사당 사진 찍어 오고 그러면 되는 회사 아닌 거 알잖아? 기이 문제가 발생하면 가능한 한 정확히 원인을 파악해서 보고하고, 해결 가능한 견적이 나오면 자체 해결도 하고, 그래야 원청에 뭐라도 청구할 껀덕지가 생겨서 이 사업이 돌아간다 이거야. 그런데 뭐, 대충? 앞으로 대충 일하고 월급 대충 받을래?"

"또 치사하게 월급 가지고 저러네. 기이현상청은 무섭고 고용노동부는 만만한가 봐? 야, 이송영. 빨리 노동청에 내비 찍어라. 우리 둘이서 오늘 이놈의 회사랑 아주 끝장을 보자."

둘 사이의 말싸움이 이 지경으로 활활 타오르고 나면, 상황을 진정하는 일은 매번 송영의 몫이었다. 우물쭈물 입을 열어 뭐라도 말하면 사장은 곧 조금 누그러져선 쓸데없이 송영의 태도와 목소리를 칭찬하고, 사장이 누그러지면 시니도 더 말을 얹지 않고. 조금이라도 건설적인 대화는 그런 뒤에야 비로소 가능해지곤 했다. 다행히도 '지금까지 알아낸 내용은 일단 사장이 정리해서 보고하고, 직원 둘은 아주 지엽적인 단서라도 최대한 더 찾아내 본다'는 깔끔한 합의에 이르기까진 그리 긴 시간이 걸리지 않았다.

"근데 현장에서 이 이상 찾을 건 없겠다 싶어요. 그보단 지난 이틀 동안 밤마다 사건이 일어났으니까, 차라리 오늘 밤까지 여기 잠복하면 뭐라도 걸릴 가능성이 크고……. 아무래도 야근해야겠는데요."

"저런, 고생하겠네. 도와주고는 싶은데, 만 열여덟 살 미만의 연소 근로자는 하루에 일곱 시간 이상 근무 안 되는 거 알지? 밤 10시도 못 넘기고."

"알아요. 증거 채취한 거만 사무실에 놓고 가 주세요. 아니면 태워다 드려요?"

됐다는 듯이 머리를 절레절레 흔들고서, 시니는 뒷좌석 아래쪽의 컴컴한 곳으로 몸을 한 번 크게 숙였다. 다음 순간 시니는 창밖의 숲속 그늘에서 송영에게 손을 흔들고 있었다. 송영이 눈을 깜박일 때마다 그 모습은 검은 안개처럼 점점 흐릿해지다가, 어느 순간부터는 완전히 보이지 않게 되었다. 비로소 완전히 홀로 남겨진 송영의 시선은 곧 조수석에 놓인 문제집 쪽으로 향했다. 밤이 되기까지는 아직 시간이 충분히 남아 있었다.

***

어둠이 내린 공사 현장 주변은 고요했다. 가림막 안쪽의 조명은 그럭저럭 밝았으나 바깥의 흙먼지 쌓인 도로는 가로등만이 점점이 비출 따름이었고, 주변에는 눈에 띄는 건물도 하나 없이 그저 논밭만 우주처럼 아득히 펼쳐져 있었다. 나지막한 집 몇 채가 밝힌 불빛이 그 너머에서 별처럼 반짝였다. 공사장 뒤쪽으로 병풍처럼 드리운 산 그림자 저편으로부터 풀벌레 소리가 희미하게 들려왔다. 몇 시간째 길가에 대 놓은 파란 승합차 안에서, 송영은 그 모든 컴컴한 적막을 홀로 견디는 중이었다.

혼자 있는 것 자체는 아무렇지도 않았다. 딱히 외로움을 즐기지는 않았지만, 어릴 때부터 원인불명의 잔병치레가 잦아 친구들과 거의 어울리지 못했던 데다가 집안의 크고 작은 우환 때문에 이사도 자주 다녔으니 자연히 고독에 익숙해질 수밖에 없었다. 하지만 어둠은 또 별개의 문제였다. 인적이라곤 없는 곳에서 이렇게 외로이 밤을 보내고 있다는 사실만으로도 벌써 숨이 막히는 것만 같았다. 이래선 안 된다고 생각하며 송영은 괜히 자기 뺨을 툭툭 쳤다. 이런 일에 익숙해지려고 명주 영능에 취직한 거잖아, 감각을 키우고 마음을 단단히 먹으려고, 두려움을 똑바로 마주 보려고……. 자신의 삶 곳곳에 도사리고 있었던 두려움의 순간들이 차례차례 송영의 머릿속에 떠올랐다. 바닷가, 장례식장, 수학여행. 논산 육군훈련소에서는 갑작스레 저항 불가능한 공포에 휩싸여 기절하길 반복한 끝에 세 번이나 집으로 그냥 돌아가야 했다. 바로 그 세 번째에 개입해서 도움을 준 기이현상청 공무원이 아니었더라면, 비슷한 일을 이후로도 몇 번이나 더 겪어야 했을지 생각만 해도 몸서리가 쳐졌다.

바로 그 공무원이 해 준 설명 덕분에, 송영은 자신이 그때껏 겪어 온 각종 이해할 수 없는 사건과 사고가 단순히 운명의 장난만은 아니라는 사실을 비로소 알게 되었다. 동시에 인생에서 처음으로 진로란 것을 품어 보게 되기도 했다. 저런 일을 하는 사람이 되어야겠다고 생각했다. 불합리한 삶에 일방적으로 휘둘리지 않는 사람이, 공포를 설명하고 통제할 수 있는 사람이. 안타깝게도 송영은 아직 목표를 이루지 못한 채였다. 가로등 불빛 아래의 작은 흔들림도, 풀밭을 때리는 바람의 기척도 전부 송영의 감각을 끈질기게 괴롭혔다. 그렇게 몇 시간이 지났을까, 긴장 속에서 잔뜩 곤두선 귓가에 명백하게 이질적인 소리 한 줄기가 스쳤다. 소리는 등 뒤에서 다가오고 있었다. 아주 빠르게, 일직선으로. 혼비백산하며 백미러로 향한 송영의 눈에 비친 것은, 그냥 오토바이 한 대였다.

"아, 진짜. 이런 걸 헷갈리면 안 되는데."

아직 갈 길이 멀어도 한참 멀었다는 생각에 송영은 한숨을 푹 쉬었다. 고작 오토바이 소리에까지 겁을 집어먹고 만 스스로가 한심했지만, 그런 자괴감에 한번 빠져들기 시작하면

한도 끝도 없다는 사실을 송영은 누구보다 잘 알았다. 이럴 때는 눈을 감고 만트라를 외우며 잡념을 버려야 했다. 항상 하던 대로.

그런데 그게 오늘따라 영 쉽지가 않았다. 아무리 정신을 집중하려 해도, 아니 정신을 집중하려 할수록 심장은 점점 더 요란히 고동치기만 했다. 왠지 숨이 계속 가빠졌다. 식은땀이 나고 손가락이 파르르 떨렸다. 뭔가 이상했다. 뭔가 느껴졌다. 지난 1년 반에 걸쳐 이런저런 기이를 접하며 조금이나마 예리하게 다듬어 놓은 감각이 소리 없는 고함을 지르고 있었다. 그 사실을 깨달은 즉시, 송영은 주머니에서 펜듈럼을 꺼내 들고 차 문을 힘껏 열어젖혔다.

도중에 집중이 흐트러져 한두 번 오락가락하긴 했지만, 결과적으로 펜듈럼이 가리킨 방향은 공사 현장 안쪽이었다. 받아 둔 열쇠로 문을 따고 들어가 감각이 이끄는 대로 내달리니 산을 깎은 절벽이 송영의 눈앞을 턱 가로막았다. 심상찮은 기척이 뿜어져 나오는 곳은 그 위쪽이었다. 고개를 들어 올려다보자 조명 속에 사람 실루엣 하나가 또렷하게 보였다. 양손으로 무슨 덩어리 같은 것을 들어 입가에 가져다 댔다가, 이내 아래로 툭 떨구고선 숲의 어둠 너머로 사라지는 누군가의 실루엣이. 얼굴은 끝까지 그늘에 가려 보이지 않았다. 하지만 그자가 송영의 왼발 바로 옆의 흙바닥에 철퍼덕 떨어뜨린 덩어리의 정체만큼은 똑똑히 확인할 수 있었다. 반쯤 납작하게 일그러진 누런 황토 뭉치를, 그리고 그 위에 붙은 포스트잇도 함께.

'주검 시 자가 아니잖아?'

송영의 눈에 들어온 것은 한층 더 복잡한, 뜻을 모르는 한 자였다. 저주의 내용이 바뀐 걸까? 아니면 뭔가 다른 주술일까? 범인을 뒤쫓기에는 이미 늦었지만 적어도 새로운 단서는 손에 넣었다고 애써 긍정적으로 생각하며 포스트잇을 집으려던 송영의 움직임이 이내 멈추었다. 다른 움직임이 보였기 때문이었다. 흙이, 땅이 움직이고 있었다. 황토 덩어리가 떨어진 곳에서부터, 냄비 속에서 부글부글 끓는 물처럼, 송영이 뒷걸음질을 치는 속도보다도 더 빠르게 퍼져 가면서. 마침내 그 한복판에서 무언가 거대한 것이 불쑥 솟아오르는 순간, 송영은 비명이 튀어나오려는 걸 간신히 틀어막고서 재빨리 몸을 돌려 달리기 시작했다. 도망쳐야 했다. 저게 뭔지는 몰라도, 송영이 지닌 힘으론 죽었다가 깬들 상대할 수 없을 기이현상이란 것만큼은 확실했다.

물론 그렇다고 무작정 도망칠 수는 없었다. 이런 위험한 기이를 민간인이 있는 장소에 몰고 갔다간 큰일이 날 테니까. 민간인의 재산상 피해가 불가피한 곳 역시 마찬가지였다. 지금 상황에서는 그저 비명을 필사적으로 참아 가며, 공사 현장 옆의 산비탈을 올라 어두컴컴한 숲속으로 향하는 일이 최선이었다. 상상만 해도 등줄기에 힘이 빠지고 이가 덜덜 떨렸지만 그래도 송영은 그 최선의 길을 택해 달려 나아갔다. 등 뒤에서 시시각각 쫓아오는 묵직한 움직임에 대해서는 가능한 한 생각하지 않으려 했다. 눈앞의 숲속에 도사리고 있을지 모르는 갖가지 삿된 것들에 대해서도 애써 잊으려 노력했다. 그저 다리를 힘껏 움직여 나무 사이로, 어둠 속으로 몸을 밀어 넣었다. 빛이 하나도 보이지 않게 될 때까지. 새까만 장막이 몸을 완전히 감쌀 때까지. 그렇게 된 뒤에야, 비로소 송영은 온 힘을 다해 비명을 내질렀다.

"으, 으악, 아아아아아아악!"

그와 동시에 오한이 사방에서 화살처럼 날아와 송영을 덮쳤다. 이게 싫었다. 이게 무서웠다. 송영은 논산에서 처음으로 만났던 기이현상청 공무원의 말을 떠올렸다. 귀신이 보이는 체질도 아니고, 하다못해 잘 씌는 체질도 아닌데, 딱 목소리 하나에만 영적인 울림이 있다고. 귀신과 요괴와 정령들이, 각종 기이하고 불길한 존재들이 송영의 목소리를 좋아했기 때문에 인생에서 그토록 나쁜 일을 많이 겪어야 했던 것이라고. 구령을 한 번 외칠 때마다 훈련소에 득시글대는 온갖 것들의 눈길을 일시에 받았을 테니 기절을 안 하고 배겼겠느냐고. 그 목소리 자체는 지금도 전혀 변함이 없었다. 어쩌다가 큰 소리라도 잘못 내면 바로 몸이 차갑게 굳어 버리는 것도 그대로였다. 그럼에도 송영이 이번에 기절하지 않고 버틴 것은, 단지 비명을 들어 줄 다른 누군가가 이 어둠 속에 있다는 사실을 알았기 때문이다.

"좀 죽게 생겼기로서니, 진작 퇴근한 연소 근로자를 오전 2시에 불러내? 너는 그런 노동 관념으로 국가직 공무원을 해 먹으려고 그러냐?"

송영을 추격하던 육중한 형체를 컴컴한 허공 그 자체가 막아섰다. 열일곱 살 여성 청소년의 형상으로, 잔뜩 짜증을 내면서. 그 정당한 짜증 덕택에 송영은 자신이 상당히 꼴사나운 짓을 했음을 다시금 자각하고 말았다. 헐떡이는 숨 사이로 무의식적인 사과가 튀어나왔다.

"죄송해요, 팀장님. 저, 그거, 뭔지 제대로 보지도 못하고 그냥."

"아, 그건 괜찮아. 나도 봤는데 뭔지 모르겠거든. 흙이 이렇게 살아 움직이는 건 처음 본다."

게다가 그냥 살아 움직이는 데서 끝나지도 않았다. 시니는 나무를 마구잡이로 쓰러뜨리며 자신에게 맹렬히 달려드는 흙더미를 유심히 노려보았다. 두꺼운 팔, 짤막하긴 해도 아무튼 달려 있는 다리, 쩍 벌어진 아가리 비슷한 것. 전체적으로 보면 머리가 큰 아기 같은 모습이었다. 저게 대체 뭐람? 의문은 많았지만 느긋하게 관찰이나 하고 있기에는 그리 좋은 상황이 아니었다. 흙으로 된 아기의 손바닥이 시니를 납작하게 짜부라뜨리려는 듯 덮쳐 왔다.

"팀장님, 피해요!"

"너무 소리 크게 지르지 마. 야밤에 구경꾼 모을 일 있냐고."

　양팔로 아기의 공격을 간신히 튕겨내며 시니가 퉁명스레 말했다. 묵직한 토사의 질량은 그것만으로도 충분한 흉기였다. 마구잡이로 내지르는 주먹과 손바닥 하나마다 시니의 몸이 휘청거리고 발이 땅에 파묻혔다. 아무래도 피할 건 피하고 흘릴 건 흘려야겠단 생각에 어둠 속을 이리저리 들락거리며 교란 전법으로 나가니 다소 효과가 있긴 했지만, 그렇게 서로 유효 타격을 입히지 못하는 공방이 몇 분 가까이 이어지자 먼저 지친 건 결국 시니 쪽이었다.

　"이거 생각보다 만만찮은데? 굴착기 짓눌러 놓은 모양새 봐선 충분히 견디겠다 싶었더니, 단단함도 그렇고 속도도 그렇고 예상을 훨씬……. 야, 더 멀리 피해 있었어야지."

　짜증을 내듯 홱 뻗은 아기의 주먹이 송영을 스치려던 찰나, 시니의 팔이 아슬아슬하게 그 일격을 막아 궤도를 틀었다. 다른 두 팔이 그 손목 부위를 붙잡았고, 가슴께에서 튀어나온 네 번째와 다섯 번째 팔은 바위로 된 손가락 사이를 휘감았다. 여섯, 일곱, 여덟, 그리고도 더 많이 솟아 나온 팔 곳곳에는 제각기 입이 달려 있었다. 날카로운 송곳니 각각이 아기의 팔을 단단히 깨물고서 흙을 일제히 뜯어냈다. 물론 아기도 가만히 뜯기고만 있지는 않았다. 반대쪽 주먹이 시니의 머리 위에 정통으로 내리꽂혔다.

　"아악! 괜찮으세요? 안 다쳤어요?"

"오냐, 안 다쳤다. 솔직히 한 방 먹을 줄 알았는데, 나만 지친 게 아닌 모양이야."

그 말과 함께 수십 개의 팔이 주먹을 천천히 밀어 올렸다. 처음 받았던 공격보다 속도도 힘도 왠지 꽤 부족했기에 가능한 일이었다. 흙으로 된 괴물 주제에 정말 숨이라도 가빠졌나? 이유는 정확히 알 수 없더라도 아무튼 기회는 기회였다. 시니의 매서운 주먹질이 느려진 아기를 조금씩 몰아붙였다. 유효타는 거의 없이 대부분은 흙에 푹푹 박힐 뿐이었지만 시간을 벌기엔 충분했다. 이대로 상대의 힘이 싹 빠질 때까지 계속해도 되겠지만, 야근이란 모름지기 신속하게 손을 털수록 좋은 법. 다시 말해 놈의 약점을 찾아야 한단 뜻이었다. 그리고 마침 그런 일에 도움이 될지도 모르는 녀석도 하나 있었다.

"야, 이송영. 펜듈럼은 국 끓여 먹으려고 가져온 거 아니지? 내가 어딜 때리면 좋을지 한번 찾아볼 수 있어?"

"그런 건 안 해 봤는데, 잠깐만요……. 이마! 이마 쪽에 뭐가 있어요! 그리고 조심하세요!"

사생결단을 내려는 듯 입을 쩍 벌리고 달려드는 괴물의 그림자를 보며 송영이 기겁해 외쳤다. 하지만 시니는 그저 가볍게 미소를 지을 뿐이었다. 세상에, 사회생활이란 걸 하다 보니까 별소리를 다 듣네, 그런 생각이나 하면서. 다리에 살짝 힘이 들어갔다. 밤이 술렁거렸다.

"주제에 지금 날 걱정해 주고 앉았냐? 잘 봐. 아직 많은 세상 일들이 지금 네겐 어렵겠지만, 나한텐 다르다고!"

흙으로 된 아가리가 온몸을 뒤덮으려는 바로 그 순간, 시니는 가볍게 뛰어올라 몸을 한 바퀴 돌리며 발뒤꿈치로 머리 위쪽의 입천장을 차올려 그대로 꿰뚫었다. 이마를 포함한 머리 절반 정도가 공중에 붕 떴다가 모래로 된 비처럼 우수수 떨어졌다. 그와 함께 아기의 거대한 몸도 서서히 무너져 내렸다. 산산이 흩어진 누런 흙덩이 조각들이 징그럽게 꿈틀댔으나 그것도 잠시뿐이었다. 자욱한 먼지구름 한복판에 흔들림 없이 선 채로, 시니는 팔랑팔랑 춤추며 내려오는 포스트잇까지 멋지게 잡아채 보였다.

"자, 이제 박수 쳐도 돼."

정말 박수를 치는 대신, 송영은 휴대전화 불빛을 비추며 시니에게로 후다닥 다가갔다. 다행히도 시니는 상처 하나 없이 무사했다. 당연한 일이라고 생각하면서도 이걸 두 눈으로 확인하지 않으면 역시 안심이 되질 않았다. 한편 송영에게는 확인해야 할 게 하나 더 있기도 했다. 괴물이 나타나기 직전에 보았던, 포스트잇에 적힌 모르는 한자. 괴물의 힘이 예상보다 강했던 것도 분명 그 한자와 관련이 있을 터였다. 시니라면 그 뜻도 당연히 알 테고, 그러면 이번 사건의 의문점도 조금 더 풀어낼 수 있으리라.

"어, 이거? 지난번이랑 똑같은 거잖아. 주검 시 자."

"이상하다. 그럴 리가 없는데요. 글자가, 글자가 달라졌어요! 진짜로요!"

아무리 봐도 주검 시 자밖에 적혀 있지 않은 포스트잇 앞에서 송영은 그저 허둥지둥할 뿐이었다. 한편 시니는 전혀 당황하지 않았고, 그렇다고 송영을 의심하지도 않았다. 시니가 의심하는 건 따로 있었다. 그 의심이 뜻하는 바를 정확히 알아내려면, 안타깝게도 좀 귀찮은 놈의 도움을 구해야 할 것 같았지만.

"일단 사무실로 가자. 전 직원이 다 야근을 하게 됐으면, 사장도 일어나야 형평성에 맞지."

들으란 듯이 혀를 쯧쯧 차고서, 시니는 그렇게 선언했다.

***

"이거 봐, 서시니 이건 툭하면 사고를 쳐요. 연소 근로자 야근 동의서 안 쓰고 그렇게 나다니면 내가 곤란해지는 거 알고 그랬지?"

한밤중에 들이닥친 두 직원 앞에서 오 사장은 일단 요란하게 호통부터 쳤지만, 송영이 방금 겪은 일에 대해 주섬주섬 털어놓기 시작하자 사무실 안의 작은 소란은 금세 잦아들었다. 정체불명의 인물이 떨어뜨린 황토 덩어리, 땅에서 솟아 나온 흙 괴물, 치열한 싸움과 뒤바뀌어 버린 한자······. 책상에 올려둔 포스트잇을 응시하며 더듬더듬 말을 잇는 송영의 얼굴엔 줄곧 혼란스럽다는 기색이 역력했다. 밝은 형광등 불빛 아래서도 문제의 포스트잇에 적힌 것은 주검 시 자 하나뿐. 이게 대체 무슨 조화일까? 이야기를 마친 송영은 뒤따를 설명을 내심 기대하며 부적이 붙은 컴퓨터 쪽을 힐끗 쳐다보았지만, 정작 먼저 입을 연 것은 시니였다.

"잘못하면 논의가 산으로 갈 것 같으니까 이것부터 짚고 넘어가자. 글자 좀 바뀌는 수준의 일이 꼭 기이현상일 필요는 없다고. 너도 알잖아, 오컴의 면도날."

"아니, 팀장님 같은 분이 오컴의 면도날 얘기를 꺼내면 좀 어색하지 않아요?"

"그럼 면도날 쓰는 데에 자격증도 필요해? 아무튼, 연필 잠깐 빌린다."

마지막 한마디는 송영이 아닌 사장에게 던진 말이었다. 허락이 채 떨어지기도 전에 책상 위의 필통에서 연필을 한 자루 쑥 뽑아 들더니, 시니는 중요한 증거물인 포스트잇 한가운데를 대뜸 휙휙 칠해 나갔다. 처음에는 기겁해 제지하려 했던 송영도 곧 시니의 의도를 깨달았다. 연필이 지나가는 곳마다 칠해지지 않은 희미한 선이 조금씩 드러났으니까. 원래 그곳에 무언가가 적혀 있었다는 의미였다.

"기화 펜이야. 가만히 두면 몇십 분 내로 잉크가 안 보이게 되는데, 요새 문제집 같은 거 여러 번 풀려고 쓰는 모양이더라. 이송영 너는 몰랐어?"

"그, 네. 아직 필기시험 준비는 그렇게까진."

"잘됐네. 이번 기회에 알아 두면 되겠다. 자, 그럼 원래 뭐가 적혀 있었는지 한번 보자고."

연필 자국을 통해 최종적으로 드러난 흔적은 직선 몇 줄이었고, 그 직선들은 주검 시 자 아래에서 교차하며 흙덩이 괴(屾) 자 모양을 이루고 있었다. 두 한자를 합치면 어떤 글자가 나오는지도 시니는 잘 알았다. 주검 시 부에 흙덩이 괴 자를 쓰면 이를 계(屆). 신고서라는 의미로도 자주 쓰이지만, 원래는 어딘가에 다다른다는 뜻을 지닌 한자였다.

"다시 말해서, 누굴 저주하려고 쓸 만한 글자는 아니란 얘기지."

"그렇다고 괴물이 튀어나올 것 같은 글자도 아니잖아요. 도대체 용도가 뭘까요?"

"내가 그것까지 알면 이 밤중에 꾸역꾸역 회사까지 왔겠니? 다행히도 우리 사장님께서 지금 뭔가 생각해 내려는 모양인데."

그러고 보니 송영에게도 책상 주변의 공기가 왠지 좀 다르게 느껴졌다. 대략 수십 초 동안은 깊은 명상에 빠진 사람 특유의 아우라 같은 것이 컴퓨터로부터 후광처럼 뿜어져 나오는 것 같기도 했다. 그 시간이 지난 뒤 다시금 들려온 목소리는 여전히 성격 나쁜 중년 남성의 것 그대로였지만, 동시에 거기에는 모종의 확신과 관록이 담겨 있었다.

"이거, 아무래도 골렘 같다."

"골렘? 그거 게임에 나오는 거 아냐?"

"너 진짜 따박따박 그럴래? 게임은 무슨 게임, 유대교 전승에 나오는 거지! 잘 들어. 골렘이란 게 뭐냐 하면, 카발라 비술을 써서 흙으로 만든 일종의 인조인간이야. 폴란드 헤움이나 체코 프라하에서 랍비들이 만들었단 기록이 남아 있는데, 거기 따르면 신의 이름을 적은 종이나 이마에 새겨 놓은 **진리**란 글자에서 힘을 받는다고 하거든. 그래서 그 종이를 빼내거나, 아니면 히브리어로 진리를 뜻하는 **에메트**의 첫 글자를 지워서 죽음이란 뜻의 **메트**로 바꾸면 그냥 점토 인형으로 돌아간다고 그런단 말이야. 어때, 연결점이 좀 보이지?"

인간의 형상을 한 흙더미. 신의 이름을 적은 종이 대신 포스트잇. 진리에 **이른다**는 뜻의 글자에서 일부분을 지우면 죽은 **시체**로 변하는 구조. 얼핏 터무니없게 들리는 오 사장의 말을 곱씹어 보던 두 직원도 이내 고개를 끄덕일 수밖에 없었다. 송영을 뒤쫓아왔고 시니와 사투를 벌였던 괴물의 정체는 아무래도 골렘인 듯했다. 그중에서도 카발라에서 유래한 술법을 동양풍으로 재해석해 만들어 낸 골렘. 이렇게 방향을 제대로 잡고 나니 잔뜩 쌓였던 의문도 순식간에 풀려 나갔다.

"이송영이 너, 그놈이 흙 떨어뜨리기 전에 입을 잠깐 가져다 댔다고 그랬지? 골렘이라는 건 원래 〈창세기〉에서 신이 인간을 창조한 방법을 따라서 만든 물건이다. 〈창세기〉 보면 신이 어떻게 하냐, 흙으로 사람을 짓고 코에 숨을 불어 넣잖아?

네가 본 게 그거 아닌가 싶은데."

"아, 그래서 흙덩이 괴 자를 썼구나. 자기가 숨을 불어넣은 흙이란 뜻이었네. 그 부분만 일부러 기화 펜으로 적어서, 몇십 분 있으면 알아서 사라지는 시한부 골렘으로 만든 거고. 어떤 놈인지는 몰라도 머리 좀 썼는데."

"굳이 그런 시간제한을 만들어서 밤에만 사건을 일으킨 걸 보니까, 인명 피해를 내거나 큰 소동을 일으킬 의도는 애초부터 없었나 봐요. 그럼 마음도 좀 놓이고……. 요 근방에서 카발라 쪽 배경 가진 사람만 좀 찾아보면 범인도 금방 잡히겠는데요? 뭐, 그건 우리 일이 아니긴 하지만요."

사건의 원인을 이 정도까지 파악했다면, 다음은 보고서만 양식에 맞게 작성해서 원청에 전달하고 손을 털 차례였다. 어차피 명주영능이 자체적으로 해결하기에는 규모가 큰 사안이니 굳이 무리할 필요가 없었다. 카발라 쓸 줄 아는 사람 명단이라면 기이현상청이 다 가지고 있을 테고, 무력 충돌이 예상될 때 동원 가능한 인력도 둘보다는 훨씬 많을 테니까. 항상 일에 지나친 욕심을 내는 오 사장조차도 여기엔 일단 동의하는 모양새였다.

"그래, 다 해결은 안 됐어도 가닥은 잡았다. 내일 오전 중에 보고서 써서 넘기기로 하고, 너넨 이제 좀 들어가 자라. 사회생활을 할 때는 말이야, 이제 쉬어도 된단 말을 기다리지 말고 자기가 알아서 요령껏 쉬어야 하는 거야."

사장의 말을 한 귀로 흘리며 송영은 사무실 불을 껐다. 시니가 불만스러운 얼굴로 어스름에 녹아 사라지는 모습이 얼핏 보였다. 또 말꼬리를 잡으며 한바탕 싸울 생각이었던 걸까? 하지만 결국 그 밤에 더 이상의 소란은 일어나지 않았다. 그저 오 사장이 뭐라고 계속 중얼거리는 소리, 송영이 그런 사장에게 인사하고 사무실을 나서는 소리만이 어둠 속에 나지막이 울려 퍼졌다.

***

다음 날 아침, 시니가 급한 일이 있다며 출근하지 않은 바람에 송영은 보고서 작성 일을 혼자서 떠맡아야 했다. 이미 여러 번 해 본 업무라 딱히 어려울 건 없단 점이 다행이었다. 평소 같았으면 이렇게 써라, 저렇게 써라 하며 시시때때로 훈수를 뒀을 오 사장이 마침 다른 데 신경을 쓰는 중이었으므로 오히려 일은 더 수월한 편이었다. 비록 귀에는 적잖이 거슬렸지만.

"서시니 걔는 또 회사 빼먹고 좌파 단체를 갔어? 아주 자유로운 영혼이야, 자유로운 영혼. 어떤 멍청한 놈이 굳이 걜 열일곱 살에 묶어 뒀는지는 몰라도, 분명히 애는 안 키워 본 놈일 거다."

"좌파 단체 아니고 청소년 인권운동 단체……."

"이송영이 너도 서시니 닮아가냐? 나는 그렇게 긴 거는 기억 못 한댔지? 하여튼 혹시 오해할까 싶어서 말하는데, 운동권 하는 게 무조건 나쁘다는 얘기는 아냐. 사람이 위에서 시키는 대로 굽실거리기만 해서도 안 되지. 아닌 걸 아니라고 할 줄 모르고 살면 나중에 더 험한 꼴 본다."

당장 오전에 완성해서 보내야 할 보고서가 있는 상황에서, 오 사장이 당장 중요하지도 않아 보이는 화제에 대해 이렇게까지 온갖 불평과 설교를 늘어놓는 건 심상찮은 일이었다. 송영이 노트북 키보드를 두드리든 말든 사장의 목소리는 계속해서 이어졌다. 점점 커지고, 점점 기묘하게 울렸다.

"그때 그놈도 그, 나한테 장부 고치라고 시킨 거, 내가 그대로 했으면 어차피 나중에 다 터져서 난리 났을 거다. 근데 이거는 진짜 아닌 것 같다고 한마디, 진짜 평생 예스맨으로 살다가 그거 딱 한마디를 했다고 사람을 대기발령을 시켜? 일도 하지 말고, 뭐 읽지도 말고 그냥 벽만 보고 앉아 있으라고? 하, 그 꼴을 보려고 내가 회사에 뼈를 묻은 거냐는 말이야."

문득 깨질 듯한 두통이 송영을 엄습했다. 컴퓨터를 감싼 아우라가 위협적으로 일렁였다. 송영은 입사 초 시니에게 들었던 사장의 정체를 새삼 되새겨 보았다. 오 사장은 어디에나 흔히 있는 유령이 아니었다. 생전에는 유력 대기업의 부장급 인사였지만, 집안을 책임져야 해서 취직했을 뿐 젊은 시절에는 오컬트에 푹 빠져 대학 전공까지 종교학 쪽으로 택할 정도였다는 인물. 세계 여러 문화권의 명상법과 비술을 진지하게 수

련했던 그런 사람을 배신감과 증오로 가득 채워선, 온종일 벽만 보고 앉아 있도록 내버려 두면 어떤 결과를 낳을지 기업에서는 제대로 인지하지 못했다. 강제적인 면벽 수행이 낳은 모종의 뒤틀린 깨달음, 들끓는 에너지의 주화입마, 뇌를 갈가리 찢으며 뿜어져 나온 정신 차원의 소용돌이에 의한 참극…… 그렇게 오 사장은 유령이 되었다. 한때 직장 상사나 동료였던 철천지원수 10여 명을 길동무로 삼아서.

하지만 그것은 30년 가까이 지난 과거의 일이었다. 기이현상청의 전신이라 할 만한 문화체육부 기이대책국의 활약으로 봉인되어 있는 동안 오 사장의 증오는 상당히 누그러졌고, 덕분에 명주영능의 전 대표가 야반도주하는 일이 발생하자 한때 유능한 회사원이었던 그는 다시금 세상에 나올 기회를 얻었다. 익숙한 사물인 낡은 컴퓨터에 매인 신세로나마 오용수의 영혼은 고향인 이곳 명주군 땅으로 돌아왔다. 뇌도 이성도 없어 생전의 습관대로 떠돌아다니기밖에 하지 못하는 대다수 유령과는 달리, 오 사장은 컴퓨터를 뇌처럼 사용하여 느리게나마 세상을 배우고 따라가는 이례적인 존재다. 대기업 부장다운 서류작업 능력, 상부의 지시에 무던하게 따르는 성격, 그리고 한순간이나마 깨달음에 이를 정도였던 오컬트 소양까지도 오롯이 보존하고 있다. 심지어 말을 하면 듣기까지 한다. 음, 그러니까 들릴 때까지 말을 하면.

"사장님, 사장님! 제발 진정해요! 저 머리 깨져요!"

"아이고, 귀청 떨어지겠네. 젊어서 그렇게 소리 지르면 목 상한다."

"목은 됐고요, 혹시 아까부터 뭐 신경 쓰이는 거 있으세요? 보통 무슨 고민 있으면 그러시잖아요."

몇 달 전에도 사장이 비슷한 태도를 보였다는 걸 생각하며 송영이 물었다. 그때는 사장이 세 번이나 직접 확인한 비용 청구서에서 치명적인 오류가 뒤늦게 발견된 일 때문이었으니, 이번에도 그만큼이나 곤란한 골칫거리가 도사리고 있는 게 분명했다. 아니나 다를까, 오 사장의 대답 첫마디도 그때와 완전히 같았다.

"별건 아니다. 이송영이 너는 그냥 보고서 쓰면 돼. 쓰면 되긴 하는데, 왠지 나는 뭘 놓치고 있는 느낌이 든단 말이야…… 골렘 만들 거면 흙 색깔이 그럴 필요가 없거든."

"흙 색깔이 왜요? 아, 그러고 보니까 현장에 남아 있던 흙이 계속 달라지긴 했네요. 까만 진흙이었다가 흰 모래였다가, 이번엔 황토였고요."

"색이란 게 그냥 색이 아니야. 어느 나라 주술에서든 색에는 다 뜻이 있어. 굳이 계속 다른 흙을 썼다는 건 중요한 의도가 있단 소린데, 오방색이라기엔 들어맞질 않고, 〈요한계시록〉에 나오는 기수들하고도 순서가 다르고. 허, 참."

이건 지금 상황에서 심각하게 고민할 거리는 아니었다. 어차피 오전 내로 보고서만 올리고 나면 남은 문제는 전부 기이현상청 소관이 될 테니까. 하지만 왕년의 오컬트 수련자로서 오 사장은 이런 종류의 수수께끼를 마음 편히 무시하고 넘어가지 못했다. 혹시라도 오 사장이 무언가를 더 알아내면 보고서에 멋지게 적어 넣을 내용이 추가되는 셈이었기에, 송영은 고민에 빠진 유령을 그냥 내버려 두기로 하고서 다시 노트북 모니터로 눈을 돌렸다. 시니로부터 전화가 걸려온 것은 그때였다.

"네, 팀장님. 이송영입니다. 지금 어디세요?"

"쉼터 잠깐 왔어. 단체 일하러 온 건 아니고, 뭐 좀 확인해 보려고. 간밤에 사장이 한 얘기 기억해? 골렘이 이마에 새긴 글자에서 힘을 받는단 거. 비슷한 소리를 여기서도 들었다고 어제 그랬잖아."

시니의 말을 듣자 송영도 뇌리에 번뜩이는 것이 있었다. 전날 공사 현장까지 운전해 가던 도중에 들은, 사이비 종교에 빠진 할머니가 칼을 들고 이마에 무언가를 새기려고 해서 도망쳐 나왔다는 아이 이야기. 그때는 그저 안타까운 사연이라고만 생각했지만 지금 돌이켜 보니 확실히 골렘을 만드는 방법과 유사한 점이 있었다. 통화를 스피커 모드로 전환하고서 송영이 다시 물었다.

"그래서요? 거기서 뭘 더 알아내서 전화하신 거 맞죠?"

"당연히 알아냈지. 방금까지 그 애랑 얘기하다 왔으니까, 불러 주는 대로 보고서에 받아 적어. 걔네 할머니가 빠진 게 취옥도라는 종교인데, 쇠가 황금으로 변하듯이 사람도 영원히 사는 몸으로 바뀔 수 있단 게 거기 교리였대. 흙으로 영혼을 옮겨 담으면 새 몸이 돼서 부활한다는 거야. 게다가 최근엔 공사 반대한다고 맨날 예배 나가서 종일 기도드리고 그런다더라. 내가 보기엔 애네가 범인 같은데."

"그래, 그놈들 맞다! 황금에다가 영생까지……. 하이고, 이걸 이제야 눈치를 채네!"

오 사장이 갑작스레 고함을 치는 바람에 송영은 하마터면 휴대전화를 떨어뜨릴 뻔했다. 하지만 그 모습을 보고서도 사장의 목청은 전혀 줄어들지 않았다. 무언가에 쫓기는 사람처럼 말이 갈수록 빨라진 것은 덤이었다.

"서시니 너, 골렘하고 실제로 붙어 보니까 예상보다 더 셌다고 그랬지? 실제로 계속 세지고 있었던 거다! 절차가 계속 진행됐으니까, 완성되고 있었으니까!"

"설명을 좀 제대로 해 봐. 무슨 절차 얘긴데?"

"마그눔 오푸스! 라틴어로 **위대한 업적**, 연금술의 궁극적인 목표!"

연금술이라는 키워드로부터 시니가 또 게임 이야기를 꺼내기 전에 오 사장은 급히 말을 이었다. "철이 금으로 바뀌고 사람이 영원히 살게 된다."라는 취옥도의 가르침은 전부 연금술사들이 지향해 온 목적이기도 하며, 그러한 목적을 이루기 위한 절차가 바로 **마그눔 오푸스**라고. 그 구체적인 방법론은 문

헌마다 다르지만 전통적으로는 프리마 마테리아(제1질료)에 네 단계의 처리를 거쳐 현자의 돌을 얻는 과정을 가리킨다고. 그리고 사장의 설명에 따르면 **마그눔 오푸스**의 각 단계를 구분하는 가장 중요한 기준은 물질의 색상 변화였다.

"니그레도, 알베도, 키트리니타스, 루베도. 프리마 마테리아를 까맣게 태웠다가, 하얗게 정제했다가, 노란색으로 빛나게 했다가, 마지막 과정을 거쳐 붉은색 현자의 돌을 완성한다는 뜻이지. 그런데 현장에서 너네가 찾은 흙 색깔이 딱 이 순서거든. 현자의 돌에 갈수록 가까워지고 있으니까 골렘도 따라서 강해진 거다."

"잠깐, 골렘이 사흘 내내 밤마다 계속 나왔잖아. 오늘 밤이 딱 나흘째인데, 그럼 마지막 절차 할 차례인 거 아냐?"

"그러니까 내가 지금 이렇게 급하지! 그 취옥도란 놈들, 오늘 끝장을 볼 작정인 거다. 어제 골렘은 무려 서시니 너를 몇 대나 때렸다면서? 완성된 건 그거하고도 비교가 안 될 거야. 어떤 괴물이 나올지 모르는데 시간이 너무 없다, 시간이."

당장 기이현상청에 보고서를 올린다고 해 봐야, 필요한 서류 결재가 전부 끝나고 전문가들이 한데 모여 이곳 명주군에 도착하려면 경험상 최소한 다음 날 아침은 돼야 한다. 그때쯤이면 마그눔 오푸스 의식의 최종 결과물이 세상에 모습을 드러낸 지 한참일 터. 지금까지 인명 피해가 없었다고 해서 여유를 부릴 때가 아니었다. 지난 세 번의 사건이 단지 오늘을 위한 준비 과정에 지나지 않았다면, 이번만큼은 공사장을 약간 망쳐 놓는 정도로 끝나지 않을테니까. 어떻게든 피해를 최소화하려면 원청의 대응을 기다리고만 있어서는 안 된다는 결론이 명주영능 임직원 전원의 머릿속에 일제히 떠올랐다.

"그, 쓰던 거 나한테 보내고 넌 빨리 나가 봐라. 원청엔 내가 연락할 테니까는, 그동안 서시니랑 둘이서 뭐라도 하는 거다. 알았지?"

"취옥도 예배당 주소 찾아서 보내 줄 테니까 일단 그쪽으로 와. 아동 학대하는 사이비 놈들 싹 때려잡아서 후딱 해결볼 수 있으면 좋잖아."

어쩔 수 없이 조금 머뭇거리기는 했지만, 송영은 곧 자리에서 일어나 출발 준비를 하기 시작했다. 입사 이래 최대 규모의 업무가 시시각각 다가오는 발소리를 온몸으로 느끼면서.

***

기이현상청 공식 데이터베이스 홈페이지의 끔찍한 모바일 인터페이스 속을 헤치며 송영이 찾아본 바에 따르면, 취옥도는 1966년 교주 주경옥이 "금강산 안 도사라는 신비로운 인물로부터 불로장생의 비술을 전수받았다."라는 진위가 불분명한 주장을 내걸고서 세운 신흥 종교였다. 교주가 실제로 기이현상을 다룰 수 있었던 덕택에 전성기에는 명주군의 농촌을 중심으로 세력을 상당히 넓히기도 했지만, 새마을운동의 일환으로 미신타파 사업이 개시되자 그 몰락은 금방 찾아왔다. "교주는 투옥되고 조직은 강제해산 절차를 밟아 세력이 크게 쇠퇴하였다."라고 간략히 기술된 내용에 대해 시니가 빈정거리듯 말을 보탰다.

"야밤에 우르르 몰려와선 두들겨 패고, 부수고, 잡아 가두고 그랬단 얘길 참 말랑말랑하게도 써 놨네. 그 시절엔 그리 요란하게 난리를 쳐 놓고선."

"미신타파특무본부 때 일은 아직도 비판 많이 나오더라고요. 그땐 지정기이 단체 제도 같은 것도 없었고, 무력 집행이 기본이었고……. 그래서 저기가 그 예배당이에요?"

"그래. 문민정부 이후로도 교세 회복을 못 해서 딱 가정집 하나로 쪼그라든 취옥도의 현주소라고나 할까. 신도도 열 명인가 겨우 된다더라."

연금술의 비전을 이용해 모종의 파괴적인 음모를 꾸미는 종교 단체의 총본산이라고 시니가 지목한 곳은, 과연 들판 한쪽에 덩그러니 놓인 옛날식 가정집으로밖에 보이지 않았다. 커튼으로 꼼꼼히 가려진 창문 안쪽에서는 불경 비슷한 것을 외는 소리가 중얼중얼 울렸지만 특별히 무슨 기운이 담긴 주문은 아니었다. 수십 분 전까지만 해도 싹 **때려잡겠다**며 기세등등했던 시니의 인상은 이미 진작에 찌푸려져 있었다. 송영이 예배당 문을 조심스레 두드리자 나온, 이마에 이를 계 자를 희미하게 새긴 키 작은 노인을 보았을 때도 불만 가득한 표정은 그대로였다.

"믿음밖에 안 느껴져. 연금술사도 뭣도 아냐. 그냥 교인이라고."

"그래도 단서는 갖고 계실지 모르잖아요. 저기 어르신, 뭣 좀 여쭈려고 하는데요."

처음에 노인은 "지역 기이 실태조사 때문에 나왔다"라고 둘러대는 송영을 다소 경계하는 기색이었지만, 명주 K-메타버스 문화예술센터 건설 이야기를 꺼내자 대화의 물꼬는 금방 트였다. 노인의 말에 따르면 문제의 건설 현장은 수십 년 전 교주 주경옥이 체포당하기 전 취옥도의 본존불을 묻어 둔 장소였다. 아이가 어머니 배 속에서 나오듯이 본존불도 언젠가 땅속에서 나와 자신을 부활시키리라는 것이 교주의 마지막 예언이었다며, 노인은 어떻게든 그 공사를 막아야 한다고 목소리를 높였다.

"본존불이 상하면 어쩌냐고 군청에 항의해도 들어주질 않아! 그래서 매일 이렇게 기도하는 거 아니야. 본존불이 못 깨어나서 교주님이 부활을 못 하시면 누가 책임을 지겠어, 어?"

"저기, 기도 말고 다른 건 혹시 안 하시나요? 뭐 술법을 쓰신다든가."

"그런 거를 할 수 있었으면 진작에 했지! 기적은 옛날에도 교주님밖에 못 부리셨고, 우리한텐 가르쳐 주신 적도 없어. 이런 거는 박 통 때 죄다 말했는데 인제서 또 무슨 조사야, 조사는!"

　노인의 이야기는 거짓말처럼 들리지 않았다. 어떻게 봐도 현재의 취옥도는 건설 현장을 사보타주할 동기는 있을지언정, 거대한 연금술 의식을 펼칠 능력은 전혀 없는 것이 분명했다. 신도가 자행한 아동 학대를 제외하면 실제로 벌인 일이라곤 그저 군청에 몇 번 민원을 넣다가, 먹히지 않으니 예배당에 모여서 기도나 드린 게 전부이리라. 하지만 그들의 기도대로 공사 현장이 파괴되고 있단 사실만큼은 수상하기 그지없었다. 예배당을 떠나 승합차 쪽으로 향하는 동안 시니는 그 사실이 암시하는 가능성을 퉁명스레 입에 담았다.

　"어쩌면 기도 자체가 원인일 수도 있어. 교주가 잡혀갔는데도 수십 년을 저렇게 한결같이 믿어 주는 사람들이 있었으니까, 뭔가가 그 믿음에 응답해 줬을지도 모르지. 짜증 나게."

　"사람들의 인식에 따라 힘을 얻는 기이⋯⋯. 그게 신의 정의죠. 하지만 신적 기이가 범인이래도 구체적인 연금술을 사용하는 건 또 별개 문제잖아요? 신도들이 연금술에 대해 아는 게 하나도 없다면, 그 신도들의 믿음이 모여 태어난 신도 골렘 못 만들긴 매한가지일걸요."

　"따로 배웠다면 가능하지. 교주가 공사장에 본존불을 묻어 뒀다면서? 자길 나중에 되살릴 셈으로 만들었다는 얘길 보면 그냥 불상은 아닐 거 아냐. 아마 일종의 정교한 골렘일 테고, 자기 영혼을 담을 육체 만드는 방법도 당연히 가르쳤겠지."

"이번 공사 때문에 그 본존불이 깨어났을 수도 있겠네요. 신앙 덕분에 힘을 얻었고, 그 힘으로 교주를 부활시킬 생각인 거고. 그게 바로 마그눔 오푸스의 목적 아닐까요? 교주를 골렘으로 부활시키는 게?"

하지만 간밤의 그 흙으로 된 아기 같은 괴물이, 과연 의식 한 단계를 더 거친다 해서 교주로 되살아날 수 있을까? 이미 쪼그라들 대로 쪼그라들어 원래 형태를 상실한 종교 집단의 신앙이 지닌 힘을 그렇게까지 신뢰할 수는 없다. 아마 골렘으로 부활한 교주는 신도들의 바람에 따라 주변을 마구잡이로 파괴할 뿐인 이성 없는 괴물이 되고 말리라. 생각이 여기까지 이르자 송영의 마음이 더욱 급해졌다. 지금은 한시바삐 본존불을 찾아내서 막는 것이 최우선이었다. 하지만 어떻게 생겼는지, 어디에 있는지도 모르는 녀석을 무슨 수로 찾아야 할까?

"뭐, 할 수 있는 데까지는 해 보자고. 산속에서 이제 막 깨어난 인형이면, 아마 저기 어디쯤에나 숨어 있지 않겠어?"

지척에 우뚝 솟은 명주산을 가리키며 시니가 태연하게 말했다. 둘이서 저 드넓은 산을 샅샅이 뒤진다는 건 아무리 생각해도 터무니없는 일이었지만, 지금은 아무리 터무니없는 짓이라도 일단 해 보는 수밖에 없단 사실을 송영은 결국 받아들여야만 했다.

***

모래사장에서 바늘 찾기나 다름없으리라고 진작부터 예상은 했건만, 막상 탐색 작업에 착수하고 보니 일이 상상 이상으로 까마득했다. 어렴풋한 방향 정도는 제시해 주리라고 믿었던 공사 현장 책임자와 인부들은 "딱히 수상한 걸 파낸 기억은 없다."라는 말밖에 내놓지 않았다. 펜듈럼도 제자리에서 빙글빙글 돌기만 했다. 등산로와 약수터, 버려진 암자, 졸졸 흐르는 냇물 주변의 바위틈을 전부 뒤져 보아도 마땅한 흔적은 찾지 못했다. 하늘이 주홍빛으로 물들 즈음 걸려온 오 사장의 전화조차 아주 반가운 내용은 아니었다.

"상황이 시급한 건 알았으니까 최대한 빨리 가겠다네. 그게 다다. 걔들도 뭐 인력이 있어야 누굴 보내든 말든 하겠지. 당장은 공사 잠깐 멈춰 두고, 도로 봉쇄하고 그런 정도가 한계야."

꼭 필요한 조치이기는 했지만, 결코 충분치는 못했다. 사람 없는 곳이라 해서 괴물이 마음껏 날뛰게 둘 수는 없는 노릇이었으니까. 그렇기에 송영은 해가 저물기 전에 사무실로 일단 돌아가, 찌그러진 캐비닛 안의 물품을 있는 대로 차에 싣고선 즉각 건설 현장으로 향했다. 작업복이 든 낡은 골판지 상자, 한 번도 제대로 써 보지 못한 수정구와 타로카드가 뒷좌석에서 덜컹덜컹 춤을 췄다. 땅거미가 깔리기 시작하기가 무섭게 온 사방이 어둠에 휩싸였다. 공사장 주변을 천천히 순찰

하는 파란색 승합차 안에서 펜듈럼은 여전히 힘없이 흔들거릴 뿐이었다.

"야, 자리에 뭐가 이렇게 많아. 상자가 좀 찌그러졌는데 괜찮지?"

뒷좌석의 어둠 속에서 스르르 나타난 시니가 투덜거렸다. 기적적으로 단서를 찾아 돌아온 개선장군의 표정은 아니었지만, 그래도 송영은 희망을 품고 한번 물어보기로 했다.

"뭐 좀 찾으셨어요?"

"전혀. 명주산이랑 그 주변 다 뒤져 봤는데도 낌새 하나 안 느껴지는 걸 보면, 적어도 그늘에 숨은 건 아냐. 태연히 빛 속을 활보했던 거지. 신도들 믿음을 쪽쪽 빨아먹으면서."

그렇게 대답하는 시니의 목소리엔 감정이 짙게 묻어났다. 아마 질투하는 것이리라고 송영은 생각했다. 먼 과거에는 이 일대를 수호하는 신성한 존재였지만 세월이 흐르며 숭배 대상으로서의 성질은 흐려지고, 단지 어떤 무서운 존재라는 관념으로만 전락해 그늘에 숨어 버린 신. 어둠 속에서 모습을 인식하면 인식할수록 점점 커지는, 한국에서는 흔히 어둑시니나 그슨대라 불리고 일본에서는 미코시뉴도라고도 하는 부류의 기이…… 그것이 시니의 정체였으니까. 그 위험성 때문에 기이현상청에서는 시니에게 매년 주민등록증을 새로 발급함으로써, "대한민국이 너를 만 17세 청소년으로 인식한다."라는 제약 아래 묶어 두고 있다. 국가가 국민을 인식하는 가장 확실한 수단인 주민등록증을 발급받을 수 있는 가장 어린 나이에, 운전도 할 수 없고 공무원으로 취직할 수도 없는 몸에 익숙해진 지 오래인 신. 그런 처지이니 현재도 숭배 대상으로서 힘을 행사하며 살아가는 다른 기이의 존재가 마음에 들지 않을 수밖에.

"시대가 어느 땐데 신이 대놓고 걸어 다니냐. 막 깨어났으면 잠자코 세상이 어떻게 바뀌었는지부터 파악하고 있을 것이지. 하여튼 이것저것 아주 불쾌해."

"저기, 그 부분 말인데요. 혹시 우리가 처음부터……."

시니의 질투와는 별개로 이야기를 들으면 들을수록 뭔가 석연찮다는 생각이 고개를 치켜들었기에, 송영이 입을 열려던 바로 그 순간이었다. 손가락에 걸어둔 펜듈럼이 파르르 떨더니 차 뒤쪽을 홱 가리켰다. 무언가가 무시무시하리만치 빠르게 다가오고 있다는 선명한 감각이 뼈를 타고 흘렀다. 저 멀리서 순식간에 바로 목전까지 다가온 미지의 기운은, 속도를 전혀 줄이지 않고서 그대로 차를 스치고 지나가는 듯했다. 창밖을 힐끗 내다본 시니가 핀잔을 주었다.

"그냥 오토바이야. 펜듈럼 그거 벌써 망가진 거 아냐?"

"저거 맞아요! 어젯밤에도 저 오토바이 지나갔어요!"

액셀러레이터를 힘껏 밟으며 송영이 다급히 대꾸했다. 멀찍이서 산길 쪽으로 향하는 오토바이 불빛이 보였다. 금방이라도 숨이 넘어갈 듯 털털거리면서도, 승합차는 어둠과 가로등 불빛을 뚫고 그 뒤를 전력으로 쫓았다.

***

진작 깨달았어야 했다. 온종일 산속을 뒤지다가 땀범벅이 되기 전에, 해가 져 버리기 전에. 공사 때문에 깨어난 취옥도의 본존불이 이번 사건의 범인이리라는 가정은 얼핏 그럴듯하게 들렸지만, 여기에는 치명적인 모순이 하나 숨어 있었다. 군사 정권 시절에 잠들었다가 막 깨어나서 상황 파악도 제대로 못 했을 기이가, 과연 기화 펜이나 포스트잇 같은 현대 문물을 그토록 능숙하게 활용할 수 있었을까? 산에 숨어든 기이를 찾으려 한 게 잘못이었다. 범인은 이미 사회에 섞여 살아가는 녀석일 테니까.

"취옥도 신도 중에 연금술사는 없었어! 계속 감시하고 있었단 말이야!"

"본존불이 진작부터 깨어나 있었을 수도 있죠! 장마 때마다 명주산에 산사태 나고 그러잖아요? 얕게 묻어 뒀으면 그 정도로도 충분할걸요!"

차를 산길 입구에 대 놓고서, 송영과 시니는 누가 먼저랄 것도 없이 뛰쳐나와 달리기 시작했다. 산을 오르는 동안 송영은 급히 챙겨 나온 작업용 금빛 자수 장갑을 끼느라 허둥지둥했고, 시니는 길가에 세워진 오토바이를 화풀이하듯 뻥 찼다. 펜듈럼이 가리키는 위치는 전날 밤에 범인의 실루엣이 서 있었던 공사 현장 뒤의 절벽 위편. 범인은 그곳에서 배낭을 주섬주섬 뒤져 신문지로 싼 덩어리를 꺼내고 있었다. 거기에 숨을 불어넣고 아래로 던지려는 모습까지 눈에 들어오자, 시니가 다급히 수풀 틈새의 그늘로 몸을 날렸다.

"야, 거기, 거기 스톱!"

갑작스레 지척의 어둠 속에서 모습을 드러낸 시니에게 놀랐는지 범인은 잠깐 멈칫했지만, 이내 흙덩이를 두 손으로 번쩍 들어 목표를 완수하려 했다. 이를 제지하려 달려든 시니에 의해 이윽고 짧은 몸싸움이 벌어졌다. 붙잡고, 뿌리치고, 피하고, 다시 붙잡고. 송영이 뒤늦게 도착할 때쯤 시니는 공사 현장에 흙덩이가 던져지는 일만큼은 어찌어찌 막아낸 상태였다. 하지만 범인이 놓친 흙덩이가 근처의 바닥에 철퍽 떨어지는 것까지는 막을 수 없었다. 반쯤 찢어진 신문지 사이로 붉게 빛나는 점토가 흘러나와 땅에 스며들었다. 서서히, 아주 미세하게나마, 절벽 전체가 두근두근 박동하기 시작했다. 엉거주춤 몸을 일으켜 달아나려는 범인과 발밑의 흔들림을 송영은 그저 안절부절못하며 번갈아 쳐다볼 뿐이었다.

"팀장님, 이거 어떡하죠. 팀장님? 어, 어디 계세요?"

"네 오른쪽 나무 사이. 잘해 보려고 했는데, 조명이 너무 밝았어."

아름드리나무 뒤의 그늘에서 고개를 슬쩍 내민 시니가 우물쭈물 대답했다. 평소답지 않은 모습이었다. 굳이 몸을 숨기고 있는 것도, 목소리가 왠지 떨리는 것도. 무슨 일인가 싶어 다가가려던 송영을 제지하며 시니는 어색하게 말을 이었다.

"그리고, 그, 이런 상황에서 말하긴 조금 미안한 소린데……. 나 키가 좀 큰 것 같지 않냐?"

"아니, 지금 갑자기 그건 왜요?"

그렇게 되물으면서도 송영은 무심코 시니의 키를 가늠해 보았다. 확실히 눈높이가 평소보다 위에 있는 것 같기는 했다. 아니, 원래 저렇게까지 높았나? 평소의 키가 어땠는지 돌이켜 보려던 찰나 시니의 까만 정수리가 조금 올라가는 게 보였다. 실시간으로 성장하고 있는 것처럼. 멋쩍은 목소리는 어느새 송영의 머리 위에서 들려오고 있었다.

"싸우면서 지갑 떨어뜨렸나 봐. 민증 거기 들어 있는데."

CCTV도 보는 사람도 없는 산속에서, 국가의 인식을 보증하는 유일한 장치마저 사라졌다는 고백이 암시하는 바를 깨달은 송영의 등줄기에 소름이 쫙 끼쳤다. 시니의 형체가 조금씩 희미해졌다. 그와 동시에 시니를 둘러싼 어둠의 형체는 갈수록 분명해졌다. 있을 수 없는 모습으로, 있어선 안 될 모습으로. 두려움 그 자체나 다름없는 그림자가 꿈틀거리며 시니의 얼굴을, 후드티를, 손끝을 불길처럼 먹어 치워 갔다.

"팀장님, 괜찮아요. 지갑 금방 찾아 드릴게요. 조금만 버티세요."

"늦었어. 그냥, 계속 그렇게 봐 줘. 나를 바라봐. 어둠이 나를 삼키기 전에. 응, 이제 됐어."

잠깐 마주쳤던 시선이 이내 어스름 속으로 흩어졌다. 땅속에서 무언가 붉은 것이 불쑥 솟아오르자, 숲에 드리운 밤 전체가 불청객을 맞이하기 위해 몰려나왔다. 그때까지도 머뭇거리고 있던 송영의 등을 떠밀듯이 시니가 마지막으로 크게 외쳤다. 이제는 맹수의 으르렁거림과 거의 구분할 수 없게 된 목소리로.

"이건 내가 어떻게 해볼 테니까, 빨리 범인이나 쫓아가! 멀리 못 갔을 거야!"

결국 송영은 이를 꽉 깨물고 몸을 돌렸다. 휘청이며 내달리는 발걸음 뒤로 육중한 충돌음이 쿵쿵 울렸다. 그 사이에서 송영이 할 수 있는 것 따위는 정말 단 하나도 없어 보였다. 그럼에도 송영은 일단 뭐든 하기로 했다. 누가 시키는 일이라도, 정말 사소한 일이라도, 뭐든지.

***

범인이 그새 얼마나 멀리 달아났을지 몰라 적잖이 초조해한 송영이었지만, 정작 송영이 뒤쫓던 범인은 산길에 쓰러진 오토바이 옆에 그냥 그대로 서 있었다. 시니가 발로 차 놓은 덕택에 고장이 나서, 타고 도망치지도 못하고 두고 가지도 못해 어쩔 줄 모르는 중인 모양이었다. 자세히 보니 확실히 그냥 내버리기에는 비싼 오토바이 같았다. 이는 즉 상대가 사회에 섞여 살아가는 것을 넘어 확고한 경제관념까지 지녔다는 증거이기도 했다. 조심스레 다가간 송영의 눈에 비친 범인은 아니나 다를까 평상시의 시니만큼이나 사람과 꼭 닮은 모습이었다. 눌러 쓴 야구모자, 점퍼와 셔츠, 큰 키와 긴 머리. 사람답지 않은 부분이라곤 바닥에서 뒹구느라 긁힌 피부 아래로 드러난 붉은 도자기 광택이 전부였다.

그래서, 이제 어떻게 하지? 범인을 붙잡을 수 있다면 가장 좋겠지만, 시니와도 어느 정도 몸싸움을 벌일 수 있었던 미지의 기이에게 무작정 달려드는 건 자살 행위나 마찬가지이리란 사실을 송영은 잘 알았다. 오히려 상대 쪽에서 달려든다면 그땐 정말 방법이 없으리라. 다행히도 상대는 송영이 다가오든 말든 별 관심이 없는 모양이었다. 오토바이가 완전히 고장 난 것을 확인한 이후부터 그 시선은 줄곧 송영의 등 뒤쪽 먼 곳을 향한 채였다. 양 주먹을 꼭 쥐고서, 잔뜩 긴장한 표정으로. 그런 범인에게 송영이 일단 대화부터 시도해 보려던 순간이었다.

"저기, 그, 기이현상청 관할 업무로 나왔는데요. 혹시 시간 좀……"

"아니, 야! 공사장을 때려 부수라고! 걔한테 신경 끄고 아래로 내려가! 아래로!"

조금씩 달싹이던 입술 사이로 별안간 시끄러운 함성이 터져 나왔다. 깜짝 놀란 송영이 뒤를 돌아보았더니, 그곳에서는 상상 이상의 광경이 펼쳐지고 있었다. 명주산에서 가장 큰 나무보다도 몇 배는 큰 붉은색 어린아이 모습의 추한 골렘이 절벽 위의 땅속에서 몸을 반쯤 빼낸 채 주먹을 마구 휘두르자, 지네나 지렁이를 연상케 하는 흉측한 팔다리 수십 개가 숲에서 뻗어 나와 그 주먹을 하나하나 받아 냈다. 한편 두 괴물의 싸움을 지켜보던 범인은 이제 팔을 붕붕 휘두르며 완전히 응원 태세에 들어가 있었다.

"아래로 가라고, 아잇, 그래! 그냥 개부터 쳐! 왼쪽, 왼쪽! 옳지, 잘한다!"

"죄송한데요, 잠깐만요. 그 취옥도 본존불 되는 분이시죠?"

"거기랑 연 끊은 지가 언젠데! 저 이름도 따로 있고요, 주면경이라고 하고요, 본존불 관뒀고 지금은 그냥 인테리어 쪽일 하거든요. 야! 빠져! 빠졌다가 다시 들어가!"

이름까지 순순히 알려 주는 걸 보면 도망칠 생각도, 저항할 생각도 없는 듯했기에 송영은 조금이나마 안도했다. 하지만 한편으로 주면경이라는 이 기이의 태도가 온통 수수께끼인 것 또한 사실이었다. 취옥도의 교주를 부활시키기 위해 만들어진 문제의 본존불 본인인 것은 분명하지만 지금은 관뒀다고 말하질 않나, 마그눔 오푸스 의식으로 교주를 부활시킬 작정인가 했더니 저 꼴을 보고서도 요란하게 코치나 하고 있질 않나. 사태가 도무지 파악되지 않았기에 송영이 다시 물었다.

"저기 저분이 그, 주경옥 선생님이신 것도 맞죠? 지금 되살려 내신 거고요."

"배우기야 그러라고 배운 의식이긴 한데, 제대로 안 될 줄은 알았어요. 옛날에 죽었고, 혼이 어디 남은 것도 아니고. 당연히 저 꼴이 날 수밖에."

"그러면 왜 굳이 의식을 치르신 거예요? 취옥도랑도 연 끊으셨고, 교주분도 생전 모습으로 안 살아날 거 아셨다면요."

"아, 진짜! 연을 끊긴 끊었는데 시끄럽게 하니까 그렇죠! 공사를 멈춰 주십시오, 멈춰 주십시오 하면서 종일 머릿속에 기도를 보내니까 일상생활이 하나도 안 됐다고요! 지금도 그러고 있네!"

면경이 쏟아내기 시작한 짜증을 통해 송영도 비로소 사건의 진상을 파악할 수 있었다. 짐작했던 대로 이미 10년도 전에 장마 때문에 깨어났던 면경은 기이현상청의 도움을 받아 사회에 적응해 살아가고 있었지만, 아무리 본인이 일부러 취옥도와 거리를 두며 지냈다 해도 본래 취옥도의 본존불로서 만들어진 존재임은 변치 않는 사실. 여전히 면경은 교인들의 믿음으로부터 힘을 얻는 신적 기이이기도 했다. 그리고 명주 K-메타버스 문화예술센터 공사가 개시되며 교인들이 이를 막아 달라는 기도를 밤낮없이 드려 대자, 그 간절한 기도는 자연히 취옥도의 신인 면경에게 전부 쏟아지고 말았다. 집요한 스팸 메시지처럼.

"예배당인지 뭔지 찾아가서 뒤집어엎을까도 생각해 봤는데, 인지상정이 있지 어떻게 그러겠어요? 일단은 믿어 주시는 분들이잖아요. 그래서 그냥 바라는 대로 공사 망쳐 놓고 끝낼 작정이었어요. 아, 진짜 안 들킬 줄 알았는데."

"그럼 마그눔 오푸스 의식은 애초부터……."

"부활이니 깨달음이니 그런 건 됐고, 공사를 확실하게 멈추려면 그 정도는 써야 할 것 같았거든요. 봐 봐요. 영혼도 뭣도 없지만 무식하게 세긴 하죠! 그래, 쭉 밀어붙여! 그대로만 해!"

확실히 이번 골렘은 지난번과는 비교하기 힘들 만큼 강해 보였다. 단순히 흙이 뭉친 게 아니라 단단하게 굳어 붉은 돌덩이처럼 되어 있던 데다가, 덩치에 전혀 어울리지 않게 민첩하기까지. 그림자 속에서 무수히 날아오는 팔과 다리의 연타에도 꿈쩍하지 않으며 골렘은 나무를 우지끈 부수고 땅을 짓이겨 댔다. 무자비하게 꺾이고 뒤틀린 시니의 몸이 연기처럼 조금씩 사라져 갔다. 이대로 수십 분이 지나면 알아서 무너지기는 하겠지만, 과연 그전까지 시니가 버틸 수 있을까? 자신만만한 눈빛의 면경과는 달리 송영은 그저 걱정이 태산이었다. 하지만 어쩐지, 그 와중에도 할 수 있는 일이 최소한 하나는 있을 것 같단 생각이 문득 들었다.

"티, 팀장님! 팀장님! 지면 안 돼요!"

"어머, 응원전 하시게요? 소리 지르는 거야 자유지만, 소용없으실 텐데."

아니, 소용없는 일이 아니다. 오히려 응원전이라면 질 리가 없다. 듣는 쪽의 차이란 게 있으니까. 면경이 불러낸 골렘은 아무리 강하다 한들 지성 없는 흙덩이에 불과하니, 응원을 아무리 해 봐야 전혀 귀를 기울이지 않을 것이다. 공사장을 먼저 부수라는 호소에도 불구하고 당장 눈에 거슬리는 적에게만 목을 매는 걸 보면 명백했다. 반면 시니는 달랐다. 겉보기에는 일방적으로 밀리는 듯했지만, 유심히 지켜보니 시니는 힘의 차이에도 불구하고 계속 공격을 퍼부으며 적의 주의를 붙잡아 두고 있었다. 덕분에 전장은 건설 현장으로부터 점점 먼 곳으로, 시니에게 유리한 산 위의 어둠 속으로 꾸준히 옮아갔다. 이건 분명 지성이 있는 움직임이었다. 동시에 상대를 끊임없이 자극하고 도발하는 수법이 딱 평소의 시니를 닮아 있기도 했다. 그렇다면 응원을 들을 수도 있으리라. 그렇게 믿으며 송영은 목에 더욱 힘을 주었다.

"밀리는 거 아니죠? 그런 괴물 정도는 이겨 봐요! 더 할 수 있잖아요!"

한층 커진 고함은 자연스레 온갖 섬뜩한 시선을 불러 모았다. 식은땀이 줄줄 흐르고 가슴께가 찌르는 듯이 아파 왔다. 훈련소에서 겪은 최악의 공포가 다시금 생생히 떠올랐다. 그래도 송영의 목소리는 줄어들지 않았다. 쓰러지지 않고 버티며, 금방이라도 멎을 것만 같은 심장에 눈앞의 치열한 사투를 장작처럼 집어넣으며 계속 소리를 질렀다. 그 목소리가 닿은 것일까, 유효타다운 유효타를 내지 못하던 시니가 거대한 구렁이를 연상케 하는 움직임으로 바위를 휘감아 기어오르더니 마침내 골렘의 이마에 주먹을 정통으로 꽂아 넣는 데에 성공했다. 골렘이 비틀거리자 이번에는 목을 부러뜨릴 듯 강렬한 조르기. 사람이었다면 곧 숨통이 끊겼겠지만, 안타깝게도 골렘은 그렇게 유약한 상대가 아니었다.

"그게 숨이라도 막힐 줄 알았어? 내가 불어넣은 생기가 건재한데? 그렇지, 엎어치기! 그대로 올라타서 내리찍어!"

"가드! 가드! 침착하세요, 침착하게 빠져나오는 거예요! 할 수 있어요!"

"빈틈 주지 말고 때려, 더 때려……. 아니, 그걸 놓치냐? 빨리 쫓아가! 더 빨리!"

"아, 진짜. 냅다 도망만 다니면 어떡해요! 팀장님한테 믿고 맡긴 거라고요! 알았어요? 제가 팀장님만 믿는다고요!"

치열한 응원전이 절정에 달할 즈음, 마침내 승부의 무게추가 한쪽으로 기울어졌다. 단단한 몸을 앞세운 골렘의 맹진이 시니의 검은 형체 정중앙을 땅에 쿵 내리꽂았다. 이어진 건 벌레를 짓뭉개듯 무자비하게 꽂히는 발길질. 쉼 없는 충격에 온 어둠이 신음했다. 마침내 번쩍 치켜든 다리가 최후의 일격을 가하려 떨어지다가…… 시니의 형체가 주변의 어둠 속으로 흩어지는 바람에 그대로 땅에 푹 박혔다. 두꺼운 다리가 잠깐이나마 멈춰버린 그 순간이야말로 시니가 노린 기회였다. 다리 뒤편에 드리운 그림자에서 무수히 많은 팔이 튀어나와, 일제히 골렘의 몸을 붙잡고서 산비탈에 힘껏 내동댕이쳤다.

머리가 크고 팔다리가 짧은 신체 구조 때문에, 골렘은 뒤로 나동그라진 채 한동안 바둥거릴 수밖에 없었다. 그 틈을 놓치지 않고서 시니는 나무 그늘을 타고 전속력으로 산을 올랐다. 가는 길의 어둠이란 어둠은 죄다 먹어 치우면서, 달빛이 아스라이 비치는 꼭대기까지. 이윽고 밤 그 자체를 망토처럼 두른 채 명주산 꼭대기에 선 시니의 모습이 거대한 먹구름처럼 얼핏 송영의 눈에 어른거렸다. 두려운 형상이었다. 하지만 그 두려운 형상으로 시니는 틀림없이 이렇게 말하고 있었다.

"그거 좋아. 믿는다는 말. 꽤 오랜만에 들었거든."

밤바람을 타고 들려온 그 목소리와 함께, 소용돌이치는 먹구름으로부터 무언가가 힘차게 뛰어나와 허공을 갈랐다. 짙은 그림자에 휘감긴 커다란 돌탑이나 장승을 연상케 하는 그것은 분명 철저히 새까맸지만, 동시에 달빛을 받아 은은히 빛나고 있기도 했다. 산꼭대기보다도 더 높이 도약한 검은 형체는 쓰러진 골렘의 이마 정중앙을 향해 곧 번개처럼 낙하했다. 골렘의 몸부림도 면경의 비명도 그 착지를 막을 수는 없었다. 두렵다기보다는 차라리 경외심이 드는, 깔끔하고도 장엄한 착지. 검붉은 흙먼지가 산 중턱에 불꽃놀이처럼 피어올랐다. 골렘의 머리가, 몸통이, 팔다리가 모래처럼 부서져 흩날렸다. 폭풍과도 같은 여파가 한 발짝 늦게 송영과 면경 둘을 휩쓸고 지나갔다. 그 여파야말로 마그눔 오푸스의 끝을 알리는 종소리였다.

밤의 찬 공기에 싸움의 여운이 식자, 면경은 진이 빠진 듯 제자리에 털썩 주저앉았다. 한편 송영의 머릿속에는 응원에 정신이 팔려 잊고 있었던 갖가지 문제들이 차례로 떠오르고 있었다. 팀장님은 어떻게 되신 거지? 괜찮으신 걸까? 지갑도 찾아 드려야 하는데! 어떻게 해야 할지 몰라 그저 초조하게 발을 구르던 송영은 문득 손끝의 펜듈럼이 가볍게 흔들리는 것을 느꼈다. 펜듈럼이 가리킨 방향은 산길 입구에 세워 둔 승합차 쪽. 그 아래에서 누군가가 아주 익숙한 모양새로 기어 나오고 있었다. 아주 익숙한 불평과 함께.

"아이고, 삭신이야. 산재 처리되는지 알아보든가 해야겠네."

"팀장님! 무사하세요? 다친 데는…… 평소 모습이시잖아요. 민증은요?"

"처음부터 주머니에 있었어. 바위에 올라가서 까치발 좀 들었는데 네가 속은 거야. 실제 상황인 줄 알고 겁에 질려 주기만 하면 그다음은 쉽단 말이지. 열일곱 살 꼬맹이 연기도 하고 사는데 이쯤이야."

옷을 툭툭 털며 일어난 시니가 태연하게 말했다. 송영은 어이가 없어 입을 딱 벌렸다.

"그게 다 연기였다고요? 제약이 풀렸다고 믿게 만들면 진짜 풀어 버릴 수 있으니까, 일부러 절 이용한 거예요? 아니, 그, 그래도 돼요?"

"웬만하면 하지 말라고 듣긴 했는데, 그렇다고 불가능한 건 아니거든. 사람 주먹이 위험하다고 온 국민한테 수갑 채우지는 않잖아? 똑같은 거야."

명주산 한쪽에 구덩이를 파 놓을 정도의 힘을 고작 사람 주먹에 비유해도 되는지 송영은 잠깐 고개를 갸웃했지만, 바로 옆에 너무나도 명백히 해선 안 될 일을 저지른 용의자가 주저앉아 있는 상황에서 이런 사소한 고민에 빠질 여유는 없었다. 비록 연금술의 비전을 이용해 건설 현장을 파괴함으로써 마음의 안정을 찾으려던 거창하고도 개인적인 계획은 물거품으로 돌아갔을지언정, 여전히 주면경은 뛰어난 연금술사였고 잔뜩 지친 명주영능 직원 둘을 상대할 여력도 있어 보였다. 게다가 오토바이가 망가졌으니 도망갈 길도 없는 처지. 면경의 눈이 무섭게 번뜩이려 했다. 이번에야말로 자신이 나서야 할지도 모르겠다는 생각에 송영은 천천히 호흡을 고르며 주먹을 불끈 쥐었다.

그리고 다음 순간, 흰색 트럭 몇 대가 도로 저편에서 힘차게 달려왔다.

"늦어서 죄송합니다! 기이현상청에서 나왔는데, 명주영능 분들 맞으시죠?"

운전석에서 몸을 반쯤 빼낸 남자의 목소리가 상황을 깨끗이 정리했다. 면경은 다시금 축 늘어졌고, 송영도 손에서 맥없이 힘을 뺐다. 트럭에서 내린 기이현상청 직원 네댓 명이 각자 현장 점검과 용의자 확보 등을 맡아 분주히 움직이기 시작했다. 그중에는 물론 협력 업체 직원의 상황 설명을 듣는 게 임무인 사람도 있었다. "어떤 일이 있었는지 최대한 상세히 말해 달라"는 말을 듣고서 시니와 송영은 각자 작은 한숨을 내쉬었다. 상당히 긴 밤이 될 터였다.

***

한밤의 대격돌로부터 사흘이 지난 날 아침, 도로변 건물 3층에 위치한 명주영능 사무실은 어김없이 시끌벅적하게 일과를 시작하는 중이었다. 오 사장은 송영이 쓴 비용 청구서 초안에 트집을 일곱 군데나 잡았지만, 이것이 그저 정시에 출근하지 않은 시니 때문에 괜히 심술부리는 것임을 알았으므로 송영은 청구서를 당장 고치는 대신 잠깐 기다려 보기로 마음먹었다. 과연 시니가 문을 박차며 들어오니 사장의 분노는 즉시 그쪽으로 쏠렸다. 출근하자마자 호통을 들은 시니도 당연히 지지 않고 맞받아쳤다.

"방송 때문에 늦는다고 그랬잖아! 어제 분명히 알았다고 해 놓곤 왜 딴소리야?"

"직원들 일을 대표가 어떻게 하나하나 다 기억해! 사장은 경영자야, 경영자! 알았어? 너네들 하인이 아니라!"

"와, 누가 들으면 직원이 100명은 되는 줄 알겠다. 우리 명주영능이 그새 대기업이 다됐네요. 아주 애사심이 막 끓어넘치려고 하네."

오전 업무는 송영이 평소처럼 목소리를 낸 뒤에야 겨우 재개되었다. 하지만 그런 뒤에도 딱히 열심히 일하는 분위기가 되지는 않았다. 비용 청구서는 퇴근 전에만 보내면 되고, 그것 외에 달리 처리할 업무는 없었으니까. 멍하니 워드 프로세서 창을 쳐다보는 송영 옆에서 시니는 혼자 신나게 떠드는 중이었다.

"사이비 종교 아동 학대 고발한 것 때문에 방송국에서 쉼터 취재 왔거든. 다 망해가던 교단이 이번 공사 건 때문에 일시적으로 뭉친 거니까, 취재 때문에 나쁜 소문까지 돌면 알아서 흩어질 거야. 그러면 뭐, 면경인가 걔도 만족하겠지."

주면경이 어떤 처분을 받게 될지는 전적으로 기이현상청의 결정에 달렸지만, 다행히 인명 피해가 없었고 산에 남은 흔적도 산사태 때문이라고 적당히 넘길 만한 정도였으니 어떻게든 잘 풀리리라. 한편 시니는 잠시 엄살을 부렸을 뿐 결과적으로 몸에 무슨 이상이 생기지는 않았다(당연한 일이었다). 공사는 계획대로 다시 시작되었고, 명주영능은 어려운 업무 하나를 그럭저럭 성공적으로 마무리 지었다. 이 정도면 면경뿐만 아니라 다른 사건 관련자들도 나름대로 만족할 만한 결말이었다. 한 사람을 제외하면.

"이송영, 너 요새 왜 이렇게 기운이 없어? 어디 아프면 집에서 쉬라고 했잖아. 그게 노동자의 권리야."

"아픈 거 아니에요. 그냥 좀, 이번에도 제가 한 일이 별로 없는 것 같아서."

단서도 여러 번 잘못 짚었고, 중요한 사실을 너무 늦게 깨닫기도 했으며, 무엇보다 위기가 닥쳤을 땐 시니에게 전적으로 의존했다. 무작정 도망쳐서 비명을 지르질 않나, 시니가 얻어맞고 있는데 멀찍이서 응원이나 하지를 않나. 긴장이 풀리고 나니 그런 자신의 행동 하나하나가 한심하게 느껴지는 것을 송영은 견디기가 힘들었다. 테이블에 둔 공무원 시험 문제집의 알록달록한 표지가 여느 때보다도 더욱 무겁게 마음을 짓눌러 왔다. 내가 정말 기이현상청에 들어갈 수나 있을까, 과연 그럴 자격이 있을까······. 그런 생각을 떨치지 못하는 송영의 눈이 시니를 힐끔힐끔 쳐다보았다. 하지만 시니는 그저 눈을 크게 뜨고선 이렇게 말할 뿐이었다.

"너 엄청 활약했는데? 평소엔 무서워서 큰소리도 못 내는 주제에, 그만큼 목청이 좋을 줄은 몰랐다니까."

"그냥 응원이었잖아요. 누구나 할 수 있는 거고."

"사람이 공포를 그렇게 간단히 극복하는 동물이었으면 내가 어떻게 존재하겠어? 그리고, 야, 그 목소리로 그런 말을 해 줘 놓고선 어떻게 그냥 응원이란 소리를 해. 겸손한 것도 정도가 있지."

딱히 뭘 생각하고서 "팀장님만 믿는다."라는 말을 한 건 아니었다. 그저 떠오르는 말을 아무렇게나 외쳤을 뿐이었다. 하지만 그 자그마한 공로가 인정받았다는 사실만으로도 송영은 기분이 조금 나아지는 것을 느꼈다. 대단히 행복해지지는 않았지만, 그래도 시니의 실없는 농담을 받아 줄 정도는 되었다. 매일매일을 버티는 데엔 대체로 그 정도면 충분했다.

"혹시 응원 잘하는 거 가지고는 특채 안 되냐? 하긴, 어렵겠지?"

"어림도 없죠. 어쩌겠어요, 그냥 계속 문제집이나 봐야지."

계속 공부를 하고, 경험을 쌓고, 언젠가는 필기와 실기에 통과하고, 공무원이 되고. 그게 무슨 위대한 업적 같은 게 아니란 사실은 송영 스스로가 가장 잘 알았다. 하지만 누구나 항상 위대한 업적을 이루어야만 한단 법도 없다. 때로는 누가 알아주지도 않는 자질구레한 서류 작업부터 끝내야 할 때도 있는 법이라고 생각하며, 송영은 노트북 키보드를 향해 가만히 손을 뻗었다.

왕과 그들의 나라

한 치 앞조차 제대로 보이지 않는 자욱한 안개 속에서 남자는 힘겹게 나아갔다. 축축한 흙바닥을 급히 딛는 발걸음이 연신 휘청였고, 가쁜 숨을 몰아쉴 때면 서늘한 아침 공기에 섞인 빗방울이 몇 개씩 딸려와 수염 끝에 맺혔다. 당장이라도 고통과 탈진으로 주저앉을 듯한 움직임이었지만 남자는 멈추지 않았다. 그저 불안하게 두리번거리면서, 이따금 겁에 질린 얼굴로 등 뒤를 힐끗 돌아보면서 필사적으로 지친 몸을 이끌었다. 안개 너머 어딘가에서 어렴풋이 손짓하는 빛을 따라, 온기를 따라, 한 발짝, 두 발짝.

그렇게 얼마나 걸었을까, 남자는 문득 발밑에서 느껴지는 감촉이 전보다 한층 단단해졌음을 깨달았다. 피부에 닿는 바람도 따스했으며 시야도 왠지 맑았다. 나무가 보였고 건물이 보였다. 아아, 드디어. 해일처럼 밀려오는 안도감을 견디지 못한 남자의 다리가 무너졌다. 힘 빠진 상체가 그 위로 함께 엎어지다가 미처 눈에 담지 못한 무언가에 연달아 부딪혔다. 높이가 허벅지 정도까지 오는 철제 울타리였다. 고요한 아침의 빗줄기를 가르며 금속음이 요란하게 울려 퍼졌다.

"어, 선생님! 거기서 그러시면 안 됩니다!"

근처에서 경계 근무를 서던 경찰 두 사람이 소리를 듣고 급히 달려왔다. 청와대 외곽 경비를 담당하는 서울경찰청 202경비단 소속 인원들이었다. 울타리를 넘어 도로만 하나 건너면 바로 청와대 코앞인 곳이 근무지인 만큼 그들은 거동 수상자의 등장에 특히 민감했다. 문제의 거동 수상자가 발소리도 기척도 없이, 아주 잠깐 눈을 돌린 사이에 갑작스레 나타나 눈앞에서 풀썩 쓰러졌다면 더더욱. 밤새 술을 마시고선 인사불성이 되어 헤매 들어온 걸까? 하지만 가까이서 확인한 남자의 행색은 흔한 주취자와는 거리가 멀어도 한참 멀었다.

붉은색 곤룡포에 검은 익선관. 방금 사극에서 튀어나온 듯한, 누가 봐도 조선 시대 왕을 연상시키는 옷차림. 인기척을 느끼고서 간신히 고개를 든 남자의 코 밑과 턱 아래로는 수염이 길게 늘어져 있었으며, 피도 뚝뚝 떨어졌다. 수염 끝에서, 익선관 아래에서, 무자비하게 찢어진 가슴팍의 금색 용 문양 사이에서. 남자가 주저앉은 물웅덩이에도 이미 핏물이 짙게 번지고 있었다. 당황한 경찰들을 향해 더듬더듬 내뱉는 말 또한 평범치 않기는 마찬가지였다.

"지금이, 언제입니까? 몇 년도입니까? 시간이 대체 얼마나……."

정신이 혼미한지 남자는 멍한 눈빛으로 같은 말을 연신 되풀이했다. 그 중얼거림에 두 경찰의 시선이 무심코 같은 쪽으로 움직였다. 남자가 처음 모습을 드러낸 방향, 비에 채 씻기지 않은 혈흔이 지나온 방향. 검붉은 흔적은 길바닥을 가로질러 이어지다가 돌과 나무로 된 웅장한 문 근처에서 별안간 뚝 끊겼다. 아침 안개에 휘감긴 처마 아래 현판의 '門武神'이란 글자는 그 문이 조선 왕조의 법궁이었던 경복궁의 북문, 신무문임을 당당히 드러내고 있었다. 핏자국에 따르면 왕 복장을 한 남자는 바로 저곳에서 나타난 것이 분명했다. 아무런 전조 없이, 꼭 허공에서 뚝 떨어진 것처럼.

다시 말해 이 사건은 그들의 소관이 아니라는 뜻이었다.

이런 일을 담당하는 정부 조직은 따로 있으니까.

***

기이현상청 현상대응국 소속 2인조 긴급대응 인력, 자세경과 박나루가 탄 까만 미니밴이 신무문 근처 도로변에 멈춰 선 것은 사건 발생으로부터 20여 분이 지난 뒤였다. **공무수행** 스티커를 붙인 트렁크 문이 열리고 휠체어 슬로프가 자동으로 펼쳐짐과 동시에, 먼저 흰 작업복 차림으로 운전석에서 튀어

나온 나루가 땋아 늘어뜨린 갈색 머리를 휘날리며 차 뒤로 달려갔다. 곧이어 시체처럼 핏기라곤 하나 없는 잿빛 얼굴을 한 세경이 휠체어를 탄 채 그 손에 이끌려 차에서 내렸다. 여전히 부슬부슬 내리던 빗방울이 품 넓은 암청색 개량 한복을 촉촉이 적시기 시작하자, 세경은 입에 문 녹즙 파우치를 살짝 떼고서 무기질적인 목소리로 일단 불만부터 토해 냈다.

"비 계속 오잖아. 우산을 왜 안 챙겼어, 박나루."

"깜박했다니까요, 선배. 그리고 어차피 5분 안에 그쳐요!"

바깥 공기의 냄새를 킁킁 맡아 본 나루가 자신 있게 선언했다. 세경과는 달리 그야말로 생기가 넘치는 목소리였다. 두 사람은 그 뒤로도 날씨를 가지고 몇 마디 더 옥신각신했지만, 나루가 휠체어를 번쩍 들어 인도 위에 올려놓을 때쯤엔 세경도 도로 녹즙 파우치에 입을 가져다 대고 있었다. 사람 하나 무게쯤은 아무렇지도 않다는 듯 힘차게 움직이는 팔다리, 그와는 정반대로 액체를 빨아들이는 동작마저 미묘하게 부자연스러운 뺨. 어딜 보나 어울리는 구석이 없는 한 쌍이었지만, 세경과 나루는 지난해에만 각종 중대한 사안을 함께 스무 건 가까이 해결한 성과가 있는 기이현상청 최고의 현장 인원들이기도 했다. 청와대 코앞에서 일어난 수수께끼의 사건이 두 사람에게 맡겨진 것도 당연지사였다.

"꼭 이런 날에만 불러. 수장고에 있고 싶은데. 덥고 축축하고, 썩으면 어떡할 거야."

"선배는 추울 때도 나오기 싫어하잖아요! 요전 겨울에 은행나무 건으로 영월 갔을 땐 무슨, 체액 다 얼겠다고 아득바득 그 난리를 피우더니."

"진짜 얼 뻔했거든. 빨리 밀기나 해. 저쪽."

폴리스라인이 빽빽이 쳐진 길 한가운데를 세경이 턱짓으로 가리켰다. 속도를 내 다가오는 휠체어를 막아서려던 순경들이 "기이현상청에서 나왔습니다."라는 말에 화들짝 비켜났다. 전혀 다른 논리로 작동하는, 그리고 보통은 직접 대면할 일도 없는 낯선 조직끼리의 조우란 으레 껄끄럽기 마련이었다. "그런 부서가 어디 있느냐"라며 의심부터 하는 경우도, 어디서 이상한 소문을 주워듣고서 지레 겁에 질리는 경우도 다반사. 다행히도 현장에 남아 두 사람을 맞이한 최초 발견자는 두 사람에게 상당히 협조적인 편이었다. 말이 살짝 많기는 했지만.

"부상자는 일단 병원으로 보냈습니다. 생명에 지장은 없어 보였는데 출혈이 심해서요. 그건 그렇고 그 사람, 임금님 옷 입고서 지금이 몇 년도인지 묻기에 무슨 시간 여행자인가 했거든요? 그런데 보니까 옷 안쪽은 그냥 셔츠고, 수염도 가짜더라고요. 경복궁에서 사진 찍으려고 여기 근처 업체에서 빌려 입고 온 겁니다. 좀 시시하죠?"

"시간 여행자였으면 말이 안 통했겠죠! 이상한 빛이나 오존 냄새도 느끼셨을 테고요. 맞다, 행적 확인은 혹시 됐나요?"

"아, 네. 조금뿐이지만요. 경복궁 개장하자마자 광화문 쪽

매표소로 입장한 게 확인되긴 했는데, 경복궁 내부 CCTV에서는 아직까진 전혀 못 찾았다고 합니다. 하필 오늘 안개가 저만큼 꼈잖습니까."

확실히 신무문 안쪽은 안개가 자욱해서 도무지 뭐가 보이질 않았다. 저래서야 CCTV 영상에도 더 기대할 것이 없겠다는 생각에, 나루는 발치에 남은 핏자국을 향해 고개를 돌렸다. 흔적 자체는 빗물에 씻겨 희미해졌을지언정 그 냄새만큼은 아직도 나루의 코끝을 선명히 간질였다. 피범벅이 된 채로 고통스레 쓰러진 남자의 모습이 눈앞에 절로 그려졌다. 쓰러지기 직전에 비틀거리며 혈흔을 떨어뜨리는 모습도, 그보다 전에 고통스레 발걸음을 재촉하며 나아가는 모습도⋯⋯. 하지만 피 냄새는 신무문까지 한 발짝을 앞두고서 별안간 뚝 끊겼다. 아무리 코를 킁킁거려 봐도 도무지 이어지질 않긴 매한가지. 과연 이건 수상쩍었다.

"하지만 꼭 허공에서 나타났다기보단, 그냥 여기서 피를 흘리기 시작한 걸 수도 있죠. 선배는 어떻게 생각하세요? 혹시 더 안쪽에 발자국이라도 남았는지 한번 볼까요?

"그럴 필요 없어. 사건 발생 시각이 9시 11분. 9시 정각 표를 샀어도, 광화문에서 여기까지 오기엔 짧은 시간이야. 전력 질주라도 하지 않으면."

"제가 전력 질주하면 그것보다 훨씬 빨리도 가능한데요! 하지만 무슨 얘긴지는 알겠어요. 이 사람이 피 줄줄 흘리면서 경복궁을 가로질러 달려왔을 리는 없으니까, 역시 문 앞에서 나타났단 소리네요. 어떻게 그랬는진 몰라도."

기묘한 결론 앞에서 나루가 얼굴을 찌푸렸다. 한편 세경은 검붉은 손톱으로 휠체어 팔걸이를 톡톡 두드리며 생각에 잠겼다. 사람이 한 장소에서 다른 장소로 갑자기 이동하는 사건은 엄청나게 드물다고는 할 수 없었지만, 보통은 기이 기술을 활용한 모종의 장치나 차원 간 재해가 얽힌 경우였다. 이번처럼 아무런 전조도 없이 한 명만 툭 튀어나온 일이 전에도 있었던가? 기이현상청에서 근무하며 지금껏 보고 듣고 겪어 온 각종 사례를 찬찬히 되짚어 보려던 찰나, 휠체어를 붙잡은 나루의 몸이 그르릉 하며 나지막이 떨리는 게 느껴졌다. 그 진동의 의미를 세경은 잘 알았다.

"뭐 보여?"

"움직임이 있어요. 저기 문 너머에."

나루가 가리킨 곳은 남자의 핏자국이 끊긴 지점 바로 뒤쪽, 안개 낀 경복궁의 정경이 아주 희미하게 내다보이는 신무문 바로 앞이었다. 세경의 눈에는 오직 문과 안개밖에 비치지 않았지만 나루는 달랐다. 수상쩍게 일렁이는 공기를, 어른거리며 커지는 몇 개의 그림자를 본능적으로 감지하며 온몸의 털을 쭈뼛 곤두세웠다. 이윽고 그림자는 다른 사람의 눈에도 보일 만큼 뚜렷한 모습을 갖추며 안개 밖으로 차례차례 몸을 내밀어 왔다. 경찰들이 잔뜩 긴장하며 물러섰다. 세경도 머리 뒤에 꽂은 자개 핀으로 손을 가져갔다. 하지만 가장 먼저 안개를 벗어난 형체를 확인하는 순간 감돌던 긴장은 즉시 의문으로 바뀌었다. 의문은 청바지와 반소매 셔츠 차림에 셀카봉까지 들고서 나타난 형체의 얼굴에도 똑같이 떠오른 채였다.

"어, 저기……. 설마 여기 북문인가요? 언제 여기까지 왔지?"

어딜 보나 경복궁 관광객이 분명한 사람이 두리번거리며 물었다. 그 뒤에서 일행인 듯 보이는 관광객이 두 명 더 모습을 드러냈다. 전부 몸에 상처는 없었으나 꽤 지쳐 보였고, 무엇보다도 자신이 어째서 이곳에 있는지 혼란스러워하는 모양새였다. 한편 바로 그 혼란이야말로 누군가에게는 중요한 단서였다. 고개를 젖힌 세경의 시선이 내려다보는 나루의 얼굴과 마주쳤다.

"확실해졌네."

"그러게요. 청와대 앞이 문제가 아녔어요."

비록 민감한 장소에서 벌어진 기묘한 일 때문에 불려 나오기는 했지만, 진짜 기이현상은 다른 곳에서 발생했음을 둘은 즉시 깨달았다. 신무문 앞에서 나타난 관광객들이 필시 발을 들였을 공간. 시간이 흘러도 사그라질 기미가 없는 안개에 둘러싸여 아무것도 보이지 않는 공간. 경복궁 안에서 뭔가 심상찮은 일이 벌어지고 있었다.

***

그리고 이처럼 **뭔가 심상찮은** 일이 벌어진 상황에 신속히 대응하려는 것이야말로 2004년 기이현상청 설립 당시의 취지였다. 각 부처에 흩어져 있던 전문 인력을 하나의 조직에 모으고, 기이 취급 과정을 일원화하고, 매뉴얼을 만들었다가 뜯어고쳤다가 폐기했다가 정권이 교체되는 바람에 싹 다시 만드는 과정은 물론 관료제의 지옥 그 자체였지만 그래도 분명 성과는 있었다. 세경이 중대 기이현상 발생을 보고한 직후부터 벼락이라도 맞은 듯 사방팔방으로 펄떡이기 시작한 연락망이 그 증거였다.

"경복궁에 삽살개 둘. 반복합니다. 경복궁에 삽살개 둘."

"서울시, 경찰청, 소방청, 그리고 또 어디야⋯⋯. 문화재청! 문화재청 빨리 연락합시다."

"행정3팀 영희예입니다. 다중차원 섭동차폐설비 반출 요청 건 혹시 어떻게 되고 있나요?"

드론 촬영을 통해 경복궁에 드리운 안개가 햇볕 아래서도 갈수록 짙어진다는 사실이 확인되자, 곧바로 "기상 변화에 따른 일시적 스모그 현상"이라는 해명을 근거 삼은 관람 중지 및 직원 대피 절차가 이루어졌다. 주변 유동인구를 줄이기 위한 대기오염 경보 발령과 도로 통제가 그 뒤를 따랐다. 경복궁 내부의 국립고궁박물관과 국립민속박물관에 보관된 일부 기이는 문화재청과의 협력을 통해 안전하게 반출되는 중이었고, 복잡한 자수가 들어간 대형 가림막으로 경복궁 출입구 주위를 감싸려 끙끙대던 몇몇 직원들은 감이 좀 있는 시민으로부터 "딱 봐도 스모그 아닌데 수고 많으십니다."라는 인사와 함께 음료수를 선물받기도 했다. 직원 교육용 내부 자료에 중대 기이현상 대응 모범 사례로 실려도 될 만큼 매끄러운 일 처리였다.

하지만 조직이 아무리 매뉴얼대로 일 처리를 매끄럽게 한들, 기이현상이 그 노력에 감복하여 순순히 물러나 주는 경우는 거의 없었다. 사태를 해결하려면 결국 누군가가 현장에서 직접 달리고 굴러야만 했다. 그것이 바로 세경과 나루가 기이현상청 조직 내에서 맡은 역할이었다. 동서남북 네 개의 문에서 어리둥절한 관람객들이 계속 헤매며 나오는 동안 두 사람은 사태 파악을 위해 경복궁 주위를 몇 바퀴고 빙빙 돌았다. 각각의 문에 배정된 직원으로부터 새로이 현황을 보고받을 때마다 휠체어를 미는 나루의 발걸음이 점점 급해졌다.

"광화문에서 다섯 명, 영추문에서 여섯 명, 그리고 방금 건춘문에서 셋 더 나온 거죠? 이러면 인력 더 필요하겠는데요. 증언 듣기도 벅차 보이는데 벌써 기자분들까지 오셨고."

"그래도 들을 만큼은 들었어. 안개 때문에 길을 잃었다, 시간 감각이 모호하다, 휴대전화가 안 터졌다. 이 내용은 거의 공통적이네."

"많진 않지만 부상자도 계속 늘어나고요. 이게 제일 심각해 보이는데……. 괜찮으세요? 잠깐 저쪽 그늘에서 쉬면서 얘기하죠."

비가 그치고 나니 날은 금세 쨍쨍해졌다. 후텁지근한 공기 속에서도 나루는 기력이 넘쳤지만, 뙤약볕 아래를 동분서주하던 휠체어는 곳곳이 뜨겁게 달아올랐고 세경의 납빛 피부도 파삭파삭하게 메말라 갔다. 건춘문 근처 담벼락에 기대 몸을 식히며 세경은 휠체어에 걸어 둔 가방에서 녹즙을 꺼내 마셨다. 나루의 말이 이어졌다.

"지금까지 확인된 부상자가 총 아홉 명이에요. 중상은 처음 보고받은 사람 포함해서 셋인데, 다행히 생명에 지장들은 없지만 출혈이나 골절로 치료 중이고, 겉보기엔 무슨 흉기에 의한 상처 같댔죠. 아, 여기 부상자들 사진이랑 신원 방금 받았어요."

"곤룡포가 더 있네. 당의도 하나 보이고. 나머지는……"

"외국인 같죠? 왕이나 왕비 옷 입은 사람이 절반, 외국인 관광객이 절반이에요. 이 정도로 뚜렷한 패턴이면 뭔가 의미가 있을 텐데!"

하지만 한 줌도 안 되는 단서만 가지고 무작정 가설부터 세워서야 안 될 노릇이었다. 결정적인 실마리를 붙잡을 때까지는 그저 현장을 계속 돌며 정보를 긁어모으는 것이 최선임을 두 사람은 알고 있었다. 광화문을 지나 영추문으로, 다시 신무문으로……. 하지만 조금이나마 식은 휠체어를 다시 붙잡고 그늘을 나서려던 찰나, 나루는 방금 세운 최선의 행동 계획이 엎어지려는 기척을 느꼈다. 낯익고도 불쾌한 냄새가 하필 광화문 쪽에서 다가오고 있었다. 급히 방향을 틀려고 했는데, 안타깝게도 상대가 이쪽을 알아채고 달려오는 것이 더 빨랐다.

"와, 세경 선배 방금 도망치려고 한 거예요? 실망이다. 우리 사이 괜찮았잖아요."

"여긴 왜 왔어, 우모린. 지정기이 단체과 일도 아닌데."

세경이 차갑게 쏘아붙이자 우모린은 **뭘 새삼스럽게**라는 표정으로 어깨를 으쓱해 보였다. 그런 모린의 태연자약한 모습을 나루는 경계심 가득한 눈빛으로 노려보았다. 다들 바쁘게 일하는 와중인데 혼자 뻔뻔한 사복 차림에다가, 왼쪽 팔부터 어깨와 목까지는 왠지 문어발에라도 붙들렸던 듯 불그스레한 자국이 남아 있고, 입가에는 즐거워 죽겠다는 미소마저 띤 채. 과거 모린과 세경 사이에 있었던 일을 나루가 전부 아는 건 아니었지만, 그래도 웬만하면 저런 부류의 인간을 세경 곁에 두고 싶지는 않았다. 물론 복도에서 한두 번 스쳐 지나간 것이 전부인 자신에게 괜히 친한 척을 하도록 내버려 두기도 싫었고.

"아, 나루 씨 맞죠? 몇 년 전에 광개토소년단 사건 해결한 그분이셨단 걸 최근에야 알았지 뭐예요. 무슨 동물령 혈통이시라고 들었는데, 여우? 까치? 아니면 장수하늘소?"

"호랑이거든요! 저기, 죄송한데 용건 없으면 좀 비켜 주시죠. 우리가 엄청 바빠서요."

"세상에, 쌀쌀맞기도 하셔라. 세경 선배가 땡볕에서 고생하고 계시길래, 뭐 정보라도 슬쩍 찔러 드릴까 했더니."

모린이 짐짓 상처받은 척하며 던진 말에 세경이 반응했다. 근무 태도나 취향은 어찌 됐든, 사람과 기이를 가리지 않는 모린의 광범위한 인맥은 기이현상청 내에서도 가히 독보적이었다. 하필 모린 같은 사람에게 도움을 받겠다는 세경의 결정이 나루는 썩 마음에 들지 않았지만, 그래도 지금은 무슨 단서든 일단 감사히 납죽 받아야 할 때였다.

"아침에 비둘기한테 들은 거예요. 세경 선배하고는 다르게 걔랑은 헤어지고 나서도 친하게 지내거든요. 아무튼 걔가 말하길, 어제 웬 놈들이 궁에 몰래 들어가선 여기저기서 무슨 초혼 비슷한 의식을 치렀다더라고요. 안개는 그 뒤부터 끼기 시작했고요. 어때요, 관련 있어 보이죠?"

"오늘이 수요일이니까 어제는 휴궁. 그러면 몰래 의식 치를 수는 있었겠지. 근데 경복궁에서 무허가 제례가 한두 번이었나. 이게 초혼 한 번으로 될 규모도 아니고."

"맞아요! 게다가 어제는 창덕궁에서도 지정기이 단체 의식 예약돼 있었고! 비둘기분들이 그걸 경복궁하고 착각한 거 아니에요?"

"아까워라, 창덕궁은 대낮이었고 제가 말한 건 한밤중인데요. 하필 같은 날이니까 더 수상하죠? 말이 나와서 말인데,

창덕궁 일 관련해서도 선배가 솔깃해할 자료 하나 보냈으니까 메일 확인 부탁드려요."

왠지 자신만만한 그 말에 세경이 휴대전화를 확인해 보니, "Fwd: 기이융합기술R&D프로젝트_공모사업_진행상황_중간 조사보고_3급_19번(수정)"이라는 기나긴 제목의 메일이 방금 도착한 참이었다. 덜렁 하나 첨부된 파일의 내용은 제목에서 유추할 수 있는 그대로였다. 최근에 기이현상청이 진행한 공모사업에 당선된 한 지정기이 단체가 프로젝트를 계획대로 잘 진행하고 있는지, 일곱 개로 나뉜 평가 항목에 따라 꼼꼼하게 조사하고 분석한 문서가 10여 페이지 정도 지루하게 이어졌다.

이렇게 바쁜 날에 대체 왜 남의 업무 자료나 읽고 있어야 하는 건지, 처음에 세경은 그런 생각밖에 들지 않았다. 하지만 전날 창덕궁에서 진행한 바로 그 의식에 대한 세부 채점 결과를 읽다 보니 처음으로 의구심이 싹텄다. 다음으로 눈에 띈 건 1차 의식 참여 예정자 명단, 외부 전문가 섭외 내역, 기술 지원 협약서, 딱 한 문단에 잠깐 언급된 모호한 이름 하나⋯⋯. 페이지를 획획 넘기던 세경의 마른 손가락이 이내 확신에 차 멈추었다. 놀랍게도 모린의 말이 옳았다. 과연 이건 솔깃할 수밖에 없는 자료였다. 동시에 당장 할 일을 알려 주는 지침서이기도 했고.

"가자, 박나루. 당장."

"네? 가긴 갑자기 어딜 가요. 우리 말고 저 사람이 가야……"

"창덕궁. 이따 설명할게."

그렇게 말하며 차가운 손으로 옷소매를 잡아끄는 세경의 태도 변화에 당황하면서도, 나루는 일단 지시에 따라 몸부터 움직이기로 했다. 보아하니 진짜로 무슨 단서를 찾긴 찾은 모양이었으니까. 그렇다면야 우물쭈물할 이유가 없었다. 경복궁에서 창덕궁까지는 지하철로 한 정거장 조금 더 되는 거리. 그 정도면 대중교통을 타거나 차를 빼 오느니 차라리 도보가 빠를 터였다. 휠체어를 번쩍 들다시피 해서 달려 나가는 나루의 등 뒤로 모린의 작별 인사가 경쾌하게 울려 퍼졌다.

"둘 다 고생해요! 감사는 다음번에 물질적으로 받을게요!"

***

무더운 날씨와 휠체어 친화적이지 못한 도로 상태에도 불구하고, 나루는 지도 앱의 예상보다도 두 배나 빨리 목적지인 창덕궁 돈화문 앞에 발을 디뎠다. 꾸준한 운동이 또 성과를 발휘했단 생각에 나루의 기분이 약간 고양되었다. 어머니 쪽에서 물려받은 호랑이 혈통 덕택에 원래도 몸 쓰는 데엔 자신이 있었지만, 걸핏하면 휠체어를 들고 계단을 오르거나 산을 타야 하는 상황에선 그 이상의 신체 능력이 필요했기에 나루는 체력 단련의 강도를 최근 들어서 한층 높인 참이었다. 가볍게 숨을 몰아쉬며 몸을 푸는 나루에게 세경이 다음 행선지를 말해 주었다.

"구 선원전. 오면서 연락했으니까 관리소 안 들러도 돼."

"선원전이면 금방이네요. 그래서 여긴 왜 오자고 한 거예요? 어제 의식 치렀단 단체가 어디였길래."

"황실제례진흥재단. 3급 지정기이 단체고, 대한제국 황실 문화 전수했단 사람이 이사장이고, 적혀 있기론 조선 시대 궁중 제사 연구가 주목적. 지원 사업도 자주 참여했더라."

기이현상청에서 주최하는 각종 지원 사업은 여러 중소규모 지정기이 단체의 주요 자금줄이었다. 지금과 같은 몸으로 되살아나기 전까지만 해도 비슷한 단체에서 일하며 매년 몇 장씩 지원서를 썼던 세경 또한 이를 모르지 않았다. "임진왜란과 정유재란을 거치며 실전된 조선 초 왕실 제례의 기이 요소를 복원하겠다."라는 황실제례진흥재단의 이번 프로젝트 목표에선 어떻게든 지원금을 따내야겠단 목적의식이 뚜렷하게 엿보였고, 그 사실 자체에는 전혀 문제 될 구석이 없었다. 프로젝트의 세부사항 또한 마찬가지였다.

"무난하고, 성공 가능성 크고, 구체적이고. 지원 사업에선 제일 중요하지. 창덕궁 의식도 종묘제례 관련 기이 시운전이라고 똑똑히 적어 놨어."

"그러고 보니까 원래 종묘에 있던 신주를 지난번에 여기

선원전으로 싹 옮겼죠? 2015년인가 영적 보안 허술하다고 지적받은 부분 수리 시작하면서요. 그러면 확실히 종묘가 아니라 여기 와야 테스트가 됐겠네요!"

"신위가 반응하는지만 보려던 거고, 의식 전후에 변화나 훼손은 없었다고 나와. 모린이도 그 부분은 만점 줬어."

"잠깐, 그럼 아무 문제 없는 거 아니에요? 대체 왜 오자고 했어요?"

선원전 돌계단 위로 휠체어를 옮기던 나루가 당황해 물었다. 세경의 대답은 간단했다.

"그 정도 의식에 무슨 기술 지원이 필요해. 속셈이 있는 거야."

공모 프로젝트에 이미 여러 차례 선발되어 봤다면 역량도 충분하고 채점 방식도 꿰고 있을 텐데, 감점 사유가 될 수 있음을 뻔히 알면서 굳이 돈을 들여 불필요한 외부 전문가를 모셔왔다. 그것도 2급 지정기이 단체인 염부 박씨 종친회에서. 황실제례진흥재단은 대체 화요일 낮에 이곳에서 무슨 일을 꾸민 것일까? 문을 조심스레 열고 들어간 선원전 내부에는 노란 비단 보자기로 감싼 한 아름 크기의 상자 수십 개가 고이 모셔져 있었다. 종묘에서 옮겨온 역대 왕과 왕비의 신주였다. 나루의 눈에 반사적으로 힘이 들어갔다.

"음, 특별히 뭐가 보이진 않는데요."

"신주 자체가 기이는 아니니까. 제례 때 **규**라는 구멍으로 혼이 드나드는 거지, 평소엔 빈 통이야. 의식 전후에 차이가 없는 것도 당연해."

"그래도 선배는 뭔가 찾아내실 수 있죠? 지난번 계림에서처럼요!"

세경은 대답 대신 머리핀을 뽑아 들었다. 긴 바늘 끝에 자개로 학과 거북을 만들어 붙인 정교한 장식 핀이었다. 다음으로는 품에서 누런 닥종이를 한 장 꺼내 무릎에 펼치고선, 핀으로 오른손 검지 끝을 쿡 찌르더니 뚝뚝 떨어지는 적갈색 체액으로 종이에 묘한 문양을 그리기 시작했다. 피 냄새와는 전혀 다른 들꽃과 풀 냄새가 선원전 곳곳으로 서서히 퍼져 나갔다. 손가락을 십수 회 문지르며 점점 완성되어 가는 문양은 큼지막한 동심원을 갑골문 비슷한 상형문자가 어지럽게 둘러싼 형태. 세경의 특기인 상고문자 부적술이 펼쳐지는 광경을 나루는 긴장하며 내려다보았다. 언제 보아도 신비로운 광경이라고 내심 생각하면서.

황실제례진흥재단처럼 조선 시대의 기이 문화를 연구하는 단체가 있는가 하면, 그보다 먼 과거로부터 연구 주제를 찾은 지정기이 단체도 물론 여럿 존재한다. 세경이 생전 몸담았던 배달옛글학회는 그중에서도 특히 고조선 이전 한민족이 사용하던 주술을 복원하고자 했다. 옛사람들이 새긴 암각화나 각문 등에는 으레 사냥의 성공 등을 비는 주술적 의도가 담겨 있으니, 원하는 바를 써 붙여서 힘을 발휘하는 부적술의 원형이라 할 수 있지 않겠느냐는 것이 배달옛글학회의 주장이었다. 복원 작업의 성과가 구체적으로 어느 정도였는지, 마지막 탐사 장소였다는 제주 서귀포시 정방폭포에선 대체 무엇을 찾으려 했던 것인지, 폭포에서 사고를 당해 숨이 끊어진 채로 다시 살아난 경위와는 무슨 관련이 있는지…… 그런 질문에 대한 세경의 답은 항상 "몰라." 또는 "기억 안 나."였다. 하지만 세경이 아주 간략하게만 입에 올리곤 하는 당시 연구 내용이 이 기이한 부적술의 토대란 것쯤은 나루도 쉽게 추측할 수 있었다.

"전남 화순 고인돌에서 찾은 주술이야. 혼이 오간 흔적을 드러내지. 다시 눈에 힘줘."

다 그려진 부적을 손끝으로 붙잡고서 한 번 가볍게 휘두르자, 체액으로 푹 젖은 종이가 움직임을 이기지 못하고 몇 조각으로 찢어졌다. 찢긴 조각은 떨어지면서 점점 더 잘게 분해되더니 이윽고 아주 작은 꽃잎처럼 변해 흩날리기 시작했다. 바람 한 점 불지 않는 공간에서 둥실둥실 춤추는 꽃잎에 허공이 서서히 물들었다. 나루가 보아 온 일반적인 부적술과는 전혀 다른 모습이었다. 진사 등의 빨간색 안료 대신 세경의 특수한 체액을 사용했기에 가능한 조화일까? 잡생각을 떨치려 애쓰며 나루는 다시 한번 눈을 번뜩였다. 동시에 한껏 예민해진 코와 피부도 꽃잎 하나하나의 미세한 움직임에 반응해 부르르 떨었다. 살짝 벌어진 입술 사이로 으르릉 하는 소리가 무심코 흘러나왔다.

　가장 처음 느낀 감각은 입안의 익숙한 근질거림이었다. 송곳니가 쑤시고 혀가 꺼끌꺼끌했다. 동물령의 피를 이었다고 딱히 귀나 꼬리가 달린 건 아니었으나, 강력한 기이현상에 휘말릴 때면 호랑이 기질이 몸 곳곳으로 이끌려 나오는 바람에 나루는 매번 이런저런 불편을 겪곤 했다. 하지만 그러면서 날카롭게 곤두서는 야생적인 오감만큼은 가끔 도움이 될 때도 있었다. 이번에도 그랬다. 하루 동안 잡다한 혼이 얼마나 오고 간 것인지 꽃잎의 궤적은 거미줄처럼 갈수록 복잡하게 얽혔지만, 이글이글 타오르는 나루의 눈은 그 사이사이의 아주 미세한 흐름마저도 눈밭에 남은 사냥감의 발자국처럼 낱낱이 읽어 낼 수 있었다. 강령의 여파로 생긴 너울, 말라 버린 강바닥처럼 구불거리는 자국, 혼이 작은 구멍으로 빨려 들어가며 남긴 흔적. 맹수의 본능 속에서 이성이 순간 번뜩였다.

　"혼을 불러서 옮겼네요. 여기 있는 신주 중 하나에서, 자기들이 가져온 다른 신주로. 그러고선 그대로 들고 간 거예요."

　"염부 박씨 종갓집 비술이네. 어떤 신주에서 가져갔는지도 알겠어?"

　나루가 고개를 끄덕이고서 몸을 서서히 낮췄다. 고양잇과 동물이 납작 엎드리듯이. 귓가에 늘어진 머리카락 끝이 수염처럼 파르르 떨며 희미하디 희미한 흐름을 감지했다. 눈으로는 볼 수 없는 꽃잎의 웅성거림을 몸으로 읽은 나루가 이내 몇 발짝을 엉금엉금 나아갔다. 왼쪽에서 여섯 번째 상자를 감 싼 비단에 이마가 거의 닿을 때까지. 휠체어를 끌고 천천히 나 루를 뒤따라간 세경이 그 앞면에 적힌 내용을 확인하고서 중 얼거렸다.

"이건 직접 봐야겠는데."

나루가 미처 말릴 새도 없이, 세경은 허리를 굽혀 비단 보 자기를 무작정 풀어헤쳤다. 당장이라도 그 내용물을 확인하지 않고선 견딜 수 없다는 듯이. 안쪽의 궤를 여는 손길은 한층 조심스러웠지만 여전히 거침없었다. 그러나 세경의 갑작스러 운 움직임은 꼭대기와 사방에 구멍이 뚫린 나무 신주를 두 눈 에 담는 순간, 신주 한가운데를 위에서 아래로 가로지르는 글 귀를 읽는 순간 딱딱하게 굳어 버렸다.

"왜 그래요, 선배? 대체 뭐라고 쓰여 있길래 그래요!"

"세종장헌영문예무인성명효대왕."

새파란 입술이 달싹이며 묘호와 시호로 이루어진 기나긴 이름을 빠르게 읊었다. 눈앞의 신주에 모셔졌던 인물, 즉 황실 제례진흥재단 사람들이 종묘제례 관련 기이 시운전을 빙자해 이곳에서 멋대로 옮겨 버린 혼의 이름이었다. 그중에서 나루 의 귀에 익은 음절은 겨우 넷뿐이었으나, 네 글자만으로도 사 태의 심각성을 인지하기에는 더없이 충분했다. 황망한 현실을 마주한 두 사람 사이로 잠시 싸늘한 침묵이 내렸다. 한참 만에 간신히 흘러나온 나루의 목소리가 그 황망함을 부정할 수 없는 한 문장으로 요약해 주었다.

"세종대왕님의 혼을 훔쳐 간 거네요."

***

조직의 대응 매뉴얼이 제아무리 잘 짜여 있어도, 상상 이상의 비상사태를 보고받은 직원들이 당황해 허둥지둥하는 것까지는 어쩔 도리가 없었다. 비상사태 한복판에 휘말린 세경이 빨리 정신을 차려 행동에 나선 것이 그나마 다행이었다. 황실제례진흥재단은 왜 세종의 혼을 훔쳤는가? 같은 날 밤에 경복궁 곳곳에서 치러졌다는 초혼 의식과도 어떤 관련이 있는가? 현재 경복궁을 뒤덮은 미지의 기이현상과는? 이 모든 의문에 당장 답하려 머리를 감싸 쥐는 대신, 세경은 답을 쥔 장본인부터 확보하고자 일단 곳곳에 연락부터 돌렸다. 초조한 기다림의 시간은 그리 길지 않았다. 전화를 얼마나 오래 붙잡고 있었던 건지 목이 다 쉬려고 하면서도, 행정3팀 직원 영희예는 세경이 원하던 정보를 놀랍도록 빨리 얻어내서 전달해 주었다.

"최 지관님이 전주 출장 나가 계신다길래, 재단 사무실 한 번만 들러 달라고 부탁드렸거든요. 가 보니까 상근 사무직들밖에 없었대요. 임원들은 어젯밤부터 연락 안 됐다 그러고."

이 정보 덕택에 심증은 한층 굳어졌다. 창덕궁 선원전에서 세종의 혼을 빼낸 황실제례진흥재단 주요 인사들이 그날 밤 경복궁에 잠입해 기이현상을 일으켰다면, 그들 중 일부는 자신들이 불러낸 안개에 휘말려 다른 관람객처럼 헤매고 있지 않을까? 사건 현장을 관리하는 직원의 연락이 세경의 추측에 쐐기를 박았다.

"대여 한복 말고 뭐 독특하게 갖춰 입은 사람 유심히 보라고 말씀하셨지요? 지금 영추문으로 오시면 됩니다. 눈치 보면서 슬금슬금 빠져나가려다가 딱 걸렸어요, 이 사람들."

그 연락을 받을 즈음 이미 세경과 나루는 경복궁 근처까지 달려와 있었다. 돌담길을 빙 돌아 서문인 영추문에 도달하기까지는 3분이 조금 더 걸렸고, 열띤 실랑이 소리는 그보다도 조금 먼저 나루의 귀에 닿았다. 대례복과 도포를 각각 차려입은 두 나이 든 남성이 앞을 막아선 기이현상청 직원들에게 호통을 치고 있었다. 궁 안에서 얼마나 오래 헤맨 것인지 두 사람 모두 지칠 대로 지쳐 보였지만, 목청 하나만큼은 여전히 근처에 쳐 둔 가림막이 부르르 떨릴 만큼 요란했다.

"너희들 어! 어! 우리가 역사를 바로 세우기 위해서 얼마나 열심히 노력하고 있는데, 공무원이란 놈들이 감사하다고 절을 하진 못할망정 어떻게 죄인 취급을 해! 역사를 잊은 민족에게 미래란 없다는 단재 신채호 선생 말씀 들어 봤어, 못 들어 봤어? 너 몇 살이야? 국민학교는 나왔어?"

"지금 제가 어르신 모시고 몇 시간을 내내 걸었어요, 몇 시간을. 그러는 동안 뭐 도와준 것도 하나 없이 문 앞에서 탱자탱자 죽치고 앉아 있다가, 우리 힘으로 빠져나오니까 갑자기 집에 가지 말고 여기서 기다리라고 하면 누가 그 말을 듣습니까? 됐고, 당장 안 보내 주면 당신들 책임자 찾아서 민원 넣을 겁니다."

"책임자 부르셨나요."

그 야단법석 한가운데를 세경의 휠체어가 무심히 비집고 들어갔다. 눈빛이 일제히 내리꽂혔다. 하지만 휠체어 뒤에 위압적으로 떡 버티고 선 나루를 무시하고 큰소리를 칠 수 있는 사람은 아무도 없었다. 한순간에 내려앉은 분위기 속에서 세경이 재차 입을 열었다.

"황실제례진흥재단 맞죠? 어제 창덕궁 들렀다가 오셨고, 일 커진 것도 아실 테고. 그럼 공무 집행에 협조 부탁합니다."

"아니, 그, 우리도 일을 키우려고 키운 게 아니고요……."

"다 나라가 걱정돼서 그랬지, 나라가. 다른 뜻이 없어!"

"구체적으로 말씀하세요. 경복궁에서 무엇을, 왜 하셨는지."

두 재단 임원은 한동안 변명만 늘어놓으며 우물쭈물했지만, 나루가 한 번 헛기침 소리를 내니 그 뒤로는 저항하지 않았다. 방금까지의 기세는 온데간데없이 주섬주섬 기어 나오는 목소리를 통해 세경과 나루는 비로소 황실제례진흥재단이 친 사고의 전모를 조금씩 파악할 수 있었다. 다소 지리멸렬한 범행 동기도 함께.

"이번 지원 사업 준비하면서 사실 고민이 많았습니다. 우리 재단은 다 나라 사랑하는 사람들 모임이고, 조선 왕실 제례 복원에 몇 년째 힘써 온 것도 다 겨레의 자주성을 되찾으려고 한 일이거든요. 그런데 우리가 아무리 노력해 봐야 오늘은 동북공정, 내일은 식민사학, TV 틀었다 하면 사극이라고 만든 것마다 역사 왜곡……. 안 그렇습니까? 해서 이번 사업을 통해선 단순히 옛 기이를 복원만 하기보단 더 적극적으로 우리 민족의 얼을 되돌리려고 한번 연구해 보자, 그런 의견이 내부에서 나오고 있었습니다."

"맞아, 맞아. 그래서 이사장님이 그때 그렇게 백방으로 다니신 거 아니야. 우리가 가진 기술이 많질 않으니까, 아예 전문가를 모셔다 배우면서 좀 그럴듯하게 해 보려던 거지. 결국에 어떤 분을 모셨더라, 지리산 함 선생이었나? 그분이 그러시더라고. 민족을 다시 세우려면 국혼을 제자리에 돌려놓아야 한다! 대통령만 있지 온 겨레가 우러러 받들 국가의 어버이가 안 계시니까 매일같이 서로 싸움박질이나 하고, 그러는 동안 땅이란 땅은 죄 중국에 팔리다가 급기야는 조선족이 내려와서 선거를……."

나루가 한층 위협적으로 재차 헛기침을 했다. 얼굴이 새파래져선 입을 딱 닫아 버린 상대에게 이번에는 세경이 물었다.

"국가적 구심점이 필요했다, 그래서 세종을 노렸군요. 홈친 혼은 어떻게 했죠?"

"훔친 게 아니라 돌려놓은 거라니까! 나라의 어른 중에서도 큰 어른이신 세종대왕님께서 경복궁에 돌아오시면, 국혼이 절로 이어져서 온 겨레의 만사가 대대손손 형통할 것이라고 지리산 함 선생이 그랬어! 일단 우리 쪽 신주로 옮겼다가, 여기로 모신 다음에 동서남북 네 곳에서 각각 초혼 제사를 벌여 갖고 생전 지내셨던 데로 불러 드렸지. 어느 한 장소가 아니라 경복궁 그 자체에 계실 수 있도록 말이야."

"다시 말해 빙의시켰다고요. 경복궁에, 세종을."

뚜렷한 실감이 비로소 세경을 사로잡았다. 지금까지 별일을 다 겪었다고 생각했건만, 설마 이런 터무니없는 상황까지 마주하게 될 줄이야. 누구나 아는 왕, 누구나 아는 궁궐, 그렇지만 기이현상청의 누구라도 감히 상상해 본 적 없을 사태가 서울 시내 한복판에서 벌어지고 있었다. 세경의 눈에 들어온 영추문 안쪽에는 아침보다도 몇 곱절은 짙어진 안개만이 흰 돌벽처럼 가득했다. 아무리 빛이 내리쬐고 바람이 불어도 그 벽에는 한 점의 흔들림조차 보이지 않았다. 뒤늦게 걱정이라도 들기 시작했는지, 도포를 입은 임원이 의식을 치른 뒤의 일을 더듬더듬 털어놓았다.

"처음에는 안개가 저 정도까진 아니었습니다. 짐 챙기는 동안에 점점 허옇게 피어오르길래 그냥 세종대왕님께서 성공적으로 궁에 깃드셨구나 했죠. 그런데 궁에서 나가려는 동안 갈수록 자욱해지더니 나중엔 앞이 아예 안 보이더라고요. 걸어도 걸어도 끝이 없고, 처음엔 그냥 안개 때문에 길을 잃었나 싶었는데 나중에 보니까 땅바닥도 무슨 산길 같고, 바람도 서늘한 데다가 뭐가 계속 따라오는 기분도 들고, 시간 감각도……. 몇 시간인지 며칠인지, 대체 얼마나 헤맸는지 전혀 모르겠습니다. 저는 어르신 모시고 걷느라 더 걸렸지 싶은데, 그래도 이사장님이랑 다른 분들은 벌써 다 나오셨지요?"

명단을 대조해 본 현장 직원이 고개를 절레절레 저었다. 비록 황실제례진흥재단 임원 대다수가 진작에 경복궁을 빠져나오기는 했지만, 경회루 근처에서 의식을 집전한 세 사람은 아직 궁 내부를 헤매는 중인 듯했다. 그뿐만이 아니었다. 아직 나오지 못한 관람객도 확인됐거니와, 국립고궁박물관과 국립민속박물관에 마지막까지 남아 유물을 안전한 곳으로 옮기다가 연락이 끊긴 직원들까지 포함하면 열댓 명 이상이 경복궁 돌담 안쪽에 갇혀 있는 셈이었다.

기다리다 보면 다들 알아서 걸어 나와 줄 것이라고 기대할 수는 없었다. 걷기 힘든 사람이 있다면? 헤매다가 지쳐 쓰러진 사람은? 기이현상에 더욱 깊이 휘말려 버렸을 수도 있지 않을까? 사건의 원인은 알아냈을지언정 궁 내부에서 정확히 무슨 일이 일어나는지는 여전히 오리무중이었다. 행동 원리를 알 수 없는 기이현상이야말로 그 무엇보다 두려운 것임을 잘 아는 세경과 나루의 머릿속에 갖가지 최악의 시나리오가 번

갈아 떠올랐다. 그것이 단지 기우가 아니라는 사실을 친절하게 입증해 주려는 것처럼, 문 너머의 안개 속에서 휘청이는 그림자가 서서히 형체를 갖추다가 곧 바닥에 피투성이로 풀썩 쓰러졌다. 전문가용 카메라를 목에 건 젊은 흑인 남자였다.

"영추문에 부상자 발생! 구급팀 위치로!"

들것과 의료장비를 든 직원들이 다급히 모여들어 부상자를 감쌌다. 그 모습을 잠시 지켜보던 세경이 신호하자 나루가 휠체어를 빙글 돌렸다. 지금은 두려워하기보단 어쨌든 움직여야 했다. 이 초유의 사태를 어떻게 해결해야 할지는 아직 모르지만, 그렇다고 가만히 있을 수는 없었다.

***

한동안 두 사람은 현장 안팎을 동분서주하며 정보 공유, 교대 인원 대상 브리핑, 무너진 가림막 재설치 보조 등의 업무에 연달아 뛰어들었다. 그러는 가운데 경복궁을 둘러싼 풍경은 최초의 혼란상으로부터 한층 질서 정연한 통제 구역으로 차근차근 바뀌어 갔다. 서울시 마크를 단 대책본부 텐트가 광화문 가림막 앞에 세워졌고, 지하철 3호선에서 고급 세단 리무진까지 각양각색의 교통수단을 타고 온 사람들이 시시각각 그 주변에 모여들었다. 감이 좋다고 벌써 소문이 자자한 옆 팀막내가 세경과 마주쳐 꾸벅 인사했다. 예언 적중률이 기준치이상이라 복권 구매가 규정상 금지되어 있다는 역술 전문가

강 사무관이 멀찍이서 설렁설렁 걸어왔다.

　기이현상청 공무원들만이 아니었다. 스님이며 수녀에 이맘*, 무속인과 도인, 이상한 안테나 같은 걸 치켜들고 하늘을 쳐다보는 남녀노소……. 바글거리는 광화문 왼쪽 구석에서는 우모린이 수상하리만치 단정한 회사원 차림의 사람들에게 에워싸인 채 곤란하단 표정을 짓고 있었는데, 나루가 냄새로 추정컨대 광명시에서 보낸 파충류들이 확실했다. 막 도착한 버스에서 삼성이터널테크 직원들이 우르르 내리자 서류를 확인하던 세경이 반사적으로 불평을 토해 냈다.

　"뻔뻔하게도 오네. 저기도 털어 봐야 해. 숨기는 게 한두 개가 아닐걸."

　하지만 적어도 오늘만큼은 삼성이터널테크도 장비를 지원하러 온 것뿐이었다. 1급 지정기이 단체 여러 군데의 도움을 받아야 할 만큼 이번 사안은 충분히 중대했다. 지난 한 시간 동안 추가로 헤매다 나온 사람은 겨우 두 명뿐이었으니, 이제부터는 경복궁에 갇힌 피해자들을 구해 내기 위해 미지의 대규모 기이현상에 직접 간섭할 필요가 있었다. 지금도 저 안에서 어떤 일이 벌어지고 있을지 모르니까, 누가 얼마나 더 다치게 될지 모르니까. 전례 없는 긴장과 위기감이 광화문 앞에 감돌았다. 그 한복판에서 나루가 문득, 다소 걱정스레 물었다.

---

* 이슬람의 신앙생활에서 모범적인 지도자를 가리키는 말.

"선배, 저 궁금한 게 있는데요. 세종대왕님이 백성을 왜 해쳐요?"

한순간의 여유를 틈타 녹즙을 빨아 먹던 세경이 그 말에 나루를 빤히 쳐다보았다. 비록 표정 변화는 없었지만, 그 눈빛은 명백히 '무슨 당연한 소리냐'란 말을 하고 있었다.

"아, 진짜! 옛날에 한국사 공부했다면서, 왜 뭐만 물어보면 반응이 그래요? 제 말은, 다른 혼이야 우리가 많이 다뤄 봤어도 이번엔 세종대왕님이잖아요. 한글 만드신 성군. 그런 분이 왜 저렇게 안개를 치고, 백성을 가둬서 때리고 그러느냔 얘기예요. 설마 맞춤법 안 지켰다고 이러시나?"

"이것부터 확실히 하자. 세종은 1450년에 죽었어. 저기 깃든 건 망령이야. 세종의 생전 자아와 기억을 부분적으로 지닌."

세경의 딱딱한 지적에 나루는 일단 고개를 끄덕였지만, 의문은 금방 다시 떠올랐다.

"그렇게 따지면 지금 선배도, 뭐야, 선배의 생전 자아와 기억을 부분적으로 지니고서 선배 몸에 깃든 그런 상태 아니에요?"

"전혀 다르지."

"어떻게 다른데요?"

"난 민증이 있잖아."

웬 난센스 퀴즈 같은 대답이 돌아오자 나루는 그만 허으어 하는 이상한 소리를 내고 말았다. 하지만 세경은 아주 실없이 농담을 던진 것만은 아니었다. 파우치에 남은 녹즙을 자동펌프처럼 쭉 빨아들인 뒤, 숨조차 내쉬지 않고 세경이 말을 이었다.

"적어도 난 죽은 지 얼마 안 됐어. 현대 사람이고, 현대 한국 사회를 이해하고, 향후 최소 10년까진 이성도 유지될 거야. 그러니까 매년 주민등록이 갱신되지. 저건 달라. 21세기 대도시에 떨어진 15세기 망령이야. 세종은 물론 위인이지만, 나보다 정신력이 수백 배 강했을까? 수백 년 뒤의 풍경을 한눈에 이해할 만큼 똑똑했을까? 사람은 사람이야. 재단은 너무 큰 기대를 했어. 저건 그냥 혼란스러워하는 중일 가능성이 커. 아무것도 이해 못 하고서."

"그럼 부상자들이 곤룡포 입었거나 외국인이었던 것도……."

"특히 받아들이기 힘들었나 보지. 왕처럼 입은 백성도, 이민족도."

나루가 입을 꾹 닫고 시선을 돌렸다. 어딘가로 바삐 달려가는 파충류 인간들 뒤로 광화문 광장 중앙의 세종대왕상이 보였다. 초유의 비상사태로부터 등을 돌리고 앉은 왕의 어깨가 햇살을 받아 금빛으로 태연히 번쩍였다. 그 광경을 바라보고 있자니 질문거리가 하나 더 생각나서 나루는 지체하지 않고 다시 물었다.

"세종대왕님이 지금 그냥 혼란스러워하는 망령이라면, 어떻게 경복궁을 통째로 감싸고서 사람 헤매게 만들고 그래요? 정신력이 수백 배 강하진 않을 거라셨지만, 저런 건 보통 망령 힘으로는 어림도 없을 텐데요!"

세경은 여기에도 즉각 대답해 줄 작정이었지만, 휴대전화가 먼저 울렸다. 아무래도 윗선에서 드디어 두 사람을 찾는 모양이었다. 짧은 통화를 마친 세경이 대책본부 텐트 쪽으로 고개를 돌려 보이자 나루가 침을 꿀꺽 삼켰다. 다음 순간, 세경의 휠체어는 대책본부 텐트를 향해 천천히 굴러가기 시작했다.

***

텐트 안에 차려진 임시 회의실은 낯선 얼굴로 가득했다. 죽을상으로 손부채질을 하는 정홍래 현상대응국장이야 세경과 나루의 상사였으니 종종 대면해 봤더라도, 다른 부서 높으신 분이나 서울시장 대리인쯤 되면 맞닥뜨릴 일이 거의 없었다. 문화재청 담당자 옆에 팔짱을 끼고 앉은 정장 차림의 중년 여자는 아예 처음 보는 사람이었는데, 책상에 놓인 종이 명패에 적혀 있기론 광명 연구개발특구의 나가영 본부장이라는 듯했다. 손목시계에 박힌 전시안 문양을 힐끔거리던 나루의 송곳니가 슬슬 쑤셔 왔다. 일단 인사부터 하려던 세경을 제지하며 정 국장이 말했다.

"시간 없으니까 얘기부터 듣지요. 현재 상황, 최초 보고자로서 어떻게 봅니까? 경복궁 저거 왜 저런다고 생각해요?"

"신이 돼서겠죠."

짧은 정적이 흘렀다. 분위기를 읽은 세경이 부연 설명을 시작하자 나루가 귀를 쫑긋 세웠다.

"망령 혼자선 저런 현상 못 일으켜요. 외부 동력이 있단 건데, 제일 가능성 큰 원천은 인식 아닐까요. 온 국민이 세종을 성군의 상징으로 인식하니까요. 사실상의 신성시고 숭배죠. 그런 인식만 있을 땐 대다수 종교처럼 문제없었지만, 숭배 대상의 혼이 진짜 나타나니까 힘이 집중된 거예요. 그런 게 정의상 신적 기고."

"잠깐만. 나도 소싯적에 이것저것 섬겨 봐서 알지만, 숭배할 만한 혼이 나타난다고 바로 인식이 모이지는 않아요. 지금 대다수 시민은 누가 이승에 나왔는지도 모르는데, 하다못해 무슨 사당이나 신전이라도 있어야지 힘이 그걸 타고 흘러들어 오지 않겠습니까?"

"비슷한 건 있어요. 경복궁 앞 도로는 세종대로고, 중간에 세종대왕상 있고, 지하엔 세종이야기 전시관 있고. 이 정도면 사실상 신전 구조죠."

정 국장이 얼굴을 찌푸리고서 회의실을 몇 번 휘휘 둘러보았다. 영 믿고 싶지 않은 세경의 설명을 반박해 줄 사람이 있는지 찾으려는 모양이었다. 하지만 전문가라 할 만한 사람들은 죄다 무겁게 고개를 끄덕이는 중이었고, 나 본부장이 책상을 툭툭 치며 진행을 재촉하자 언제나 신중론자 역할을 맡는 정 국장도 결국 현실을 받아들였다.

"그래요, 그럼 봅시다. 수백 년 전에 돌아가신 세종대왕의 망령이 경복궁에 빙의됐는데, 거기에 세종에 대한 인식이 모여서 막대한 힘이 생겼고, 그 속에 지금 십수 명이 갇혀 있다, 이게 지금 결론인 거죠? 이것 참. 인명 구조도 해야겠지만, 근본적으로 해결하지 않으면 상황이 어떻게 될지 모르겠는데…….뭐 대책들 생각난 거 있습니까?"

대책이 떠오르라고 간단히 떠오를 상황은 아니었다. 그냥 망령이라면야 둘러싼 채로 굿이든 기도든 다 동원해 쫓아내면 그만이지만, 일단 신적 기이가 된 이상은 완전히 별개의 접근법이 필요해지니까. 가장 쉬운 방법은 기이현상의 원동력이 되는 인식을 바꾸거나 더 명료한 인식으로 덮어씌우는 것. 상대가 마을 서낭처럼 자그마한 신이라면 주민등록증을 발급해 국가의 인식 아래에 묶어 두는 것만으로도 사태를 어느 정도 해결할 수 있다. 문제는 그 간단한 절차가 수천만 국민의 인식으로 유지되는 신에게는 완전히 무용지물이라는 사실이었다. 다른 수가 필요했다. 안전하고 빠르면서도 확실한 수가.

"정 국장, 제일 확실한 방법 있잖아? 기이 제274호 별황자총통. 우리가 92년도에 한산도 앞바다에서 그렇게 목숨 걸고 봉인했는데 한번은 써 봐야지. 귀신은 원래 화포로 쫓아내는 게 정석 아니겠어? 잘만 노려서 쏘면 사람도 안 다칠 거고, 여차하면 혼이 깃든 그 자체를 파괴해서 가타부타 할 것 없이 깔끔하게 해결할 수도 있고!"

"지금 제가 똑바로 들은 거 맞나요? 경복궁에 대포를 쏘자고 말씀하신 것 같은데요. 선생님들, 우리 문화재청 입장도 제발 한 번만 생각하고 좀 발언해 주시면 안 되겠습니까? 낙산사 때 그렇게 양보해 드렸는데 또 이러시기예요?"

"자, 자, 진정들 하시고. 별황자총통은 안 쓸 겁니다. 충무공은 신하고 세종은 왕인데, 암만 순응을 거쳤다지만 혹시나 저쪽에 통제권을 빼앗기면 그땐 어떡합니까? 청와대랑 서울시청이 다 사정거리에 들어가는 거예요. 임기 중에 삽살개 하나 발령하는 꼴은 보기 싫습니다."

"그래도 접근법 자첸 맘에 드는데. 물리적인 수단이 항상 더 믿음직하거든. 대포처럼 무식한 건 쓰지 말고, 좀 정교한 물건으로 경복궁을 딱 혼이 못 깃들 만큼만 살살 망가뜨렸다가 나중에 복원하면 되지 않나? 우리 애들한테 최신작들 몇 개 가져와 보라고 할게. 브랜드 X나 페이퍼하트 종류로."

급진론자인 손 국장의 과격하기 짝이 없는 주장을 나 본부장이 받아 거들기까지 하자, 사이에 낀 문화재청 담당자는 울음을 터뜨리기 직전인 얼굴이 되었다. 하지만 "경복궁을 반쯤 부숴 보자."라는 제안이 정식으로 승인되는 사태만큼은 다행스럽게도 벌어지지 않았다. 조용히 손을 들어 발언권을 다시 얻은 세경이 새로운 제안을 내놓은 덕택이었다.

"밖에서 간섭하시려는 모양인데, 그건 내부 상황을 모르고선 곤란해요. 긁어 부스럼 될 수도 있고요. 차라리 들어가죠. 궁 전체에 혼이 빙의됐어도 중심은 있을 거예요. 지박령이나 토지신처럼. 거길 찾아서 누그러뜨리면 퇴치든 봉인이든 어렵잖을 테고."

"세경 씨, 진심으로 하는 말입니까? 지금 드론이고 수정구고 하나도 안 먹혀서, 저 안이 어떤 상황인지 아는 게 전혀 없단 말이에요. 구조대도 죄다 갇힐까 봐 아직 못 들여보내고 있는 상황입니다. 하물며 중심부까지 가면 그냥 안개만 끼어 있겠어요? 그런 데에 어떻게 다짜고짜 인원을 부어 넣습니까?"

"부어 넣긴요. 그럴 인원이 있나. 평소처럼 소수 정예로 돌리죠."

세경의 그 말뜻을 가장 먼저 이해한 나루가 몸을 움찔했다. 정 국장도 곧 의도를 깨달았다. 세경과 나루 두 사람이 지난해 내내 각종 시급한 기이 문제를 함께 성공적으로 해결하며 최고의 인재로 인정받을 수 있던 이유는, 전국 팔도의 온갖 문제를 다룰 만한 역량을 지닌 직원이 달리 많지 않았기 때문이기도 했다. 준비도 안 된 초보자를 경험 쌓으라고 사지로 떠밀 수는 없는 노릇이니, 이미 어느 정도 실력이 갖춰진 사람들에게만 각종 위험천만한 일거리가 몰리는 건 당연지사였다. 그러다 보면 자연스레 **정예**라 불릴 만한 공적도 쌓일 수밖에. 즉 세경은 "그냥 우리가 직접 들어가겠다."라는 제안을 내놓은 셈이었다. 두 사람이 지금껏 몇 번이고 해 온 대로.

"흉가엔 지겹도록 들어가 봤어요. 이번에도 규모 빼면 비슷하고요. 사람 구하는 게 급하니까 영월 때처럼 가죠. 우리가 먼저 들어가고, 구조대도 확인하면서 따라오고."

"말을 그렇게 하니까 또 수긍은 되는데……. 오해하지 말고 들어요. 내가 세경 씨를 못 믿는 게 아닙니다. 오히려 왕년에 섬겨 봤던 그 누구보다도 더 단단히 믿지. 그래도 사람 마음이란 게 걱정이 안 들 수가 없단 말이에요. 다른 왕도 아니고 세종, 바로 그 세종대왕 아닙니까? 뭐 하다못해 상대할 개략적인 플랜이라도 말해 줄 수 있어요?"

"할 일은 뻔하죠. 진정시키거나, 안 되면 싸우거나."

선설득 후 제압. 적대적 기이 대응의 기초. 이것도 전국 방방곡곡에서 세경과 나루가 항상 해 온 일이었다. 어차피 둘이서 해결할 거라면 영월이든 계림이든, 아니면 경복궁이든 달라질 건 없으리라. 세경의 그 단호한 의지 표명 앞에서 결국 정국장은 고개를 끄덕였고, 나 본부장은 느릿느릿 손뼉을 쳤으며, 나루는 들리지 않게 작은 한숨을 내쉬었다. 세종이 서울 한복판에 되돌아와 신이 됐단 소리가 나왔을 땐 정말이지 어쩌나 했는데, 이렇게까지 익숙한 방식으로 단둘이 나서게 될 줄이야. 다소 우습기는 했지만 기묘하게도 안정감이 드는 건 사실이었다. 믿을 수 있는 동료. 몸에 익은 업무 내용. 이제 불안한 구석은 단 하나, 마음이 놓였기에 비로소 떠오른 아주 사소하기 짝이 없는…….

아냐, 박나루. 지금은 그딴 걸 걱정할 때가 아니잖아.

겨우 진정된 가슴이 다시 술렁이지 않도록, 나루는 일부러 양 주먹을 꼭 쥐었다.

***

비록 세경의 대담한 제안이 받아들여지기는 했지만, 조직 일에는 절차란 게 있는 법이었다. 피드백과 조율과 기이현상청장의 최종 승인이 모두 끝나기까지는 시간이 다소 걸릴 터. 대책본부 텐트 근처에서 일단 대기하는 동안 나루는 앞일을 대비한 스트레칭을 시작했다. 목을 돌리고, 어깨를 펴고, 사지를 최대한 풀어 주고. 그러는 와중에 세경이 대뜸 던지는 말을 받아치기도 하면서.

"불안하면 밖에 있어. 그래도 돼."

"그 정도까진 아니거든요! 아무튼 눈치 하난 좋으셔."

나루가 지레 어처구니없다는 투로 대꾸했다. 애써 숨기려던 내면의 불안감을 들켰단 사실에 조금 당황하면서. 기색을 내보이지 않으려고 일부러 몸을 더 열심히 움직이는 중이었건만, 그 때문에 오히려 빤히 들여다보였던 걸까? 표정도 억양도 없어 시종일관 무뚝뚝해 보일 뿐 세경은 의외로 남의 감정을 잘 알아채는 편이었다. 세경의 그런 점에 다소 치사한 구석이 있다고 나루는 가끔 생각했다.

"눈치는 무슨. 티가 나는데. 많이 무서워? 청심환 필요하면 말해."

"선배, 저는 지난번에 문경새재에서 별올빼미랑 근접 조우했을 때도 무서웠어요. 문무대왕릉 내려가다가 산소통에 구멍 뚫렸을 때도 무서웠고. 그만한 일이 한두 번이 아니니까 그러려니 하는 거라고요. 선배야말로 안 무서워요? 지금도 어떻게 그렇게 아무렇지도 않아요?"

"몸이 이렇잖아. 설마 또 죽을까. 괜찮으면 됐어."

세경의 태연자약한 대답에 나루는 한숨만 푹 쉬었다. 진짜 뻔뻔하긴, 문경새재에선 저렇게까지 겁 없이 굴지도 않았으면서! 지금 세경이 보이는 태도의 근원이 삶에 대한 초연함이라기보단 모종의 흥분에 가깝다는 사실을 나루는 어렴풋이 알 수 있었다. 무슨 이유에서인지는 몰라도 세경은 '어떤 식으로든 죽은 자를 되살리려는 시도와 관련된 사안'에 묘하게 집착하는 구석이 있었으니까. 삼성이터널테크에 대한 끈질긴 의심, 최근 전라남도의 어느 하청 업체로부터 올라온 공사 현장 사보타주 사건 보고에 며칠씩 푹 빠져 있던 일, 수장고 한쪽 구석에 줄지어 꽂힌 개인 파일이며 서류, 그 외에도 꼬박 한 해를 함께 일하며 눈치채 온 갖가지 수상쩍은 이모저모가 세경의 현 상태와 무슨 관련이 있으리라고 추측하는 건 지극히 자연스러운 일이었다.

하지만 나루는 그 이상 자세한 사정을 캐려 들지 않았다. 기이현상청처럼 온갖 사연이 득시글거리는 직장에서 그러는 건 적잖이 무례한 일이었다. 더군다나 소생술에 대한 세경의 집착은 어디까지나 이성적인 수준에 머물렀고, 가끔 신경이 쓰일지언정 일에 방해가 된 적은 없었다. 이번에도 마찬가지였다. 세종의 혼을 현세에 되돌려 놓으려 했단 진상을 알아내고서도 세경은 혼자 뛰어 들어가는 대신 침착하게 현장 정리에 집중했으며, 지금도 약간 흥분했을 뿐 가만히 윗선의 지시를 기다리는 중이었다. 심지어는 나루가 자신의 관심사에 괜히 휘말리는 꼴이 될까 봐 "굳이 따라오지 않아도 된다"라고 먼저 제안해 주기까지. 세경이 무슨 비밀을 감추고 있든, 그건 언제 어느 때에도 업무상의 불안 요소가 아니었다. 반면에 나루 자신은 지금도, 세경에 비하면 별것도 아닌 비밀 때문에 이렇게나…….

"문자 왔다. 확인해 봐."

주머니 속의 진동과 세경의 목소리에 나루는 정신을 퍼뜩 차렸다. 쓸데없는 자책에 빠져 있기엔 아직 할 일이 많았다. 들끓는 걱정을 애써 접으며 들여다본 휴대전화 화면에는 청장의 최종 승인까지 받은 작전 개요 메시지가 떠올라 있었다. 작전명 '단산 봉황은 죽실을 물고'. 그 아래에 이어지는 내용을 두 사람의 눈이 신중히 읽어 내려갔다.

"의견은 거의 반영됐어. 우리 둘이 선발대로 진입, 외부 개

입은 최소화. 좋아."

"구조대도 소수 정예로 뽑았나 보네요. 고궁박물관 정문으로 고조은 외 1명, 민속박물관 근처 출입구로 김목비 외 2명, 경복궁역 5번 출구로 백사랑 외 2명. 셋 다 일단 박물관 안부터 둘러본 다음에, 우리가 흔적 남겨 두면 그거 따라 움직일 거래요."

"적절하네. 박물관 직원이 제일 많이 갇혔거든. 목비하고는 같이 일해 봤고, 고조은은 신적 기이 전문이라 믿을 만해. 백사랑 얘도 왜 끼었는진 모르겠지만 실력은 있을 거야."

"백사랑 씨면 광명시의 그분이죠? 현무혁, 마초도……. 그쪽에서 둘이나 데리고 오시네. 하기야 사후처리 맡을 인원도 부족하다고 전국 하청 업체에 연락 돌렸다는데, 이렇게 나서서 도와주면 거절은 못 하죠."

"나머진 안 중요한 내용이고, 그럼 끝. 선발대부터 현장 판단 아래 행동 개시할 것. 몸은 다 풀었어, 박나루?"

자신을 빤히 들여다보는 세경의 초점 없는 눈빛 앞에서 나루는 한순간 우물쭈물했다. 하지만 정말 한순간뿐이었다. 아무리 불안하든, 아무리 떨림이 멈추지 않든 어차피 할 일은 정해져 있었다. 나루의 두 손이 세경의 휠체어 손잡이를 단단히 붙들었다. 의지를 한껏 담은 목소리가 광화문 앞의 더운 공기 속으로 쩌렁쩌렁 퍼져 나갔다.

"진작 다 풀었거든요! 자, 출발합니다!"

"그래. 행동 개시."

나루가 힘을 실어 발을 내디뎠다. 세경의 시선이 정면을 곧게 향했다. 목적지는 작전 개요에 나온 대로 경복궁 동쪽 주차장 입구, 그 너머에 변함없이 자욱하게 드리운 수수께끼의 안개 속이었다.

***

돌담 한쪽을 뚫어 만든 널찍한 주차장 입구로 들어서니, 가장 먼저 서늘한 기운이 두 사람을 감싸 안았다. 서로의 윤곽만 겨우 보일 정도로 짙은 안개가 과연 사방에 빈틈없이 깔려 있었다. 하지만 그래 봐야 이곳은 탁 트인 주차장. 승용차며 버스도 사태 발생 초기에 어떻게든 다 빠져나갔기에 장애물이라곤 고작 나무 몇 그루가 전부였다. 그냥 일직선으로 쭉 나아가면 곧 협생문이 나올 테니, 안개가 아무리 자욱하게 끼더라도 길을 잃을 염려는 없는 셈이었다. 적어도 논리적으로는 그랬다.

"그런데 여기가 어딘지 모르겠네요. 저쪽에 벽 비슷한 건 있어 보이는데, 문이 없어요."

"협생문이 이렇게 멀 리도 없고. GPS도 안 터져."

"좀만 더 가 볼까요? 웃차, 앗, 죄송해요!"

힘껏 민 휠체어가 바위에 부딪혀 크게 요동치자 나루가 급히 사과했다. 조금 방향을 틀어 다시 나아가려 했지만 그쪽도 길이 매끄럽지 않기는 매한가지였다. 휠체어 바퀴가 자갈이며 돌부리 위를 덜컹 넘어갈 때마다 세경의 굳은 몸이 시트 위에서 통통 튀었다. 주차장 길이 이렇게 험할 리 없는데? 그러고 보니 냄새도 전혀 주차장 같지 않았다. 나아가면 나아갈수록 아스팔트가 아닌 신선한 흙냄새가 점점 분명히 코를 간질였다.

"세종대왕님이 지형까지 다 바꾸셨나 봐요! 궁이 망가지지 않았어야 할 텐데."

"글쎄. 땅을 갈아엎었으면 소리가 났겠지. 다른 현상일지도 몰라. 확인해 보자."

세경이 닥종이를 부스럭부스럭 꺼내 부적술을 준비했다. 창덕궁에서처럼 머리핀으로 손끝을 찔러 상고문자를 그리는 동안 들풀 향이 흙냄새 속으로 서서히 퍼졌다. 이번에 펼칠 건 동서양 어느 문화권에나 있는 주변을 정결케 하는 주술. 완성된 부적을 공중에 툭 던지자, 그 끄트머리에 불이 붙더니 삽시간에 부적 전체를 휘감으며 붉은 연기를 뿜어냈다. 그와 함께 두 사람을 감싸고 있던 안개가 빠르게 옅어졌다. 발밑의 땅이, 눈앞의 사물이, 그리고 얼마 지나지 않아 저 먼 정경까지도 차례로 또렷이 눈에 들어오기 시작했다.

두 사람이 있는 곳을 더는 주차장이라고 부를 순 없단 사실이 곧 드러났다. 바닥은 비포장도로조차 아닌 산길 그 자체에다가 그나마도 절반 이상이 돌과 잡초로 덮인 채였다. 주차장 한복판에 심겨 있을 리 없는 커다란 나무가 바로 근처에만 열 그루는 넘게 보였고, 뒤를 돌아보아도 똑같은 풍경만 쭉 펼쳐진 채 출구는 온데간데없었다. 작전 개요에 적혀 있던 "관람객들이 동서남북 네 문에서만 나타난 걸 보니, 틀림없이 현대에 만들어진 출입구로는 나갈 수 없게 막혀 있을 것"이라는 추측이 증명된 셈이었다. 한편 목표로 삼았던 협생문 역시 전혀 보이지 않기는 매한가지였다. 구불구불 화려한 문양을 넣고 꼭대기에는 기와를 얹은 높다란 돌벽만이 그저 저편에 쭉 늘어서 있을 뿐.

"자경전 꽃담하고 비슷해. 훨씬 높고 길지만. 애초에 자경전은 주차장 근처도 아냐. 지형이 바뀐 게 아니라, 지리 자체가 달라진 것 같아."

"선배, 선배! 저쪽 좀 보세요! 지리 정도가 아니에요!"

나루가 화들짝 놀라 가리킨 방향은 아득히 보이는 돌담 끄트머리에서 조금 올라간 곳, 원래대로라면 북악산이 있어야 할 북쪽 하늘 아래였다. 안개가 거의 걷히지 않은 그곳에도 희미하게나마 산은 보였다. 하지만 두 사람이 아는 북악산은 아니었다. 훨씬 험하고 가파르며 기암괴석으로 뒤덮인, 그리고 무엇보다도 먹으로 그린 듯 새까만 산. 그런 비현실적인 경치가 눈에 들어오는 하늘을 거의 절반 정도 뒤덮으며 펼쳐져 있었다. 어디를 둘러봐도 마찬가지였다. 마치 거대한 수묵화 병풍에 궁 전체가 둘러싸인 것 같았다. 세경이 중얼거렸다.

"〈몽유도원도〉야. 세종 29년, 안견 작품. 이걸로 확실해졌네. 통신 두절에 불가능한 풍경, 관람객들이 말한 시간적 이상까지. 설마 했는데. 또 이런 데에 와 볼 줄이야."

"짐작 가는 게 있으세요? 저는 도무지⋯⋯."

"여긴 다른 세계야. 인간의 정신이 만들어 낸 차원. 우린 세종의 머릿속에 있어."

예상치 못했던 말에 나루가 눈을 휘둥그레 떴다. 그야 정신세계의 존재가 전혀 금시초문은 아니었다. 명상에 지나치게 몰입하거나, 특정한 약물을 과하게 쓰거나, 혹은 충격적인 경험을 하면서 뇌가 잘못 활성화되는 바람에 머릿속 차원에 빠져 발생하는 사건이라면 매년 두세 건쯤 꾸준히 일어났으니까. 꿈에서 입은 상처가 몸에 남기도 하고, 트립 도중에 실종되기도 하고⋯⋯. 하지만 다른 사람의 머릿속에 들어간다는 건 완전히 다른 이야기였다. 나루가 아는 한 방법이 없는 건 아니었지만, 적어도 이렇게 간단할 리는 만무했다.

"선배, 예전에 충웅대학교 무슨 연구실에서 정신세계 건으로 사고 터졌던 거 기억하죠? 제가 그때 사후처리 담당해서 아는데, 거기서도 머리에 전극 덕지덕지 붙이고 이상한 주사 맞아 가면서 겨우 성공할 뻔한 거였어요. 우린 그냥 입구로 설렁설렁 들어왔고요. 근데 어떻게 여기가 정신세계일 수가 있어요?"

"상황이 특수하니까. 세종의 혼이 경복궁에 빙의했고, 우

린 그 안에 들어왔지. 그럼 세종의 뇌에 들어온 거나 마찬가지
야. 그것도 막대한 힘을 공급받는 뇌. 경복궁 내의 지형지물과
내면의 기억을 재료 삼아서, 꿈을 현실에 그대로 옮겨 놓을 수
있을 만큼."

그 담담한 설명에 나루도 더 반박하지 못하고 입을 다물
었다. 확실히 이론상으로는 가능한 일이었다. 다만 전례가 없
었을 뿐. 세종처럼 숭배받는 위인이 아닌 다른 망령이었더라
면, 경복궁처럼 넓은 장소에 빙의하지 않았더라면 이런 초유
의 사태는 결코 벌어지지 못했으리라. 누구나 간단히 입구로
걸어 들어갈 수 있는 정신세계라니, 비극적인 사고로 유명을
달리한 충웅대학교 연구진이 알았더라면 기뻐 날뛰었을지도
모를 소식이었다. 한편 문제의 세계에 이미 들어와 버린 세경
과 나루에게는 그다지 좋은 소식이라고 할 수 없었다. 남의 꿈
속에서 무슨 일이 일어날지 대체 어떻게 예측한단 말인가? 그
나마 바깥에서 착실히 단서를 모아 온 덕분에, 일단 추리를 시
도해 볼 수는 있단 것이 불행 중 다행이었다.

"음, 그래요. 여기가 정말로 정신세계라면, 관람객들 시간
감각이 제멋대로였던 건 설명이 되네요! 신선이나 요정 만났
을 때처럼 아예 다른 차원 다녀온 거니까."

"하지만 타인의 정신세계를 겪은 것치곤 대체로 무사했지.
출구 잘 찾아 나왔고. 그럼 자기 세계에서 못 나가게 막는 건
아냐. 대신 더 깊이 못 들어오게 벽을 쳤어. 꿈을 방해받기 싫

은 것처럼, 숨으려는 것처럼."

"선배가 아까 그랬죠. 세종대왕님도 결국 15세기 사람이라, 수백 년 뒤의 도시 풍경을 보고 마냥 혼란스러워하는 중일 거라고. 그 때문 아닐까요? 바깥세상이 시끄럽고 이해도 안 되니까, 일부러 이런 정신세계를 만들어서 틀어박히신 거죠! 그럼 사태가 더 커지지는 않을 테고, 설득도 무리 없이……."

"그렇게 말하긴 일러. 다친 사람도 있고, 못 나온 사람도 있으니까. 뭣보다 여긴 뇌 표층이야. 혼을 대면하려면 심층의 식으로 들어가야 해. 들어오지 말라고 세운 벽 안쪽으로."

잠시 희망에 차 눈을 반짝이던 나루가 세경의 말에 도로 추욱 가라앉았다. 눈앞에 뻗은 담장은 나루 키의 네다섯 배는 족히 될 만큼 높았고, 그 반대편에 뭐가 있는지는 소리로도 냄새로도 도무지 짐작이 가질 않았다. 당연히 추리도 여기서 끝. 결국엔 저 담을 넘어가는 수밖에 없단 뜻이었다. 바닥에 한참 손가락을 빙글빙글 문지르던 세경이 태연히 다시 입을 열었다.

"바닥에 표시 남겨 뒀어. 방향하고 목적. 구조대라면 알아볼 거야. 그럼, 부탁해."

"네, 네. 얼마든지요."

어차피 해야 한다면 괜히 투덜거려 봐야 소용없는 일. 덜컹거리는 산길을 따라 굴러간 휠체어 바퀴가 벽으로부터 몇 발짝을 앞두고 멈추자, 세경은 휠체어에 걸린 가방을 주섬주섬 풀어 어깨에 둘렀다. 그렇게 채비를 마친 세경 앞에 곧이어

나루가 쪼그려 앉아 등을 내밀었다. 생기 없이 차가운 두 팔이 나루의 목덜미를 단단히 휘감았다. 등에 업힌 세경은 사람의 몸이라기엔 너무 가벼워서 소름이 돋을 정도였지만, 그 소름이 지금은 오히려 고마웠다. 세경을 업고 가뿐히 몸을 일으킨 나루가 힘차게 외쳤다.

"꽉 잡아요. 저번처럼 동영상 보다가 굴러떨어지지 말고. 그럼 갑니다!"

그 함성과 함께 거센 도움닫기가 바닥을 때렸다. 흙먼지를 뒤로하고 날아오른 나루의 억센 손가락이 담벼락 중간의 살짝 튀어나온 벽돌 하나를 붙들었다. 그대로 팔 근육에 힘을 주어 전신을 쭉 끌어올리고, 방금 잡았던 벽돌을 발로 밟아 밀고, 다음 벽돌로, 계속 그대로. 단단히 악문 이 사이로 짐승 같은 신음이 조금씩 흘러나왔다. 하지만 맨 꼭대기의 기와를 짚고 몸을 훌쩍 넘길 즈음, 그 신음은 어느새 자신만만한 포효로 바뀌어 있었다.

***

만만찮은 높이에서 과감히 뛰어내려 양 손발로 멋지게 착지한 뒤, 나루는 등에 착 달라붙어 있던 세경부터 먼저 담장에 기대 앉혀 두었다. 부득이하게 휠체어를 두고 넘어온 만큼 여기서부터는 조금 준비가 필요했다. 세경은 가방에서 천천히 녹즙을 하나 꺼내 마시고, 검푸른 개량 한복 바지를 쭉 걷어 올린 다음, 그 아래서 드러난 나무토막 같은 허벅지 한쪽에 머리핀 끄트머리를 가져다 댔다. 군데군데 퍼렇게 얼룩진 피부 위를 금속 바늘이 쭉 긋자 나루가 눈을 질끈 감았다.

"호들갑은. 아프지도 않아."

"어으, 그래도요!"

옆에서 비명을 지르거나 말거나, 세경은 자신의 허벅지에다 대고 주저 없이 머리핀을 휙휙 움직였다. 그렇게 사슴 발자국처럼 줄지어 새겨진 기이한 상형문자의 획 하나하나로부터, 곧 짙고 탁한 체액이 한약 냄새와 함께 배어 나와 피부를 따라 스멀스멀 번져 나갔다. 자연스러운 액체의 흐름이라기보단 풀뿌리나 균사체의 생장을 연상케 하는 모습으로. 왼쪽 허벅지가 상형문자로 빼곡히 뒤덮일 즈음에는 그 체액도 종아리를 타고 복사뼈까지 흘러내려, 복잡하고도 촘촘한 그물을 이뤄 다리 전체를 두텁게 감싼 채 잠시 꿈틀거리다가 그대로 단단히 굳었다. 반대쪽 다리에 뒤이어 일어난 일도 다르지 않았다. 검고 울퉁불퉁하고 번들거리는, 굳이 비유하자면 영지버섯 같은 큰 버섯 종류가 사람의 몸에서 자라나 그대로 의족이 된 듯한 형상. 그 부자연스러운 구조물로 땅을 딛고서 세경은 천천히 힘을 주어 몸을 일으켰다. 한 손으로는 등 뒤의 벽을, 다른 한 손으로는 나루가 내민 팔을 붙들어 가며.

"움직일 만해요?"

그렇게까지 움직일 만하지는 않았다. 본래의 힘없는 다리보다야 물론 훨씬 튼튼했지만, 그래 봐야 의족을 두꺼운 부츠처럼 덧씌웠을 뿐. 이런 다리로 걷는 건 쉽게 익숙해질 만한 일이 아니었다. 나루에게 매달리다시피 해 가며 간신히 허리를 세우자 골반 관절이 체중에 눌려 끽끽 울어 댔다. 그래도 일단 양팔을 벌려 기우뚱기우뚱 중심을 잡고 나니 그때부턴 어떻게든 몸을 가눌 수 있었다. 제자리에서 시험 삼아 몇 걸음 걸어 본 세경이 투덜거렸다.

"오랜만이라 불편하네. 앞으론 네가 운동을 더 해. 휠체어도 들고 올 수 있게."

"그 정도면 거의 가혹 행위거든요? 뭣보다 들고 왔어도 소용없었을 거예요. 여기 꼴 봐선."

확실히 나루의 말은 옳았다. 일어나서 비로소 둘러본 담장 너머의 세계는 울창한 숲속이었으니까. 시야를 차단하는 안개는 사라졌지만, 대신 주차장에 있던 것들보다도 훨씬 높고 빽빽하게 자란 나무가 앞을 가로막았다. 덕분에 몇 줄기 햇살이 들어오는 곳을 빼면 사방은 온통 어둑어둑했다. 게다가 울퉁불퉁할지언정 어느 정도 평탄하기라도 했던 표층의 산길과는 달리, 이곳의 땅은 사람의 발길이 닿지 않은 거친 자연 그 자체였다. 두 사람이 가장 질색하는 지형이었다.

"확실히 휠체어 다닐 길은 없네. 하기야 15세기 사람 정신 세계에 뭘 바랄까. 21세기 지하철도 그 모양인데."

"다행히도 여기 제가 있잖아요. 걸을 수 있겠어요? 그럼 슬슬 고생 좀 하죠."

　연신 휘청이는 세경을 부축하고서, 나루는 한 발짝씩 조심스레 숲속으로 향했다. 나무 사이를 지그재그로 헤치고 굵은 뿌리와 돌덩이를 뛰어넘으면서. 경사가 조금 있는지 길은 보기보다도 더욱 험난했지만, 나무 그늘 덕택에 최소한 덥지는 않았고 특별한 장애물도 없었다. 숲을 이룬 나무들도 느티나무, 소나무, 은행나무처럼 경복궁 내에서 흔히 찾아볼 수 있는 종류뿐. 이상한 점이라면 그 사이로 내리쬐는 빛줄기의 방향 정도였다. 태양의 위치를 가늠해서 방위를 알아낼 생각이었건만, 왠지 빛살마다 방향이 묘하게 제각각이어서 어디가 동쪽인지조차 짐작이 가질 않았다. 아무래도 다른 길잡이가 필요할 모양이었기에 나루는 잠깐 멈춰서서 주변 환경에 정신을 집중하기 시작했다. 몸을 낮추고, 눈을 감았다.

　깊은 숨과 함께 차가운 공기가 코로 한껏 밀려 들어왔다. 부스럭거리는 나뭇잎 각각의 움직임이 귀를 가볍게 스쳤다. 그 냄새 하나, 소리 하나마다 나루의 몸이 움찔움찔 반응했다. 눈에 보이는 안개는 없을지언정 이 공간에 가득 찬 기운은 담장 밖보다도 몇 배는 짙었다. 거칠어진 혀가 따끔따끔 아팠고 살갗이 근질거렸다. 땀에 젖은 등가죽에 금빛 솜털이 조금씩 올라오는 감촉이 묘했다. 핏속에 잠들어 있던 야성이 기이로 만들어진 세계 그 자체에 반응해 몸을 뚫고 기어 나오려는 중이었다. 어느 때보다도 심하게 거슬렸지만 지금은 어쩔 수 없었다. 주변 환경을 더 받아들여야 했다. 호랑이의 코와 귀가 이 수수께끼의 숲속에 완전히 적응할 때까지, 그리하여 인간이라면 절대 눈치챌 수 없었을 단서를 포착해 낼 때까지. 아주 오래 걸릴 일은 아니었다. 십수 초쯤 지났을까, 나루가 도로 허리를 쭉 펴고서 숨을 길게 내뱉었다. 세경이 기다렸다는 듯 물었다.

"좀 찾았어?"

"글쎄요. 선배가 계속 달라붙어 있어서 풀 냄새만 잔뜩……. 장난이에요, 장난! 그냥 산 냄새밖에 없었어요. 나무랑 흙이랑, 근처에 개울도 흐르는 것 같고. 하지만 너무 그것밖에 없단 점은 확실히 수상하네요. 자연이 이렇게 깨끗할 리가 없는데."

썩어 가는 사체와 낙엽, 진창과 벌레와 배설물, 짐승의 숨과 땀까지. 이만큼 깊은 산속이라면 틀림없이 진동했어야 할 온갖 코를 찌르는 냄새가 이곳에서는 조금도 느껴지질 않았다. 오로지 청량한 공기와 짙은 숲의 향취뿐. 이 공간에 감도는 건 틀림없이 순수한 숲 냄새였지만, 그 순수함은 분명 현실이 아닌 사람의 마음속에나 존재할 수 있는 부류였다. 그뿐만이 아니었다.

"소리도 그래요. 새소리나 벌레 소리 안 들리죠? 이 둘레만 그런 게 아니라, 숲 전체에 동물이라곤 한 마리도 없는 것 같아요. 뭐, 따라가 볼 만한 소리가 아예 없었던 건 아니지만요!"

"뭐였는데?"

"물레방아요! 물소리에 섞여서 삐걱거리고 있더라고요. 그냥 돌기만 하는 장식이 아니라, 실제로 방아든 뭐든 달린 느낌이에요. 여기 있는 사물이 다 세종의 생각대로 만들어진 거라면, 그중에도 특히 공들여 생각해 만든 물건 아닐까요?"

세경이 고개를 끄덕였다. 그 뒤로는 일사천리였다. 시냇물과 물레방아 소리를 따라 나루는 더욱 깊은 숲속으로 한층 더 거침없이 나아갔고, 그 몸에 의지해 걸음을 옮기면서 세경은 틈틈이 나무에 표식을 남겨 두었다. 오래지 않아 세경의 귀에도 뚜렷한 물소리가 들려왔다. 무언가에 거세게 부딪히며 흘러내리는 소리. 나루가 말한 물레방아일까? 하지만 20여 분의 산행 끝에 두 사람 앞에 모습을 드러낸 문제의 **물레방아**는, 소리만 듣고 상상했던 것과는 꽤 다른 모습을 하고 있었다.

처음으로 눈에 들어온 것은 자그마한 암자였다. 바위틈으로 콸콸 떨어지는 시냇물 바로 옆에 세워진, 쭉 뻗은 처마가 인상적인 목조 건물. 아니, 저게 정말로 암자일까? 산속에 덩그러니 놓인 기와집이니 처음에는 당연히 절이라고 생각했지만, 가까이 다가갈수록 무게감 있는 건축 양식이며 사찰답지 않은 색채의 단청 무늬 따위가 차례로 세경의 눈에 비쳤다. 아무리 봐도 경복궁 건물 하나를 뜯어다가 물가에 덩그러니 옮겨 둔 듯한 모양새. 크기나 구조를 보면 함원전과 가장 유사했지만 현실의 함원전과는 다른 점도 보였다. 다름 아닌 물레방아였다. 성인 키만 한 물레방아가 건물 왼쪽, 시냇물과 접한 벽면에 설치되어 빙글빙글 돌아가고 있었다. 복잡한 삐걱삐걱 소리와 함께. 어찌 된 영문인지 자세히 보려 발을 내딛는 나루를 세경이 팔로 제지했다.

"조심하세요! 안에 뭐 있어요."

그렇게 말하고서 나루는 창호지 너머를 숨죽여 들여다보았다. 희미했지만 틀림없었다. 그림자가 움직이는 게 보였다. 형체는 식별하기 힘들었지만 크기는 대략 사람 정도. 서서히 아래에서 올라오고, 내려가서, 다시 올라오고. 두 사람이 가능한 한 소리 없이 다가가는 동안 그것은 한순간도 쉬지 않고 그렇게 상승과 하강을 반복하다가, 앞장서서 문을 살그머니 열어 본 나루의 시선 끝에서 비로소 진짜 모습을 드러냈다. 사람인가? 자세히 보니 그렇지는 않았다. 사람처럼 옷을 입혀 놓고 사람처럼 조각해 두기는 했지만, 건물 안에서 끊임없이 움직이던 물건의 정체는 나무 인형이었다. 그것도 회색 장삼을 걸친 승려 인형.

두 사람이 보는 앞에서 인형이 천천히 일어났다. 의식 있는 존재다운 움직임은 아니었다. 단지 바닥에서 뻗어 나온 나무 지지대가 인형의 몸을 밀어 올렸을 뿐. 그래도 인형의 팔다리 관절이 상당히 그럴듯하게 만들어져 있었기에, 그 모습은 진짜 승려가 바닥에 엎드렸다가 몸을 일으키는 동작과 크게 다르지 않았다. 삐걱삐걱 소리에 맞춰 지지대가 움직이자 인형은 이내 다시 절하듯 몸을 낮췄다. 인형의 얼굴이 향한 쪽 벽면에는 마침 꽤 화려한 불단이 차려져 있기도 했다. 불상이며 탱화, 흰 연기를 피워 올리는 향불 따위를 살펴본 세경이 나지막이 말했다.

"이해는 가네. 세종은 말년에 불교로 기울었으니까. 함원전도 그때 법당으로 쓴 건물이고. 당연히 세종의 지금 자아도 그 시절에 가까울 거야. 억불정책 펴던 즉위 초가 아니라."

"현대에 다짜고짜 끌려 나왔다면 더더욱 그렇겠죠. 마음의 안정이 필요했을 거예요. 그런데 왜 하필 인형이죠? 함원전에 이런 걸 설치했단 기록도 있어요?"

"당연히 없지. 하지만 물이 동력인 기계라면 자격루가 있어. 세종 16년 물건. 신라 경덕왕 때의 **만불산**도 승려상이 살아 움직이는 기이장치였다는데, 현재는 소실됐지만 세종 때에 비슷한 게 남아 있었다면…… 추측은 그만두자. 절하는 방향에도 의미가 있을 테니까, 일단은 저쪽으로."

승려 인형을 뒤로하고 함원전을 나와 세경이 가리킨 방향으로 계속 걸어가다 보니, 비슷한 건물이 숲 곳곳에서 잇달아 눈에 띄었다. 겉모습은 자선당이나 향원정 등을 제각기 닮아 있었지만 내부 구조는 모두 같았다. 불단이 꾸며져 있고, 물레방아의 회전에 힘입어 그쪽으로 연신 절하는 인형이 있고. 그러나 그 세세한 부분에는 조금씩 변화가 엿보였다. 처음에는 그냥 둥글기만 했던 승려의 얼굴이 점점 그럴듯해지더니, 네 번째 암자에 놓인 건 아예 가는 주름살까지 정교하게 새겨져 있었다. 뻣뻣한 반복 동작에 불과하던 절에도 부드러운 우아함이 깃들었다. 그쯤부터는 승려 인형 하나만 움직이는 것도 아니었다. 처마에 앉은 나무 까치가 고개를 이리저리 돌렸다. 불상의 손가락 끝에서는 비단으로 만든 나비가 날개를 여닫았다. 두 사람이 올바른 방향으로 나아가고 있다는 증거였다.

"아까보다 훨씬 깊이 들어온 건 확실하네요. 턱도 아프고 손발톱도 쑤셔 죽겠거든요. 저 앞쪽 어디에 더 강한 기운이 도사리고 있단 소리죠."

"멀지 않은 데면 좋겠네. 너무 걸었어. 얼마나 깊이 숨은 거야. 세상살이 어지럽다고 산에 틀어박히는 사람 그만 보고 싶어."

"세종대왕님을 무슨 산골짝 자연인처럼……. 우리가 봤던 아저씨들하고 비교하면 실례죠! 등산객 피도 안 빨아먹고, 몸에서 벌떼도 안 키우고, 그냥 조용히 숨어계시는데. 아, 저기 또 하나 있네요."

여섯 번째 암자 계단에서는 나무 고양이가 꼬리를 살랑살랑 흔들며 자고 있었다. 조심조심 비켜 올라가서 문을 열어 보니 어김없이 절하는 승려 인형이 보였다. 이제는 피부의 나뭇결을 제외하면 사람과 전혀 구분할 수 없을 만큼 정교한 모습이었다. 하지만 결국 인형은 인형. 기이의 산물이었지만 그 자체가 기이는 아니었기에, 물레방아의 회전에 따라 정해진 동작을 반복할 뿐 다른 행동은 여전히 찾아볼 수 없었다. 아마도 정신의 평안을 빌 목적밖에 없을, 그 어떤 위협도 되지 않는 고요한 기도. 그 평화로운 정경을 지켜보던 나루가 문득 추측 하나를 입 밖으로 흘렸다.

"선배는 세종대왕님이 그냥 혼란스러워하는 중일 거라고 했지만, 제가 보기엔 아니에요. 이 정신세계는 혼란에 빠진 채로 만들기에는 너무 정교하잖아요. 아무도 못 들어오게 담장을 두르고, 그 안에 깨끗한 숲을 만들고, 곳곳에 지은 암자에는 이렇게 인형까지 놓고…… 이건 뚜렷한 목적을 갖고 설계한 거예요. 갑자기 알 수 없는 세상에 내동댕이쳐진 데다가 터무니없는 힘까지 흘러들어 오는데, 미쳐 날뛰기는커녕 오직 마음을 진정하기 위해서 이런 세상을 만들어 낸 거죠. 대단하다고 생각해요. 역시나라는 느낌이기도 하고."

"대단하긴 해. 상상 이상의 정신력이야. 확실히."

그렇게 답하고서 세경은 입을 다물었다. 충분히 동의할 만한 추측이었으니까. 세종의 혼이 시종일관 마음을 다스리는 데만 열중하고 있다면 그리 나쁜 소식도 아니었다. 다만, 다만 무언가가 못내 신경에 거슬렸다. 이렇게나 깊은 숲속. 수많은 암자. 영원히 기도하는 인형들. 어째서 이렇게까지? 혼란스러운 속세를 등지고 숨는 것만으로는 부족했던 걸까? 그런 의문이 어지러이 소용돌이칠 뿐 아직 정리해 말할 수 있는 단계는 아니었기에, 세경은 일단 계속 진행하길 택했다.

"이제 가자. 여긴 다 봤어."

나루의 부축을 받아 세경은 조심조심 문지방을 넘었다. 그렇게 두 사람이 암자를 나서는 순간에도, 인형은 몇 번째인지 모를 절을 시작하려 허리를 굽히는 중이었다. 등 뒤에서 끊임없이 되풀이되는 그 경건한 삐걱거림이 세경에게는 어쩐지 불길하게만 느껴졌다.

***

그 불길함의 전조가 눈에 보이는 형태로 나타나기까지는 그다지 오래 걸리지 않았다. 여섯 번째 암자로부터 조금 더 깊이 들어가니 평범했던 숲 여기저기에 기묘한 흔적이 하나둘씩 모습을 드러냈다. 나무껍질 일부가 단청처럼 칠해져 있기도 했고, 인위적으로 깎은 듯 이상하게 각진 돌멩이도 굴러다녔다. 일곱 번째로 발견한 암자는 하향정처럼 육각형으로 된 자그마한 건물이었는데, 그 안의 승려 인형은 고장이라도 난 건지 절을 하려다 말고 제자리에서 연신 움찔대기만 했다. 기괴한 광경에 소름이 짝 끼친 나루가 재빨리 세경과 함께 암자를 나섰지만, 채 몇 걸음도 가기 전에 이번에는 집채만 한 둥근 바위가 길을 가로막았다.

"좀 돌아서 가야겠네요. 표시부터 해 놓고."

"그러게. 조금만 기다려."

지금까지처럼 이정표를 그려 두기 위해 세경이 바위 쪽으로 다가갔다. 그런데 가까이서 보니 바위 표면이 어쩐지 조금 독특했다. 하도 울퉁불퉁해서 잘 알아보기는 힘들었지만, 촉감으로 파악하건대 아무래도 무슨 글자가 새겨진 듯했다. 각진 것, 둥근 것, 쭉 뻗은 것. 도구를 써서 파냈다기보단 꾹 눌러 찍은 듯 금이 간 테두리. 온 나라를 돌아다니며 돌에 남겨진 상고 문자의 흔적을 찾아다녔던 생전 기억이 문득 세경의 머릿속을 스쳤다. 여긴 세종의 머릿속이니까, 어쩌면 세종 시대의 훈민정음 활자가 찍힌 걸지도 몰라. 아니면 훈민정음보다도 더 오래된…… 갑작스러운 옛 연구 주제의 등장에 표시 남기는 일도 잊고서 생각에 잠겨 있던 찰나, 나루의 우렁찬 외침이 세경의 제정신을 일깨웠다.

"선배! 피해요!"

뭘 피했다기보단 놀라 넘어지다시피 했을 뿐이지만, 아무튼 그 덕에 세경은 무사했다. 땅바닥에 주저앉아 있자니 주변이 깜박 어두워졌다 곧 되돌아왔다. 황급히 주변을 둘러보니 달리 무슨 일이 일어난 것 같지는 않았다. 바위도 그대로, 나무도 그대로. 세경이 미심쩍어하며 물었다.

"뭔데 그래. 구름 지나간 거 아냐?"

"그렇게 빠른 구름이 어딨어요! 그리고 저것 좀 봐요!"

나루가 굴곡진 바위 표면을 가리켰다. 한쪽으로만 햇살이 내리쬐는 탓에 굴곡 아래에는 저마다 그림자가 드리운 채였는데, 자세히 보니 그 방향이 일제히 시계 방향으로 회전하는 중이었다. 있을 수 없이 빠르게. 햇살의 방향 자체가 그만큼 빨리 바뀌고 있단 뜻이었다. 곧이어 알 수 없는 그림자가 다시 하늘 위쪽 어딘가를 획 지나가더니, 이번에는 바위 옆의 아름드리 나무 아래 그림자가 똑같이 돌아가기 시작했다. 하지만 진짜 이변은 다음 순간에 일어났다.

나무껍질 위로 알록달록한 단청 무늬가 빠르게 번지자, 그 무늬가 닿는 곳마다 잔가지며 부스러기가 우수수 떨어져 내렸다. 바위 표면이 움푹움푹 파이며 더 많은 활자가 또렷이 찍히다가, 이내 충격을 견디지 못하고 가루가 되어 깎여 나갔다. 큼지막한 두 자연물이 미지의 힘으로 조각되고 있었다. 무기를 들고 갑옷을 입은 장수를 닮은 모습으로. 흘러내리는 톱밥 속에서 나타난 장수는 말 머리를 하고 긴 창을 움켜쥔 인형이었다. 가라앉은 먼지 사이로 나타난 장수는 양 머리에다가 환도를 든 채였다. 어지러이 반짝이는 햇빛 아래서 3미터가 넘는 두 육중한 거인이 천천히 사지를 폈다. 불경한 침입자의 앞을 가로막는 수문장처럼.

"이럴 줄 알았지. 안정을 찾으려고 그만큼 공을 들였다면, 당연히 불청객 쫓을 수단도 준비해 뒀을 거야."

세경이 비틀비틀 물러나며 속삭였다. 동물 머리가 달린 두 거대한 인형은 당장은 가만히 서 있었지만, 그것은 놈들의 역할이 어디까지나 경호이기 때문이리라. 돌이켜 보면 경복궁에서 다쳐서 나온 사람은 있었을지언정 치명상을 입은 사람은 한 명도 없었다. 예컨대 도망치는 상대를 뒤쫓아 숨통을 끊는 타입은 아닐 터. 문제는 두 사람이 도망이나 치려고 여기까지 들어온 건 아니라는 사실이었다. 더 깊이 들어가야 했다. 그러려면 경호를 돌파하는 수밖에. 세경은 나루에게 시선을 보냈고, 나루는 세경을 등 뒤로 보내며 허리춤에 찬 가죽 칼집에서 단검을 뽑아 들었다. 서양 오컬트의 제의 도구인 **아타메** 종류를 닮은, 하지만 일반적인 아타메와는 달리 칼날에 별자리가 **빽빽**이 그려진 까만 단검이었다.

"그건 처음 보네."

"종로에서 사인검으로 새로 맞췄어요. 전에 쓰던 건 향랑각시 상대하다가 다 녹았잖아요."

"삼인검인데. 손잡이 밑에 적혀 있어. 사기당한 거 아냐?"

"저까지 포함해서 사인검이거든요!"

세경의 의심을 호쾌하게 되받아치며, 나루가 총알같이 앞으로 달려 나갔다. 동시에 침입자들의 적의를 눈치챈 두 장수도 무기를 휘둘렀다. 가로로 베는 창, 세로로 내리치는 검, 덤비겠다면 봐주지 않겠다는 듯 하나하나가 무자비한 공격. 허나 나루의 몸은 그 틈을 교묘하게 빠져나가 눈 깜짝할 새 나무 거인의 왼쪽 다리 앞까지 다다랐다. 두꺼운 종아리에 단검이 정통으로 꽂혔다.

거인은 꿈쩍도 하지 않았다. 다리를 멀쩡히 번쩍 들어 짓밟으려는 걸 간신히 피하니 이번에는 돌 거인의 검이 지척에 꽂혔다. 나루의 움직임은 곧 맞붙어 싸운다기보단 치명타를 피하는 데에만 급급한 모양새가 되었다. 어찌 보면 당연한 결과이기도 했다. 호랑이 혈통에 힘입어 아무리 신체 능력이 뛰어난들 결국엔 한낱 인간에 지나지 않는 나루가 나무와 돌로 된 거대한 인형 둘을 정면으로 상대한다는 건 애초부터 무리였으니까.

'근데 호랑이는 정면 승부를 하는 동물이 아니잖아. 기습해서 목을 무는 동물이지!'

속으로 그렇게 되뇌며 나루가 눈을 번뜩였다. 쉴 틈 없이 쏟아지는 공격을 요리조리 피하는 동안, 그 이글거리는 시선은 거인들의 구조와 움직임을 계속 파악해 나갔다. 맨손으로 나무를 쪼개고 돌을 부수지 못하더라도 놈들을 상대할 방법은 얼마든지 있었다. 무릇 움직이는 것에는 맥이 흐르는 법이니, 그 맥을 베어 기운을 끊으면 힘은 절로 빠져나가게 마련. 짐승에게는 혈관이, 기계에는 전선이, 암자의 승려 인형들에게는 개울의 흐름이 그 맥이었다. 그럼 눈앞의 거인들에게는? 아무 데나 칼을 꽂아서야 소용이 없단 건 이미 파악했다. 그렇다면야 이젠 급소를 찾을 때였다.

반격에 나선 나루의 첫 목표는 경혈이었다. 양 거인이 발을 내디디며 검을 크게 치켜든 순간, 그 무릎을 밟고 뛰어오른 나루의 칼끝이 허벅지 위의 부사혈과 충문혈을 빠르게 쿡쿡 찔렀다. 사람의 몸을 본뜬 인형이라면 맥도 인체와 마찬가지로 흐르리라는 계산이었지만 일이 그리 간단히 풀리지는 않았다. 검은 흔들림 없이 날아왔고, 나루는 착지와 동시에 땅을 박차 몸을 날려서 겨우 위기를 모면했다.

내부에 맥이 흐르는 게 아니라면, 다음은 바깥을 살필 차례였다. 인검은 본래 요귀와 재앙 따위의 형체 없는 것들을 베는 도구. 놈들의 동력이 공기라면 바람을 끊고, 땅이라면 지맥에 박아 얼마든지 무력화할 수 있었다. 말 머리 거인이 창을 고쳐잡는 잠깐 사이에 나루는 그 두 가지를 전부 시험해 보았다. 하지만 어느 방법도 천둥처럼 무시무시한 찌르기를 멈추지는 못했다. 무기를 휘두르기 힘든 나무 사이로 세경이 부랴부랴 도망치자, 두 거인은 나무를 우지끈 부러뜨리며 그 뒤를 쫓았다. 고작 한두 줄기 들어오던 햇살이 장수들의 전진에 따라 우수수 쏟아져 회전했다. 잠깐, 회전?

'그래, 맨 처음에도 햇빛 방향이 바뀌면서 그림자가 빙빙 돌았잖아. 머리 모양도 말이랑 양이면 둘 다 십이신장이고, 십이지는 시간 표기법이기도 하고……. 드디어 알았다.'

나루의 머릿속이 번뜩였다. 햇빛에 따라 그림자가 회전하자 시간의 상징이 움직이기 시작했다면, 이건 해시계 원리잖아! 그 사실을 깨달은 채로 거인들의 움직임을 다시 자세히 보니, 걸음을 옮길 때는 다리 근처에 햇살이 닿았고 무기를 휘두를 땐 팔을 따라 빛이 반짝였다. 놈들은 하늘에서 쏟아지는 빛줄기의 지시에 따라 움직이는 일종의 꼭두각시였다. 그렇다면야 실을 끊어 줘야겠지. 앞장서서 다가온 말 머리 인형이 창을 매섭게 내지르자, 나루도 다시 한번 튀어 나갔다.

나무로 된 놈은 간단히 처리할 수 있었다. 공격을 지시하려 팔에 닿은 빛줄기부터 먼저 베어 주고, 균형이 무너진 몸을 담벼락처럼 기어올라 머리 꼭대기에 도달한 뒤, 내리쬐는 햇빛을 단검으로 신나게 난도질하니 거대한 몸이 순식간에 풀썩 쓰러졌다. 다행스럽게도 한번 실이 끊기면 다시 일어나진 못하는 모양이었다. 같은 방법으로 돌로 된 놈까지 처리하면 좋겠지만, 전세가 뒤집힌 걸 알아챘는지 검을 마구 휘둘러대는 통에 접근조차 하기 힘들어 보이는 게 문제였다. 스치기만 해도 뼈가 다 부러질 듯한 돌칼의 폭풍 앞에서 곤란해하던 찰나에 마침 반가운 목소리가 들려왔다.

"이쪽으로 데려와."

"네, 네! 바로 가요!"

세경의 목소리가 들린 방향으로 나루가 힘껏 뛰자, 돌 거인도 방향을 바꿔 성큼성큼 추격해 왔다. 묵직한 검을 회초리처럼 가볍게 다뤄 허공을 조각조각 베면서. 목표물이 갑작스레 몸을 움츠렸다가 펄쩍 멀리뛰기를 하자 거인도 더욱 큰 걸음을 내디뎠지만, 나루와는 달리 녀석은 바닥에 붙은 세경의 부적 냄새를 맡지 못했다. 나루가 뛰어넘어 피한 부적이 거인의 발뒤꿈치에 정통으로 짓눌려 검붉은 연기를 토했고, 그 연기에 닿은 부위마다 같은 색의 이끼가 피어나더니 곧 빠르게 퍼졌다. 의족을 만들 때와 비슷한 주술이었지만 이번에는 용도가 정반대. 삽시간에 관절까지 딱딱하게 덮여 굳어 버리자 거인은 몸을 가누지 못하고 엎어져 땅에 손을 짚었고, 나루는 그 양팔에 닿은 햇살을 번개같이 끊어 주었다. 이윽고 돌로 된 양 머리까지 쿵 떨어지고 나니 거인은 움직이지 않는 돌무더기가 되었다. 나무 사이에 숨어 있던 세경이 그때야 흔들흔들 걸어 나왔다.

"끝났어?"

"일단은요! 그리고 새로 알아낸 단서도 있죠. 제가 보기엔 이놈들은 해시계처럼 작동한 거예요. 무슨 뜻이냐 하면……"

"우리 추측을 수정해야 한단 뜻이지. 보다시피."

자신감 넘치게 설명하려던 목소리를 꿀꺽 삼킨 채, 나루는 세경이 치켜드는 손가락을 따라 천천히 시선을 돌렸다. 빛이 들어오는 위쪽, 싸우는 와중에 나무가 잔뜩 쓰러지면서 드디어 훤히 드러난 하늘을 향해. 그늘진 나뭇잎 장막이 걷힌 저곳에 대체 무엇이 있다는 것일까? 긴장하며 바라본 머리 위의 세계는 아무 일 없이 그저 밝게 빛나고 있었다. 도무지 이해할 수 없는 색깔로, 거대한 눈동자처럼 광채를 뿜어내는 한 쌍의 둥근 광원으로.

한쪽에는 태양, 그 반대쪽에는 달.

낮과 밤이 한데 겹쳐진 듯, 다른 세계의 하늘은 화창하고도 깜깜하게 푸르렀다.

***

물레방아의 힘으로 절하던 승려 인형. 빛을 받아 앞을 막아선 두 거인. 동시에 뜬 해와 달. 격렬한 전투 현장을 뒤로하고 다시 숲속을 헤치는 동안, 세경은 여태까지의 정황이 의미하는 바를 나지막이 풀이해 나갔다. 시작은 역시 나루가 몸을 부딪쳐 가며 알아낸 귀중한 단서부터였다.

"해시계란 말을 듣고 바로 떠올랐어. 세종 때 실제로 많이 발명됐거든. 16년에는 앙부일구, 19년에는 밤에도 쓸 수 있게 개선한 일성정시의. 해시계뿐이 아니라, 자격루도 물을 쓰는 시계지. 중요한 건, 왜 그런 발명품을 계속 만들게 했을까? 순수히 과학기술에 관심이 많아서? 아냐. 통치하기 위해서야. 나라를 체계적으로 다스리려면 기준이 필요하니까. 시간의 기준을 왕이 알고 있어야 하니까. 그냥 시계를 만들도록 한 게 아니라 왕권을 행사한 거야."

"어, 대충 이해는 했어요. 근데 그게 저 하늘하고는 무슨 상관이에요? 저것도 왕권을 행사한 거예요?"

"왕권을 그린 거지. 담장 밖이 〈몽유도원도〉였다면 여긴 〈일월오봉도〉야. 다섯 봉우리 산 좌우에 해와 달을 그린 그림. 만 원짜리 지폐에서도 봤을걸? 원래는 왕이 앉는 용상 뒤쪽에 펼쳐 두는 병풍이야. 조선 시대 왕의 상징물 중 하나고. 이 정신세계는 바로 그런 그림에 덮여 있어. 다시 말해 여긴 곧 용상이야. 왕이 자리를 잡고 나라를 다스리는 장소지. 아까까지 생각하던 것하곤 달리."

나루는 자신이 여섯 번째 암자의 인형을 보며 내놓았던 추측을 떠올렸다. 세종은 오직 정신 안정을 위해 이 세계를 공들여 설계했으리라, 속세에서 떨어져 마음을 다스리고자 승려 인형을 놓아 기도를 드리게 했으리라……. 하지만 세경의 말에 따르면 이 공간에는 그 이상의 목적이 있는 게 분명했다. 단순한 안식처라고만은 도무지 생각할 수 없었다.

"자기 정신세계에 일월오봉도를 펼쳐 두고, 물시계와 해시계의 원리로 인형을 조종하고. 이건 왕도에 의한 통치 그 자체야. 세종은 쉬고 있는 게 아냐. 종묘에 있던 신주로 불러내서인지, 지금 세종의 자아는 사망 당시보단 한창 왕권을 행사할 때에 가까워. 왕으로서의 자의식을 지녔고, 그 자의식으로 여길 통치하고 있지. 속세에서 마음이 떠난 사람은 그러지 않아. 다른 뜻이 없는 사람은 결코 그러지 않아."

빛의 방향이 다시 바뀌었다. 조금 떨어진 곳 어딘가를 그림자가 쓸고 지나갔다. 뒤이어 숲 곳곳에서 덜그럭거리는 소리가 일제히 들려왔다. 인형들이었다. 두 용장이 쫓아내지 못한 침입자를 막고자 이번에는 여럿이 함께 몰려오고 있었다. 나무 틈으로 얼핏 보이는 인형 대다수는 단청에 덮인 목각 병졸 모습이었지만, 그중에는 경복궁 직원 근무복이나 황실제례진 홍재단 임원이 입었을 법한 두루마기 차림의 인형도 몇 개 눈에 띄었다. 나루가 걱정스레 속삭였다.

"갇힌 분들이에요. 그림자에 스쳐서 저렇게 된 걸까요?"

"징병도 대표적인 통치 행위지. 정말 속세를 등졌다면 절대 안 할 짓이고. 여기선 구조대랑 사후처리반에 맡기자. 괜히 나섰다가 상처 입히면 뒤가 힘들어."

선배의 침착한 판단에 수긍하며, 나루는 뽑으려던 칼을 칼집에 도로 조용히 밀어 넣었다. 지금은 무력 외의 수단이 활약할 때였다. 세경은 먼저 양 손바닥에 복잡한 줄무늬 모양으로 상처를 낸 다음, 그 두 상처를 겹쳤다가 팔을 벌려 체액을 넓게 흩뿌렸다. 땅에 떨어진 체액 방울로부터 곧 덩굴 울타리 같은 기운이 자라 나왔다. 금줄이나 오망성 결계처럼 함부로 넘어가선 안 될 선을 긋는 가장 고전적인 금기 주술. 아주 오래는 못 가더라도 시간 정도는 충분히 벌어 줄 터였다. 세경의 손바닥에 난 상처가 아물기 시작하자 두 사람은 다시 걸음을 재촉했다.

본래의 자연스러운 숲 풍경은 이미 자취를 감춘 지 오래였다. 대신 눈에 들어오는 건 나무를 꼼꼼하게 수놓은 단청과 바위마다 비문처럼 줄지어 찍힌 활자들. 부자연스럽고도 아름다운 풍경에 숨은 위협을 감지하려 나루는 한 발짝마다 눈을 부릅뜨고 귀를 기울였다. 햇살이 움직이면 몸을 낮추고, 무언가가 다가오면 방향을 틀었다. 충돌을 피하기 힘든 상황에선 세경의 부적술이 나섰다. 물론 그러는 중간중간 표시도 잊지 않고 남겨 두었다. 두 사람이 숨죽여 밟은 위험천만한 경로를, 그

곳곳에서 꼭두각시가 되어 방황하던 피해자들의 존재를 후속 인원에게도 알려 주어야 하니까. 하지만 그렇게 표시한 길 끝에는 대체 무엇이 도사리고 있는 걸까? 자기 자신의 꿈속 가장 깊은 곳에서 세종은 과연 어떤 상태로 존재할까? 나루는 여기에 대한 희망을 놓지 않으려 애썼다.

"왕으로서의 자아가 건재하단 건 좋은 소식일지도 몰라요. 최소한 이성은 유지하는 중이고, 게다가 우리가 아는 바로 그 세종대왕님인 채란 뜻이잖아요. 바깥세상을 거부하려고만 하는 상태보다야 차라리 말은 더 통하지 않겠어요?"

"그러면 다행이지. 지금이 무작정 퇴치하고 보던 시대도 아니고. 갇힌 사람들 놔 달라, 경복궁 돌려 달라, 그렇게 협상만 되면 바랄 게 없어. 물론 섣부른 예상이지만. 어떻게 해결할지는 직접 봐야 알 테니까."

단호히 말을 마치고서 나루는 앞을 바라보았다. 숲이 끝나가고 있었다. 두 사람이 걸음을 재촉하는 동안 그늘은 점점 빛에 자리를 내주었고, 마지막 소나무 두 그루 사이로 발을 내미니 그곳부터는 전혀 다른 풍경이 펼쳐졌다. 표층의 〈몽유도원도〉처럼 수묵화에서 튀어나온 듯한 기암괴석으로 뒤덮인, 하지만 이번에는 다섯 봉우리가 일렬로 솟은 산. 그 사이로 세차게 떨어지는 두 줄기 천길폭포. 쏟아져 내린 물줄기는 산 아래의 넓디넓은 호수에 도달해 물결을 일으켰고, 하늘에 뜬 해와 달이 그 표면을 아름다운 금빛과 은빛으로 각각 칠했다. 그야말로 별세계의 절경이었다.

그 절경 한가운데를 가로질러, 가느다란 돌다리가 두 사람이 서 있는 숲 가장자리로부터 호수 건너편의 먹빛 절벽까지 쭉 이어져 있었다. 돌사자로 난간을 장식한 그 다리가 경복궁 금천 위의 영제교를 길게 늘여 놓은 모양새임을 세경은 즉시 눈치챘다. 현실의 경복궁에서 영제교를 지나면 나오는 구조물은 근정문. 이곳도 마찬가지였다. 다리 끝의 절벽에는 동굴이 하나 보였고, 그 입구에는 근정문과 똑같이 생긴 문이 당당히 서서 둘을 기다리는 중이었다. 비틀대는 세경의 손을 잡아 주며, 나루는 조심스레 호숫가로 걸어 내려가기 시작했다.

"손이 보송보송해."

"알아요. 신발 속도 답답해 죽겠어요."

문으로부터 뿜어져 나오는 기운이 몸에 닿자 즉시 반응이 왔다. 송곳니와 혀 때문에 입안은 금방 상처투성이가 되었고, 목구멍에서는 크르릉 소리가 절로 새어 나왔다. 이 정도로 기질이 이끌려 나오는 건 정말로 오랜만이었다. 터무니없이 강력한 기이, 신이 된 세종대왕의 혼이 바로 저 안쪽 어딘가에서 기다리고 있으리라는 확신이 나루의 몸을 휘감았다. 하지만 그 이상으로 신경이 쓰이는 건 이만큼 왔는데도 여전히 고개를 치켜드는 불안감이었다. 아냐, 괜찮을 거야. 잘 해결될 거라니까. 딴 사람도 아니고 세종대왕님이잖아……. 속으로 당부하고 또 당부하는 나루의 손을 이번에는 세경이 잡아끌었다.

"뭐 해, 박나루. 호랑이 잡으려면 호랑이 굴로 들어가야
지."

"선배 지금 그 속담 일부러 썼죠? 아, 진짜, 나가서 가만 안
둘 거예요!"

"그럼 빨리 끝내고 나가자. 어깨 좀."

세경의 딱딱한 몸이 나루의 어깨에 대뜸 기대 왔다. 그 가
벼움에 한번 푹 한숨을 쉬고서 나루는 다시 걸음을 내디뎠다.
다리를 건너는 동안 두 사람은 한 번도 발걸음을 멈추지 않았
다. 장엄히 솟은 누각 아래의 어두컴컴한 대문이 그 걸음에 맞
춰 눈앞으로 조금씩, 조금씩 가까워져 왔다.

***

다리 끝의 문을 통과하니, 그곳에는 근정전이 있었다.

온갖 조각으로 장식된 널찍한 월대, 그 중앙을 가로질러
올라가는 봉황을 새긴 돌계단, 굵직한 기둥으로 받치고 팔작
지붕을 얹은 장엄한 2층 전각. 추녀마루 위에는 용두와 잡상,
처마 밑에는 화려하면서도 절제된 단청. 조선의 법궁인 경복궁
의 정전이자 조선 왕조의 상징적 중심지. 경복궁 내에 있을 리
없는 심산유곡을 넘어 이곳까지 도달한 두 사람의 눈에 처음
비친 형상은, 현실의 경복궁 근정문 너머에도 있는 바로 그 낯
익은 건물이었다. 하지만 익숙한 광경은 거기에서 그쳤다. 근정
전 건물 자체는 현실과 똑같았을지언정, 그 둘레의 세계는 현

실 그 어디에서도 본 적이 없는 모습을 하고 있었으니까.

세경은 텔레비전 채널을 계속 돌리는 것 같다고, 나루는 아주 거대하면서도 정밀한 기계식 시계 속에 들어온 느낌이라고 각각 생각했다. 표현은 달랐지만 발상의 골자는 같았다. 순간마다, 복잡하게, 끊임없이 바뀌는 풍경. 근정전을 둘러싼 공간을 이룬 재료는 무수히 많은 톱니바퀴였다. 사람보다 훨씬 큰 것도 있었고 모래알만큼 자잘한 것도 있었으며, 돌처럼 흰 것이 보이는가 하면 나무처럼 거무칙칙한 것도 얼마든지 눈에 띄었다. 그 각각이 형언할 수 없이 복잡한 구조로 얽혀 어지러이 회전함에 따라, 세계 자체가 매 순간 와르르 무너졌다가 새로운 모습으로 재구성되길 반복했다.

고래 등 같은 기와집이 사방에서 우후죽순 솟아나더니 일제히 땅으로 꺼졌다. 바닥이 수평선 너머까지 쭉 뻗어 나가려는 찰나, 드높은 벽이 우르르 시야를 가로막았다. 톱니바퀴 논밭에 톱니바퀴 쟁기질을 하던 톱니바퀴 농부들이, 눈을 깜박여 보면 전부 톱니바퀴 선비로 변해 톱니바퀴 책상에 앉아 톱니바퀴 붓을 놀리고 있었다. 그러잖아도 짐승의 감각이 멀미를 일으키려 해 나루는 시선을 홱 돌려야 했던 반면, 세경은 눈조차 깜박이지 않고 정신세계의 끝에서 마주한 톱니바퀴 장치의 요지경을 계속해서 응시했다. 혼란스레 천변만화하는 세종의 가장 깊은 꿈을. 이윽고 그 꿈속으로부터 한 줄기 깨달음이 반짝였다.

"이제야 알겠네. 속세를 등진 것도 아닌데 왜 산속에 틀어박혔는지, 인형한테는 왜 절을 그렇게 시켰는지. 좀 더 생각해볼걸. 처음부터 단서가 있었는데."

"선배, 혼자만 알겠다 그러지 말고 설명을 해 주셔야죠! 대체 무슨 단서요?"

"당연히 〈몽유도원도〉지. 표충에 있었잖아. 원래는 세종의 아들 안평대군이 꿈에서 본 무릉도원을 그린 거야. 《도화원기》에 이르길 산속 동굴 너머에 있는, 동북아 문화권의 대표적 이상향 말이야. 세종은 그냥 숨으려던 게 아냐. 이상향을 만들려고 했어."

예상치 못한 단어가 튀어나오자 나루가 다시 정면으로 시선을 돌려 보았다. 근정전 주위의 세계는 여전히 혼란의 도가니였고, 이제는 나지막한 초가집이 하나둘씩 솟아나기가 무섭게 도로 무너지는 중이었다. 이런 게 이상향이라고? 그리고 하필 이상향을 만들려 했단 근거는? 어지럼과 미심쩍음으로 얼굴을 찌푸리는 후배에게 세경이 담담히 말했다.

"지금의 세종은 온 국민의 인식에서 힘을 얻은 신이야. 처음엔 그 인식이 선망이나 숭배라고 생각했고. 하지만 그것뿐이 아녔어. 성군의 상징을 선망한단 건, 사실 임금 개인에 대한 선망만이 아니잖아. 이상적 지도자는 이상적 나라를 이끄는 법이니까. 세종 같은 사람이 나라를 다스린다면 얼마나 살기 좋은 나라가 될지, 그런 바람이 섞여 있는 거야. 그리고 세종이 신인 이상 그런 바람을 들어주려 드는 건 당연해."

"아, 음. 선배가 요전에 집착하던 명주군 쪽 사건처럼요? 그것도 원래 신흥 종교에서 숭배받던 기이가, 신도들이 계속 소원 비니까 어쩔 수 없이 저지른 거였다면서요."

"비슷하지. 세종도 그랬을 거야. 아마 처음엔 정말로 숨기만 할 작정이었을 텐데, 안개를 친다고 인식에서 벗어날 순 없지. 이상향을 비는 소원이 계속 쏟아지면 그걸 어떻게든 들어줘야 해. 그래서 이 정신세계를 자기가 아는 가장 대표적인 이상향으로 꾸민 거야. 숲이 있고, 동굴이 있고, 그 안에 이상사회가 있고……. 거기서부터 문제가 생겼겠지만."

대체 무슨 문제가 생겼을지는 나루도 어느 정도 짐작이 갔다. 공사장을 부숴 달라는 수준의 소원이라면야 뒷일 무시하고 들어주면 그만이지만, 이상 사회에 대한 수천만 명의 소원을 한 공간에서 동시에 구현한다는 일이 과연 가능은 할까? 세종처럼 강한 권력을 가진 지도자를 소망하는 사람이 있다면, 세종처럼 민주적으로 소통하는 지도자를 소망하는 사람도 있을 것이다. 누군가는 세종 치세처럼 과학기술이 융성하는 나라를 원하고, 누군가는 세종 치세처럼 영토를 넓혀 나가는 나라를 원하겠지. 세종처럼 지혜로운 군주라면 부동산 정책의 묘수를 찾아낼 수 있으리라 기대하는 사람도 많겠지만, 그들이 상상하는 묘수는 아마 전혀 겹치지 않으리라. 그리고 한 사람의 낙원은 다른 사람의 지옥인 법. 각각의 소원이 낳은 이상향은 탄생과 동시에 자신과 모순되는 이상향을 파괴하지만, 그렇게 탄생한 이상향조차 이내 다른 소원으로 말미암아 파괴될 수밖에 없다. 그 결과가 바로 매 순간 이루어졌다가 무너지길 되풀이할 뿐인 눈앞의 톱니바퀴 세계였다.

"줄곧 이 상태로 계셨던 거네요. 온 국민을 만족시킬 나라를 어떻게든 세워 보려고."

"정신 안정이 필요했을 만하지. 인형들이 절을 하든 말든 별 소용은 없었겠지만. 소원이 계속 밀려오는 한, 세종은 영영 그 속에 짓눌려 있을 거야. 말도 안 통할걸."

"그거야 뭐, 방법이 있겠죠? 일단 가 보자고요. 바로 저기 계실 테니까."

이 정신세계의 목적이 **산속 동굴 너머의 이상향**이란 전통적 이미지를 구현하는 것이라면, 이상향 터 한복판에 떡하니 자리를 잡은 근정전이야말로 그 최심부일 터. 조선의 임금이 정무를 수행하던 왕도의 심장이라면 과연 세종의 혼이 거할 장소로 전혀 부족함이 없었다. 목적지가 코앞이란 뜻이니 이제 할 일은 하나뿐. 나루는 마음을 다시금 다잡았고, 세경은 바로 발치의 바닥에서 덜그럭덜그럭 돌아가는 묵직한 돌 톱니바퀴들을 내려다보며 조그맣게 투덜거렸다.

"이상향이고 뭐고 길이나 잘 갈자. 제에발."

"확실히 여긴 좀 힘드실 것 같네요. 그럼 뭐, 준비하세요."

어느새 신발은 물론 양말까지 죄다 벗어 던진 채, 나루는 누렇고 검은 털로 뒤덮인 양 발목을 풀며 제자리에서 가볍게 몇 번 뛰어 보았다. 날카로운 발톱을 뻗으려 하는 발이 영 낯설고 근질거리긴 했지만 움직임에는 일단 아무 지장이 없었다. 그럼 다음으로는 오른손에 단검을 뽑아 들고, 왼팔로는 세경의 허리를 감아 옆구리에 끼고, 몸을 웅크렸다가 있는 힘껏 뛸 차례. 바다처럼 요동치는 별천지 위로 나루의 몸이 훌쩍 날아올랐다.

***

시시각각 무언가 솟아올랐다가 사라지는 예측 불허의 땅을 디디며 나아가기란 결코 쉬운 일이 아니었지만, 나루는 오감에 한계까지 정신을 집중한 채 완연히 짐승 같은 동작으로 그 사이사이를 민첩하게 누볐다. 막 지어지기 시작한 기와집 기둥 꼭대기를 밟고 치솟아 하늘에 몸을 던지고, 톱니바퀴 무더기로 무너져 내리려는 선비의 머리를 차 방향을 바꾸고, 방금까지 과수원이었던 허허벌판에 착지했다가 발밑이 다시 끓어오르기 직전에 후다닥 내달리기도 하면서.

때론 그렇게 내달리는 길 앞에 거대한 벽이나 인형 무리가 튀어나오려 들기도 했지만, 톱니바퀴를 동력 삼아 변화하는 세계라면 그 변화를 훼방 놓을 방법이야 얼마든지 있었다. 눈과 귀와 피부로 수백 개 톱니바퀴의 회전을 어림짐작해 그중 가장 핵심적인 부품 사이로 단검을 꽂자, 벽은 올라오다가 순간 멈칫했고 인형 무리도 움찔 얼어붙었다. 그 찰나의 틈으로 장애물을 뛰어넘은 끝에 도착한 곳은 근정전 월대 중앙의 돌계단 위. 움직이지 않는 바닥에 발이 닿았단 사실만으로도 나루는 거의 감격할 지경이었다. 하지만 문제는 지금부터였다. 근정전 건물에 올라선 침입자를 감지한 순간, 세계가 지금까지와는 전혀 다른 방향으로 요동치기 시작했으니까.

"아, 진짜. 해코지하려는 것도 아니고, 도와드리러 가는 건데!"

톱니바퀴의 바다에서 척척 걸어 나오는 인형 군단을 본 나루가 당황해 외쳤다. 복잡한 기계장치로 만들어진 호위무사, 장수, 병졸……. 그 하나하나는 단검으로 맥을 찔러 어렵잖게 처리할 수 있는 정도였지만 수가 너무 많았다. 물밀듯 밀려오는 병력을 뒷걸음질로 상대하며 계단을 오르고 있자니 근정문 앞에서 우르르 솟아나는 궁수들까지 눈에 띄었다. 이쪽을 정조준하는 수십 갈래 화살을 어떻게든 피해 보려 나루가 다시 몸을 날릴 준비를 할 때였다. 옆구리에 안은 세경의 몸통이 뒤척이더니, 이윽고 공중에 던져진 부적에서 참나리꽃 같은 것이 우수수 피어나 저마다 붉은 꽃가루를 뿜어냈다. 긴박한 상황에 맞지 않는 무덤덤한 목소리가 함께 들려왔다.

"그냥 가."

그 목소리의 지시에 따라 나루는 방향을 틀어 계단 위로 질주했다. 화살이 바람을 가르며 날아오다 꽃가루 장막에 푹

푹 박히는 소리가 등 뒤를 빗소리처럼 때렸다. 퍼진 가루를 조금 들이마신 바람에 연신 재채기가 났지만, 어느새 월대를 기어 올라온 병졸 인형들이 창을 꼬나쥐고 양옆에서 몰려드는 데에 비하면 사소한 문제였다. 오른쪽에서 오는 놈들을 나루가 한쪽 팔만으로 열심히 쳐내고 쓰러뜨리는 동안, 세경은 방금과 같은 부적을 몇 장 추가로 던져 두꺼운 연막으로 왼편의 방해를 차단했다. 허리를 붙든 손에 의지해 간신히 버티고 선 채로 불평을 늘어놓는 것도 잊지 않았다.

"손톱 뾰족해졌어. 피부 뚫리겠네."

"선배 때문이잖아요! 됐고, 뛸 거예요. 하나, 둘, 지금!"

우렁찬 구령과 함께 붉은 안개를 가르며 뛰어오른 나루가 노린 곳은, 근정전 문 앞에 겹겹이 포진해 있던 무사 인형들 한가운데. 정면에서 오는 적을 막으려고 짠 진형은 하늘에서 떨어진 불의의 습격 앞에서 속수무책이었다. 대열이 깨져 우왕좌왕하던 인형들이 미처 눈치를 채기도 전에 나루는 이미 문지방을 넘어 돌진하고 있었다. 순간 품에서 빠져나온 세경이 미리 준비해 둔 금기 주술을 재빨리 펼치자 곧 덩굴이 자라나 입구를 봉쇄했다. 이거라면 무사들이 아무리 칼로 내리쳐도 한동안은 버티리라. 그사이의 일은 이제 온전히 나루의 몫이었다. 근정전 안을 가로질러 전력으로 내달리는 나루의 시선 끝에는 일월오봉도 병풍에 둘러싸인 붉은 어좌가, 그리고 어좌 위에서 반투명한 황금 모닥불처럼 이글거리는 무언가가 비치고 있었다.

경복궁을 뒤덮은 기이의 근원, 세종의 혼의 핵심.

정황상 그렇게 확신할 수야 있었지만, 사실 누구나 세종이라고 한눈에 알아볼 만큼 뚜렷한 모습은 아니었다. 전반적으로 사람의 윤곽을 띨 뿐 얼굴에는 이목구비 하나 없었고, 용상에 늘어진 팔다리도 연기처럼 흔들려 금방이라도 공기 속으로 흩어질 듯했다. 수백 년이라는 세월 동안 완전히 닳아 사라지지 않은 것이 기적이라 할 만한 실로 덧없는 모양새. 그럼에도 어좌 앞 계단을 올라 조심스레 접근하는 동안, 나루는 그 희미한 아지랑이로부터 뿜어져 나오는 뚜렷하고도 뜨거운 기운의 파도를 온몸으로 느낄 수 있었다. 갈수록 얼굴이 벌겋게 달아오르고 숨을 쉬기가 힘들어지는 것이 마치 예열된 오븐으로 걸어 들어가는 기분이었다. 물론 이 작열하는 물결조차 매 순간 세종의 존재 자체에 쏟아져 들어가고 있을 힘의 극히 일부에 불과할 터였다. 신이 된 세종의 존재를 유지하는 동시에 그 정신을 짓누르는 수천만 갈래 인식과 소원의…….

"음, 흠흠. 안녕하세요? 아니지. 들리십니까, 전하?"

마침내 용상 바로 앞까지 도달한 나루의 긴장한 목소리에도, 세종의 혼은 전혀 반응하지 않고 그저 제자리에서 일렁일 뿐이었다. 더 크게 말해 보아도 마찬가지였고, 귀청이 떨어질 만큼 크게 소리쳐도 역시 마찬가지. 회심의 대화 시도가 소득 없이 좌절되자 나루가 혀를 찼다. 하기야 지금 순간에도 온 국민의 목소리를 동시에 듣고 있을 테니, 코앞에서 한 명이 뭐라고 떠들든 소용이 있을 리가. 예상할 만한 결과였지만 문제는 이 뒤였다. 설득이 불가하다면 다음 순서는 제압이니까. 칼을 쥔 나루의 손아귀에 진땀이 주룩주룩 흘렀다.

제압할 방법이 없는 건 아니었다. 아니, 오히려 그 반대였다. 이상향 조작에만 집중하느라 코앞의 일엔 신경을 못 쓰는 모양이니 저항하지는 않을 테고, 제아무리 강한 혼이라 한들 이런 무방비 상태라면 사인검으로 맥을 마구 흐트러뜨려 힘을 잃게 만드는 것쯤이야 간단한 일이었으니까. 하지만 정말 그 방법뿐일까? 내 손으로 세종의 혼을 난도질하라고? 아냐, 그러긴 일러 하며 나루는 고개를 저었다. 말이 통한다면 협상이 우선이다. 그리고 상대가 세종대왕님인 한, 분명히 말이 통할 수단이 하나쯤은 있을 것이다. 이를테면, 이를테면……. 이렇게 해 본다면 어떨까.

"선배! 조선 시대에는 왕이 아파도 몸에 칼을 못 댔다잖아요? 그게 금기여서, 종기로 죽은 왕이 그렇게 많다고! 그거 진짜예요?"

"뭘 할 셈인진 몰라도 그냥 해! 그리고 나중에 설민석한테 물어봐!"

나루가 던진 얼핏 뜬금없는 물음에, 입구에서 필사적으로 인형들의 맹공을 막던 세경이 목소리를 쥐어짜 답했다. 지금 상황에서는 충분한 대답이었다. 어차피 준비는 끝나 있기도 했고. 땀범벅이 된 단검 손잡이를 양손으로 단단히 고쳐 잡은 뒤, 나루는 그 끄트머리를 세종의 혼 가슴께의 중단전 부위에 겨누었다. 그 직후, 평소보다 몇 배는 우렁찬 외침이 나루의 목구멍으로부터 터져 나왔다.

"그럼 세종대왕님이 이따 화내시면, 선배가 대신 해명하는 거예요!"

그 외침과 함께 칼날이 금빛 불꽃 속으로 파고들었다. 동시에 무시무시한 반발력이 나루의 양팔을 강타했다. 각오한 바였다. 나루가 찌른 부위는 인식이 힘으로 변해 휘몰아치는 흐름의 정중앙. 겉으로는 그저 반투명한 허공을 쑤시는 모양새라도, 실제로는 팔당댐에 뚫린 구멍을 쇠말뚝 하나로 틀어막으려는 시도인 셈이었다. 튕겨 나가지 않으려 애쓰는 것만으로도 온몸의 근육이 마구 비명을 질러 댔다. 멋대로 튀어나온 송곳니가 악문 잇몸을 파고드는 바람에 핏방울이 턱을 타고 뚝뚝 떨어졌다.

하지만 그 와중에도 나루는 단순히 힘만 쏟아붓는 것이 아니었다. 칼끝의 감각을 뼈로 느껴 순간순간 위치를 파악했고, 주변 공기의 흔들림을 피부로 읽으며 혼의 상태를 살폈다. 혹시라도 사인검이 다른 혈을 찌르거나 맥을 잘못 베지 않도록, 중단전에서 소용돌이치는 흐름이 느려질지언정 완전히 끊기지는 않도록, 그 결과 세종의 망령이 일시적으로 약해지되 회복할 수 없이 상하지는 않도록……. 바로 그것이 나루의 노림수였다. 힘이 과해서 정신을 차리지 못하시는 게 문제인 모양이니, 그 세기를 잠깐이나마 줄여 정신을 차리게 해 드리면 되지 않을까?

소원을 한두 개쯤 받는다고 신이 이성을 잃어버리지는 않는다. 설령 수백 개가 우르르 쏟아지더라도 최소한 남과 대화할 여력쯤은 남게 마련. 게다가 비록 지금은 무수한 인식의 힘에 휘둘리고 있을지언정, 세종은 여전히 이 정신세계를 통치하는 왕이었다. 어깨에 짊어진 소원의 무게만 조금 가벼워진다면 왕으로서의 자아를 온전히 떨칠 수 있을 테고, 그러면 즉시 이곳을 지배해 인식의 흐름 자체를 통제할 수도 있으리라. 그런 뒤엔 다시 힘이 흘러들어 온다 한들 이상향을 지었다가 도로 무너뜨리길 되풀이하는 지긋지긋한 굴레에 빠질 일은 없다. 자연스레 말도 통하게 되리라. 이대로 버티기만 하면, 조금만 더, 조금만 더!

다음 찰나, 수십 가지 소리가 연달아서 나루를 덮쳤다.

단검이 두 동강 나는 소리, 튕겨 나간 몸이 바닥을 구르는 소리, 근육과 뼈가 경련하는 소리, 자기 자신의 신음. 하지만 고통스러운 합주는 뒤이어 밀려온 아득한 파도 소리에 휩쓸려 사라졌다. 아니, 파도가 아니었다. 금속과 돌과 나무 조각들이 파도처럼 일제히 무너지는 소리였다. 톱니바퀴 군대가, 톱니바퀴 집이, 톱니바퀴로 된 이상향이 붕괴하고 있었다. 처음에는 정신세계 자체가 사라지려는 건가 싶었지만, 정작 그 중심인 근정전 건물만큼은 미동조차 하지 않았다. 그저 불꽃이 잦아들고 바람의 방향이 바뀌는 기척만이 부드럽게 감돌았다. 틀림없었다. 이 사실이 의미하는 건 하나뿐일 터였다.

터질 듯 두근거리는 가슴을 안고서 나루는 천천히 몸을 일으켰다. 어긋났던 눈의 초점이 다시 맞으며 붉은 용상을 또렷하게 비췄다. 세종의 혼은 여전히 그곳에 앉아 있었다. 이글거리는 아지랑이가 아니라 훨씬 단단하고 익숙한 형상으로, 붉은 곤룡포를 두르고 검은 익선관을 쓴 나이 든 남자의 모습으로. 어좌 위에서 두 사람을 굽어보는 남자의 주름진 얼굴에선 어떠한 혼란도 고통도 찾아볼 수 없었다. 대신에 떠올라 있는 건 온후한 위엄뿐. 이내 그 미소 띤 입술이 열리자, 나루의 머릿속에 한마디 음성이 울려 퍼졌다. 소리라기보다는 혼을 울리는 말뜻 자체로서.

"정말 고맙다. 과인이 그대에게 큰 빚을 졌구나."

그렇게 말하며 조선의 제4대 국왕, 세종은 인자한 미소를 지어 보였다.

***

쉬지 않고 요동치던 이상향이 잠잠해졌다. 온 국민의 염원에 짓눌렸던 신적 기이도 의식을 되찾았다. 정신세계가 세종의 지배하에 들어온 이상, 그 바깥에서 얼마나 많은 인식이 날아들든 더는 문제가 아니리라. 틀림없는 성공이었다. 마지막 순간 찰나의 기지를 짜내 도박을 건 결과 얻어낸 대성공이었다. 용상을 올려다보는 나루의 마음이 안도감으로 벅차올랐다.

"정신 차려. 이제부터잖아."

어느새 입구에서부터 비틀비틀 다가온 세경이 덤덤히 말했다. 원칙적으로는 옳은 소리였다. 나루가 기를 쓰고 세종을 제정신으로 돌려놓은 이유는, 어디까지나 무력이 아닌 대화로 이번 일을 해결하고 싶었기 때문이었으니까. 바꿔 말하면 임무의 진짜 성패는 앞으로의 협상 결과에 달린 셈이었다. 뭐, 지금 상황을 봐선 그렇게 걱정할 필요는 없어 보였지만. 곁에 선 세경에게 자연스레 어깨를 내주며 나루가 속삭였다.

"적대적이시진 않아요. 말씀 잘하시는 거 보니까 자아도 확고하고, 방금까지 본인이 어떤 상태였는지도 이해하고 계신 것 같네요. 칼로 찔렀다고 화내시지도 않고요."

"잘했어. 쉽지 않았을 텐데. 나라도 그냥 제압했을 거야. 아무튼, 협상 들어가자. 우선순위는 아까 말한 대로……"

"그래, 원하는 바가 있다면 말해 보거라. 백성의 청을 들어주는 것이 지금의 내 책무이니."

장중한 음성이 다시 머리를 파고드는 바람에 세경의 말이 끊겼다. 하지만 말이야 다시 하면 그만이었다. 먼저 아직 여기에 갇혀 있을 사람들부터 내보내 달라고 한 다음에, 잘 마무리되면 두 번째로는 경복궁에서 떠나 주길 요구해야겠지. 무작정 나가라고 밀어붙일 수는 없는 노릇이니 여기서부턴 약간의 요령이 필요하다. 원하는 빙의 장소나 사물이 있는지 묻고, 이런저런 조건을 맞춰 가며 합의점을 찾고, 혼을 옮기는 의식에 협조하겠단 동의까지 받으면 두 사람의 임무는 끝. 협상 절차를 속으로 차근차근 정리해 본 세경이 재차 입을 열려던 바로 그때였다.

"만백성의 바람대로 역적 도당을 참하고 조선을 다시 세운 뒤에는, 내 그대들의 청도 반드시 들어주겠노라."

잠깐, 뭐라고? 예기치 못한 선언에 세경이 멈칫했다. 기껏 정리한 협상 절차가 눈앞에서 백지로 돌아가는 기분이었다. 그 옆에서 마찬가지로 놀라 눈을 껌뻑이던 나루가 먼저 정신을 차리고 더듬더듬 물었다.

"실례지만, 저기, 그, 역적 도당을 참하시겠단 말씀은?"

"내 이곳에 앉아 온 백성이 청하는 소리를 가만히 듣자 하니, 과인이 잠들어 있는 동안 조선 땅을 집어삼킨 무리가 종묘사직을 끊어 민중을 도탄에 빠뜨렸다고 호소들을 하더구나. 그런 무리를 역적이라 부르지 않으면 무어라 해야겠는가? 또 역적을 멸하여 조선을 다시 세우는 것이 백성들의 뜻이라면 내 어찌 가만히 앉아만 있겠는가?"

세종의 대답은 지극히 태연하면서도 무게감이 넘쳤다. 한편 몇 분 전까지만 해도 잔뜩 벅차오른 채였던 나루의 가슴속은 서서히 얼어붙어 갔다. 이게 아닌데, 이게 아닌데. 이래선 협상을 할 수가 없는데. 어떻게든 이야기의 방향을 돌려야 한단 생각에 나루가 황급히 말을 주워섬겼다.

"저기, 전하? 아무래도 설명이 조금 부족했던 것 같은데요. 폐하가 돌아가신 지 거의 600년이 지났고, 그동안 세상이 뭐냐, 많이 바뀌어서요!"

"허면 지금도 귓가에 메아리치는 백성들의 목소리가 전부 거짓이라는 말인가? 과인이 손수 지금의 왕조를 폐하고 어리석은 자신들을 다시금 다스려 주길 바라는 그 목소리가? 내가 비록 긴 잠에서 막 깨어난 참이나, 이 몸에 흐르는 천지의 이치를 분간하지 못할 만큼 경황이 없지는 않거늘."

소용이 없었다. 정신만 차리게 해 드리면 말이 통할 줄 알았건만, 정작 말이 통하게 되고 보니 대화가 전혀 이뤄지질 않았다. 광화문 앞에서 세경이 해 준 이야기가 나루의 뇌리에 스멀스멀 떠올랐다. 지금의 세종은 21세기 대도시에 떨어진 15세기 망령일 뿐이라는 말. 보통 사람보다 정신력이 수백 배 강하지도 않고, 수백 년 뒤의 세상을 한눈에 이해할 수도 없으리라는 말. 돌이켜 보면 당연한 소리였다. 육신 없는 혼이란 결국 새로운 정보를 받아들이기도 학습하기도 힘든 잔존 패턴에 지나지 않으니까. 그래도 나루는 기대를 품고 있었다. 대화로 문제를 해결할 수 있으리라는 희망의 끈을 놓지 않았다. 왜냐면, 그야 당연히…….

"혹시나 했는데. 세종이니까."

나루의 황망함을 똑같이 느끼며 세경이 멍하니 중얼거렸다. 그래, 세종대왕이라고 다를 리가. 희망이 완전히 벗겨진 초점 없는 눈동자가 비로소 어좌에 앉은 존재의 실체를 또렷이 비췄다. 명백히 일반인의 경지 이상인 정신력과 지혜, 15세기 전제군주로서의 확고한 자의식. 그리고 수천만 백성의 인식을 통해 부여받은 막대한 힘을 지녔을 뿐인 한낱 망령의 모습을. 인자하기 그지없었던 그 얼굴에 분노가 점점 떠올랐다. 천둥 번개와도 같은 노호가 두 사람의 머릿속을 일시에 때렸다.

"설마 그대들은 내가 뜻을 꺾길 바랐는가? 백성들의 외침을 들어 종묘사직을 바로 세우려는 과인의 의지를 막고자 한 것인가? 감히, 감히 그러려고 나를 일깨웠다는 말이냐?"

그 위협적인 호령과 함께 근정전 내의 공기가 심상찮게 휘몰아치기 시작했다. 세경을 부축하며 주춤주춤 물러나는 나루의 눈앞에서, 화려하고 복잡한 단청과 활자 무늬가 용상을 빠르게 뒤덮어 갔다. 본능적인 위기감이 요란한 경고 신호를 울려 댔다. 이런 신호가 들려왔을 때 해야 할 일이 무엇인지를 나루는 지금까지의 경험으로 미루어 잘 알고 있었다. 숨을 크게 들이마시고, 선배의 몸을 붙들고, 다리에 힘을 주고……

"공이 있다고 생각하여 내 의심치 않으려 하였으나, 네놈들도 결국 역적 도당과 한패로구나!"

……세종의 망령이 벌떡 일어났을 때, 두 사람은 이미 전력으로 도망치는 중이었다.

***

협상은 결렬되었다. 이 이상 대화를 시도하는 건 무의미했다. 비록 말을 주고받을 수는 있을지언정, 온 국민의 소원을 받아들여 이를 실현하기 위해 움직이고 있을지언정 지금의 세종은 21세기의 목소리를 결코 21세기의 방식대로 이해할 수 없는 존재였다. 그 결과 백성들이 바라는 대로 자신이 다시 왕으로서 조선 땅을 통치해야 한다는 사명감에 사로잡혀 있기까지 했다. 세종의 진노를 피해 근정전을 뛰쳐나온 두 사람의 눈에 그 사명감의 진정한 의미가 곧 명백히 드러났다.

톱니바퀴 더미로 완전히 무너져 내렸던 이상향이 덜컥덜컥 재조립되고 있었다. 돌바닥 위에 빼곡히 늘어선 인형 군대의 모습으로. 완전 무장 한 병졸과 장수는 물론이고 군마와 각종 화포, 신기전을 가득 실은 수레……. 살기등등한 전쟁 태세를 갖춘 채 땅에서 솟아나는 인형들의 얼굴은 전부 세경과 나루가 통과해 온 근정문을 향해 있었다. 아까까지만 해도 그 건너편에는 반짝이는 호수와 광대한 숲이 펼쳐져 있었으나 지금은 달랐다. 근정문 바깥은, 이상향을 둘러싼 행각 너머의 세계는 이제 훨씬 낯익은 모습이었다. 널찍한 도로 양옆에 서로 경쟁하듯 높이 솟은 빌딩 숲. 너무나도 익숙한 현대 서울의 광화문 일대 풍경이 안개 속에서 신기루처럼 아스라이 떠올랐다. 나루가 떨리는 목소리로 물었다.

"선배, 이거, 그, 그거죠? 죄다 서울로 나가려는 것 같죠?"

"조선을 다시 세우겠다잖아. 그럼 쿠데타밖에 없지."

세경이 냉정히 답했다. 머릿속에서는 그만큼이나 냉정한 계산이 이어졌다. 모든 쿠데타가 성공하리란 보장은 없는 법. 세종의 망령이 아무리 큰 힘을 지녔다 한들 본인의 야심처럼 옛 조선 땅 전체를 정복하고 종묘사직을 재건하기에는 아마 부족하리라. 하지만 최소한 청와대, 정부서울청사, 서울시청만큼은 경복궁에서 지척 거리였다. 게다가 이 근처에 바글바글 모여 사는 시민들은? 밀집한 민간 건물과 사회기반시설은? 이만한 병력이 정말 근정문을 나서 서울로 진군한다면 터무니없는 재난이 일어날 것이야 불을 보듯 뻔했다. 그렇다면 일단은 그 뻔한 재난부터 막아야겠지.

"뛰어. 문으로."

지시가 떨어지기 무섭게 나루의 몸이 계단 아래로 튀어 나갔다. 아직 완성되지 못한 병졸 인형들을 들이받아 쓰러뜨리면서, 비처럼 쏟아져 내리는 톱니바퀴 사이를 전력 질주로 돌파하면서. 진형 사이의 이변을 눈치챈 군대 전체가 움직이기 시작했지만 돌진을 멈출 수는 없었다. 붙잡아오는 손의 개수가 점점 늘어나고 날카로운 창끝이 사방에서 마구잡이로 날아들자, 이번에는 세경이 부적으로 꽃가루 장막을 흩뿌려 방해물을 떨쳐 냈다. 덕분에 연신 재채기를 하면서도 나루는 어떻게든 근정문 코앞까지 성공적으로 도달할 수 있었다.

문제는 지금부터였다. 근정전에서부터 여기까지 달려오는

겨우 10여 초 사이에 이미 인형 군대는 거의 제모습을 갖추었고, 설상가상으로 뒤를 힐끗 돌아보니 방금 뚫고 지나온 길에서도 새로운 인형이 일어나 고스란히 자리를 채우는 중이었다. 죽일 수도 없는 이 대군이 서울을 침공하려 본격적으로 행진을 시작한다면, 과연 둘이서 얼마나 오래 막아낼 수 있을까? 아니, 여기서 아무리 오래 버틴들 언젠가 길을 내주고 만다면 무슨 의미가 있을까? 텅 빈 사인검 칼집을 더듬던 나루가 안절부절못하며 선배의 얼굴을 쳐다보았다. 몇 장 남지 않은 부적을 털어 일단 벽부터 쳐 두고서, 세경은 이번에도 침착하게 지시했다.

"나가서 사람 불러와. 여긴 내가 알아서 해."

그 말에 나루의 표정이 싹 굳었다. 시선은 떨리고 입술은 삐끔거렸다. 전부 세경과는 정반대였다. 어떠한 감정도 드러내지 않는 잿빛 눈동자와 목소리가 다시금 나루를 향했다.

"왜 그렇게 봐? 괜찮아, 안 죽어. 시간 끌 방법도 있고."

세경은 이미 결정을 내린 뒤였다. 최선책이었고, 달리 방법도 마땅찮았다. 단지 실행에 옮기기가 조금 번거로울 뿐. 그 번거로움의 절반쯤은 나루의 불필요한 우물쭈물로부터 왔다.

"선배, 죄송해요. 제가 실수해서. 괜히, 괜히 쓸데없는 짓을 해서!"

"무슨 실수. 간만에 원칙대로 잘해 놓고선. 선 설득 후 제압. 그래야 보고서 쓸 때 내가 덜 귀찮아."

"저기, 그, 그건 원칙 때문이 아니라……! 아무튼 빨리 올 게요. 진짜 금방 다녀올 테니까!"

"호들갑 그만. 빨리 가야 빨리 다녀오지. 부적 효과도 이 제……"

희미해져 가는 붉은 구름을 인형들의 창칼이 헤치고 들어오려던, 나루가 눈을 질끈 감고서 떨어지지 않는 발걸음을 억지로 옮기려던 바로 그 순간이었다. 문밖의 안개가 갑작스레 연달아 출렁거렸다. 관광객들이 경복궁 밖으로 헤매어 나올 때처럼, 하지만 훨씬 빠르고 격렬하게. 이윽고 그 저편으로부터 달려오는 그림자 몇 개가 나루의 눈에 비쳤다. 가슴이 세차게 뛰었다. 멈춰 버린 나루를 다시 재촉하고자 고개를 돌렸다가 같은 광경을 본 세경의 가슴은 물론 전혀 뛰지 않았지만, 차오르는 안도감은 매한가지였다. 그래, 지원 인력을 아무리 요청해도 감감무소식인 날이 있으면, 예상보다 훨씬 일찍 도착하는 날도 있어야지!

안개 속에서 가장 먼저 뛰쳐나온 형체는 머리를 길게 기르고 웃통을 드러낸, 미식축구 선수와 인디 래퍼를 곱해 놓은 것 같은 대단한 풍채의 남자였다. 양 팔뚝에는 각각 〈쥬라기 공원〉 로고와 전시안 문신. 등짝에는 갑옷 같은 비늘이 잔뜩. 척 봐도 일루미나티 소속의 파충류 인간이 분명했다. 문 안쪽의 상황을 확인한 남자는 주저 없이 앞으로 나아가, 양손의 날카로운 갈고리 손톱으로 인형들을 마구 찢어발기며 기차

화통을 삶아 먹은 듯한 목소리로 외쳤다.

"헤이, 프렌즈! 다들 무탈하십니까아!"

그 기운찬 인사에 나루와 세경이 각자 고개를 끄덕이는 동안, 이번에는 다른 파충류 인간 둘이 차례로 이상향에 발을 들였다. 둘 중 하나는 비닐 우비를 걸치고 보안경과 마스크를 쓴 장신의 여자였는데, 먼저 들어온 남자가 인형 병사들에게 둘러싸인 모습을 힐끗 보더니 터치패널이 달린 탬버린 모양 장치를 번쩍 들고선 길고 가는 손가락으로 표면의 자판을 몇 번 두드렸다. 이내 소름 끼치는 삐이이익! 소리가 공기를 찢으며 날아가 병사들의 머리를 펑펑 터뜨렸다.

"시제품 6번 〈노자의 콧노래〉 2차 개선 모델, 기이 환경에서 정상작동 확인."

"훌륭하군요! 과학기술이 또 이렇게 한 단계 발전했네요! 아, 실례. 오래간만입니다."

함께 들어온 작은 체구의 파충류 인간이 두 사람의 존재를 눈치채곤 포권으로 가볍게 인사했다. 연분홍색 정장에 옅은 선글라스, 짧게 자른 머리카락, 자신만만한 미소. 광명 연구개발특구 산하 특무부대 '상처이빨 랏지'의 리더 백사랑이었다. 현장에서 맞닥뜨리면 협력할 때가 절반, 충돌할 때가 절반인 녀석이었지만 아무래도 이번엔 다행히 전자일 듯했다. 파충류 인간들의 뒤를 이어서 기이현상청 인원들도 금방 헐레벌떡 도착했으니까. 땀범벅 작업복 차림으로 문지방을 넘어온 직장 동료 둘의 기겁한 얼굴도, 깜짝 놀라 주고받는 대화도 지금의 세경과 나루에게는 그저 반갑게만 느껴졌다.

"이것 봐요, 제가 빨리 오자고 그랬잖아요! 어쩐지 괜히 막 불안하고 기분 이상하더라!"

"와, 진짜 촉 좋으시네요. 그래서 세경 씨랑 나루 씨, 이게 지금 무슨 상황인 거예요? 구조 작업은 목비 씨네한테 맡겨 놓고 일단 오긴 왔는데, 뭘 어떻게 도와드려야 되지?"

옆 팀 책임자 고조은이 먼저 묻자, 전방에서 한참 부하들에게 명령을 내리던 백사랑도 설명을 듣기 위해 돌아섰다. 먼저 허둥지둥 입을 연 사람은 나루였지만 요점만 정리해 전달하는 건 세경이 빨랐다. 그렇게 두 사람의 이야기가 이어지는 동안 주변 분위기는 점점 심각하게 술렁였다. 심각한 이야기였으니까. 세종대왕과의 협상은 처참하게 결렬되었고, 개미 떼처럼 모여든 인형 군단의 목적은 다름 아닌 국가 전복이라니. 설명을 마치자마자 곳곳에서 한숨이 터져 나오는 것도 무리가 아니었다.

"이거 큰일이네요. 바깥에 인원 많기는 해도, 몸싸움할 준비가 된 건 아니거든요. 하청 업체분들이 절반이고. 후우, 명주영능 서 팀장이 그 동네 수호신만 아녔어도 불러보는 건데."

"그럼 지원 더 받기도 무리겠네요……. 혹시 저, 광명시 쪽에선 힘들까요?"

"안타깝지만 곤란합니다, 박나루 선생님. 원래는 장비 테

스트 건으로 초도만 파견하려다가, 초도네 언니 전 애인분이
본부장님한테 사정하셔서 저하고 무혁 군까지 따라온걸요."

"그럼 결국 우리끼리네요. 작전 있으시면 말씀을."

"저기, 말씀 다 좋은데요! 지금은 작전 타임 가질 때가 아
닌 것 같아요!"

신입 직원의 비명에 뒤이어, 쾅쾅 하는 폭발음이 하늘을
찢듯 울려 퍼졌다. 곧 멀지 않은 땅바닥에 주먹만 한 포탄이
마구 떨어져 내렸다. 제대로 조준한 포격은 아닐지언정 위력
은 말할 필요가 없었다. 산산이 조각난 돌 톱니바퀴가 사방으
로 튀자, 끊임없이 솟아나는 군대를 감당하던 파충류 인간 둘
이 당황해 물러섰다. 저런 걸 정통으로 맞았다가는 아무리 튼
튼한 비늘로 덮인 몸이라도 성치 못하리라. 확실히 더는 미적
거릴 틈이 없었다. 작전을 짤 게 아니라, 일단 눈앞의 문제부터
손을 쓸 때였다.

사랑이 먼저 재킷과 구두를 벗어 던지고서 부하들 곁으로
달려 나갔다. 세경과 나루도 각각 머리핀과 주먹을 단단히 쥐
었다. 이어진 것은 치열한 난투극이었다. 비늘로 완전히 덮인
팔이 화포를 박살 내고 미지의 기계장치가 날아오는 대장군전
을 공중에서 녹이는 동안, 파충류 인간들의 틈을 파고들어 하
나둘씩 문으로 접근해 오던 인형들은 나루의 필사적인 발길질
에 나가떨어지거나 세경의 옷자락에서 피어난 꽃 넝쿨에 엉켜
무릎을 꿇었다. 하지만 인원이 늘었다 한들 결과적으로는 이

전과 똑같이 중과부적인 상황. 아무리 때려 부숴도 되살아나는 군대의 행진에 다들 조금씩 지쳐 갈 무렵, 팽팽하던 전황이 마침내 한쪽으로 기울기 시작했다. 그러나 인형들 쪽으로는 아니었다.

나루에게 달려오던 병졸 둘이 별안간 입을 쩍 벌리고선 서로에게 달려들었다. 톱니바퀴 말을 탄 장수는 자신의 말을 냅다 물어뜯었다. 포병은 장전하던 포탄을 내팽개치고서, 궁수는 활을 던져 버리고서 각자 뒤엉켜 잡아먹을 듯이 싸우기 시작했다. 갑작스레 참을 수 없는 식욕에 사로잡히기라도 한 것처럼. 무슨 일이 일어난 것인지 가장 먼저 파악한 세경이 고개를 돌려 보니, 눈에 잔뜩 핏발이 선 조은이 자기 팀 직원에게 단단히 붙들려 발버둥을 치고 있었다. 군침이 뚝뚝 떨어지는 입으로 뭔가 의사를 전달하려 애쓰면서.

"여기, 이상향이랬죠. 소원을 이뤄주는 공간. 7호나, 99호처럼. 비슷해요. 욕망을 먹는 기이니까, 안에서 간섭할 수 있어요. 제, 욕망으로. 웬디고로."

"가만히 좀 계세요! 가만히! 아이고, 공무원 취직해서 좋아했더니 이게 뭐람!"

"수천만 명이 바라는 바에 따라 구현됐다면, 1억 배 강하게 바라야죠. 순수하고 통제 불가능하게, 제가 품을 수 있는 최대의 욕구, 이거예요. 배고파. 배고파. 배고파."

조은이 아주 위험천만한 짓을 했단 걸 알기에는 그 정도 설명이면 충분했다. 자신에게 씐 식인령 웬디고의 욕구를 있는 그대로 뿜어내, 온 국민의 소원을 들어주고자 움직이는 인형들의 행동 원칙을 통째로 덮어씌워 버리겠다는 전략. 나루에다가 파충류 인간들까지 달라붙어 조은을 제압할 필요가 있었지만 적어도 효과는 확실한 듯 보였다. 빗발치던 화살과 포성은 뚝 끊겼고, 문 너머를 향하던 일사불란한 걸음걸이도 엉망진창으로 흐트러진 지 오래였으니까. 그렇다면 쿠데타를 완전히 막아낸 걸까? 글쎄, 세경의 경험상 세상일이 그렇게 쉽게 돌아갈 리는 없었다.

"할까 말까, 끝까지 고민, 했어요. 왜냐면, 이 욕구를 뒤집어쓰는 게, 그, 그분이시니까……."

한참 만에 발버둥을 멈춘 조은이 숨을 헐떡이며 말했다. 자기들끼리 신나게 물어뜯던 인형들이 일제히 널브러져 톱니바퀴로 되돌아갈 즈음이었다. 승리의 징조로 해석하고 싶었지만, 그러기에는 언제부턴가 근정전으로부터 끓어넘치기 시작한 괴성이 너무나도 분명하게 공기를 울렸다. 실로 두려운 가정이 빠르게 온 일행을 사로잡았다. 이상향에 대한 수천만 가지 바람이 세종의 혼을 완전히 짓누를 정도였다면, 정신세계를 통해 직접 주입된 그 이상의 식인 욕구는 과연 어떤 결과를 불러올 것인가? 종묘사직 복원의 꿈이 좌절되었다는 절망감과 해소될 길 없는 지독한 굶주림은 대체 어디로 향할 것인가?

그 공포에 반응하듯, 이윽고 근정전 전체를 진동시키며 세종의 혼이 서서히 모습을 드러냈다. 최초로 문밖에 나타난 상반신은 일단 임금의 모습을 유지한 채인 듯 보였다. 비록 얼굴은 진노로 일그러졌을지언정 익선관도 곤룡포도 제대로 걸치고 있었으니까. 하지만 곤룡포 아래로 쭉 뻗어 꿈틀거리는 하반신은 달랐다. 다리가 여러 쌍 달린 거대한 금빛 구렁이, 아니, 용의 형상이 근정전 문으로부터 끊임없이 기어 나왔다. 발톱이 닿는 곳마다 기괴하게 일그러진 단청과 식별할 수 없는 활자가 마구잡이로 피어났다. 인간의 윤곽을 잃어버린 그 반인반룡의 괴물이 일행을 찾아내기까지는 그리 오랜 시간이 걸리지 않았다. 천인공노할 역적의 무리를, 혹은 수라상을 발견한 세종의 눈동자가 섬뜩한 금빛으로 번뜩였다.

"그러고 보니까, 세종대왕님이 고기를 엄청나게 좋아하셨대요."

인자함의 흔적조차 남지 않은 그 눈빛 앞에서, 나루가 허망하게 중얼거렸다.

***

먼저 달려든 것은 세종이었다. 육중한 용의 몸통과 날카로운 발톱을 앞세워, 그 거대한 괴물은 불구대천의 원수들을 집어삼키고자 무자비하게 돌진했다. 영혼을 전율시키는 무시무시한 포효와 함께.

"해동의 육룡이 나시어…… 일마다 천복이시니……!"

광명시 팀의 무혁과 초도가 그런 세종을 막아 보려 앞장섰다. 하지만 용을 잠깐 멈춰 세우는가 싶었던 무혁의 박치기는 곧 힘에 부쳐 나동그라졌고, 그런 무혁을 짓밟고자 치켜든 발을 조준했던 초도의 전자병기는 다음 순간 목표물을 바꾼 발톱에 스쳐 산산이 조각나고 말았다. 단청에 덮여 뒤틀려버린 부품을 그러모으려 허둥지둥하는 초도 위로 이윽고 반대쪽 발이 내리꽂히려 했다.

"오 마이 갓, 초도! 후딱 피하쇼! 후딱!"

"쟤가 말로 해서 들을 앱니까? 손 많이 가기는!"

부하들을 무참히 유린하려는 일격에 맞서 이번에는 리더인 사랑이 몸소 달려 나갔다. 뛰어올라 몇 바퀴를 회전해 날린 발차기가 용의 관절을 때리자 공격 궤도가 아슬아슬하게 비틀렸고, 그 틈에 무혁은 초도를 데리고서 겨우 격전지를 빠져나올 수 있었다. 한 다리로 착지한 파충류 인간의 흰 셔츠가 펄럭이자 그 아래의 푸르스름한 비늘과 깃털이 드러났다. 인간의 관절로는 절대 취할 수 없을 신기한 무술 준비 자세를 잡은 채, 화려한 머리깃을 휘날리며 사랑이 경쾌하게 말했다.

"인간 권력자가 파충류를 자신의 상징으로 내면화한 그 모습! 대단히 뿌듯한 한편으로는 다소 불쾌감도 느껴지네요. 원본 앞에서는 예의를 좀 갖추시는 게 어떻겠습니까, 선생님?"

"사해를 누굴 주랴! 삼한을 남을 주랴……!"

"거절하신 것으로 이해하겠습니다. 그럼, 부디."

사랑이 고개를 까딱이기가 무섭게, 그 머리를 뜯어 버리려는 것처럼 용이 양옆에서 팔을 휘둘렀다. 그러나 팔뚝만 한 발톱 사이를 그림자처럼 홱 빠져나간 사랑은 오히려 비인간적인 유연성으로 허리를 틀어 몸통에 화려한 뒤돌려차기를 적중시켰다. 체급 차이를 생각하면 제대로 들어갔다 한들 별다른 타격이 없어야겠지만 그건 인간의 발차기에나 통하는 상식. 꼭 맞는 정장 밑단을 찢으며 뒤꿈치에서 돋아난 서슬 퍼런 갈고리발톱이라면 용의 배에 구멍을 뚫기에도 충분했다. 뒤이어 카포에이라*와 택견과 부채춤을 교묘히 섞은 모양의, 백사랑 본인은 공조도 발해무(恐爪道 渤海舞)라 칭하고 나루로부터는 "이름만 거창한 출처 불명 살인 기술"이라 불리는 신속한 무예 연타가 번쩍이는 몸통에 무수한 상처를 새겨 넣었다.

그렇지만 찔리고 베인 상처 정도로 승부가 결정된다는 것 또한 인간한테나 통하는 상식이었다. 미지의 무술에 생채기를 입어 잠시나마 기세가 꺾였던 용이 다시 포효하더니, 이번에는 몸을 치켜들었다가 마구 휘두르며 먹잇감을 짓이기려 시도했다. 막대한 질량으로 온 사방을 때려 부수는 금빛 폭풍 앞에 선 제아무리 무술의 달인이라 해도 황급히 거리를 벌리는 것 이외에 별다른 도리가 없었다. 물론 거리를 벌린다고 해서 뾰족한 수가 생기는 것도 아니었지만. 몸부림치는 용의 배에 난

---

* Capoeira. 무예, 음악, 춤의 요소가 결합된 아프리카계 브라질인의 무술.

상처가 순식간에 아물었다. 멀찍이서 간신히 자세를 고쳐 잡은 사랑을 향해, 그 근처에서 무리한 욕망 분출의 여파로 허덕이던 조은을 향해 폭풍이 빠르게 다가왔다. 그때였다.

"전하! 저기요! 제발 제 말 좀 들어보세요! 이제 다 끝났잖아요!"

양팔을 흔들며 악을 쓰는 나루의 외침에 괴물이 잠시 멈춰 섰다. 눈을 떠 가장 먼저 인식한 역적의 목소리를 알아듣기라도 한 것처럼. 이윽고 방향을 바꿔 자신을 노려보는 위협적인 회오리바람을 정면으로 맞이하면서도 나루는 멈추지 않았다.

"조금만 진정하세요! 네? 이러셔도 소용없단 거 아시면서! 슬슬 정신 좀 차리시라고요!"

"**뿌리 깊은 나무 바람에 아니 흔들리니!**"

"흔들린다고요! 세상이 바뀌었다고! 이젠 조선을 다시 세울 수도 없고, 애초에 그럴 필요도 없단 말이에요!"

필사적으로 호소하던 나루를 향해 용이 소용돌이치며 돌격했지만, 때마침 뻗어난 덩굴 울타리가 그 충격을 가로막아 튕겨냈다. 삽시간에 두 사람을 돔 형태로 완전히 덮어 버린 결계는 평소 세경이 쓰던 것보다도 몇 배는 짙고 두터웠다. 물론 강한 주술에는 그만큼의 대가가 따르는 법. 비틀거리며 주저앉은 세경의 양손으로부터 검붉은 체액이 줄줄 흘렀다. 후각을 마비시킬 정도로 강한 풀냄새에 나루가 기겁해 소리쳤다.

"선배! 피 괜찮아요? 그러잖아도 오늘 많이 쓰셨는데!"

"피 아니랬잖아. 아까 녹즙 많이 마셨고. 걱정되는 건 너야. 어디 안 좋아?"

주저앉은 채 결계 곳곳을 덧칠하던 세경의 물음에 나루의 가슴이 철렁 내려앉았다. 안 돼, 계속 다짐했는데. 괜찮을 줄 알았는데! 일단은 고개부터 저을 작정이었건만, 세경은 그럴 틈조차 내주지 않고 말을 쏟아냈다.

"계속 설득해 보는 시도하는 건 괜찮아. 근데 이런 상황에서도? 보통은 안 그랬으면서. 들어오기 전에도 묘하게 우물쭈물. 인형하곤 잘 싸우면서 망령은 왠지 피하고. 몸은 괜찮단 거잖아. 저게 그렇게 무서워? 새삼 긴장했어?"

"그야, 그, 어쩔 수 없잖아요……? 세종대왕님이고, 저렇게 괴물처럼 되셨고! 그러면 사람이 좀 겁먹을 수도 있죠!"

"아, 뻔한 거짓말. 겁먹은 사람이 괴물 코앞에서 그렇게 소리치겠어? 역시 뭔가 있구나. 말할 거 있으면 말해. 결계 깨지기 전에."

용의 몸이 결계를 들이받는 쿵쿵 소리가 계속해서 울렸다. 그런 긴급상황 한가운데서도 세경의 공허한 두 눈은 어쩔 줄 몰라 손가락만 꼼지락거리는 후배의 얼굴을 뚫어지게 들여다보았다. 곧이어 그 떨리는 입술 사이로 조금씩, 개미만 한 목소리가 주륵주륵 흘러나오려 했다. 세경은 들을 준비가 되어 있었다. 한편 나루는 그저, 왠지 지금이 아니면 영영 털어놓을 수 없으리라고 생각했을 뿐이다. 오늘 내내 가슴에 무겁게 들어앉아 있었던 실로 보잘것없는 비밀을.

"그게 진짜, 진짜로 별건 아닌데요. 뭐냐면……. 몇 년 전에 그, 광개토소년단 사건 아시죠?"

"기억나지. 경기도 구리시였나. 무슨 강사가 애들 역사의식 고취한다고, 아차산 보루에 데려가서 제사 지냈다가 일 터뜨린 거잖아. 네가 해결했고, 잘 끝난 걸로 아는데."

"일단은 그랬죠. 애들도 안 다쳤고, 내친김에 지정기이단체 승인 절차도 싹 바뀌었고요. 그래서 일 자체는 깔끔하게 해결한 게 맞는데, 며칠 있다가 그 강사한테서 민원이 들어왔거든요. 왜 그런 인력을 보냈냐고……."

"어이없네. 그런 인력은 무슨. 타 죽을 뻔했다가 네 덕에 산 거 아냐?"

"맞죠. 맞는데요, 민원엔 이렇게 써서 보냈더라고요. 중국의 동북공정과 역사 왜곡이 이슈가 되니까 거기 대항하려고 소년단을 만든 건데, 어떻게 이렇게, 이렇게 논란의 여지가 있는 직원한테 담당시킬 수가 있느냐고. 진짜 저는 그 사람이 어떻게 알았는지 모르겠어요! 그러니까, 그. 뭐냐면!"

짧은 흥분이 지나간 뒤, 나루는 한층 조심스레 소리를 죽여 속삭였다.

"……어머니가 연변에서 오셨거든요. 조선족 자치구에서. 젊을 때 귀화하셨대요."

이 한마디를 털어놓자마자 가슴이 볼썽사납게 방망이질을 친다는 사실 자체가 나루에게는 특히 괴롭게 다가왔다. 결단코 부끄럽다고 생각해 본 적은 없었다. 그렇다고 구태여 말하고 다니지도 않았다. 무슨 소리를 들을지 모르니까, 아니, 너무나도 잘 아니까. 하지만 설마 몇 마디 얘기도 안 나눠 본 업무 관계자한테서 까지 그런 민원이 들어올 줄이야. 적잖은 충격을 받았고, 기이현상청 내에서 정보가 샜을지도 모른다는 생각에 한동안은 동료들과 눈을 마주치기조차 힘들 지경이었다.

물론 그것도 몇 년이나 지난 일이니, 극복할 만큼은 극복한 지 오래였다. 그러지 않고서야 지금껏 기이현상청에 남을 수 있었을 리가. 세경과 팀을 짠 뒤부터는 더 말할 필요도 없었다. 다 괜찮았고, 실적도 좋았고, 정말로 아무 문제 없었다. 적어도 머리로는 그 사실을 알았다. 그러니까 하필 세종대왕만 아니었더라면, 대화가 조금만 더 통해서 무슨 수로든 협상을 할 수만 있었다면. 그랬으면 이번에도 괜찮을 수 있었을 텐데.

"지난번에도 들켰으면 이번에도 들킬 수 있잖아요. 솔직히 이건 민원 넣을 만하고요, 맞죠? 제 손으로 세종대왕님을 제압해 버리면, 그러면 분명히 얘기 나올 거 아녜요! 그런 업무를 하필 조선족한테 맡기면 어떡하냐, 동북공정이다, 을미사변보다 더하다, 제가 그런 소리나 들으려고 고생하는 게 아니잖아요! 그러잖아도 일 무서워 죽겠는데!"

"박나루, 진정해. 심호흡하고."

"알아요, 안다고요. 진짜 바보 같죠! 근데 그냥 몸이 굳어요. 어쩔 수 없이. 죄송해요, 선배. 상황이 상황인데 겨우 이딴 걸로 귀찮게 해 드려서……"

문득 옷깃을 가만히 잡아당기는 손길에 나루의 울먹임이 멎었다. 촉촉하게 젖은 시야에 세경의 굳은 얼굴이 비쳤다. 이내 표정 대신 언어가 띄엄띄엄 의사를 전달했다. 나루가 전혀 예상치 못한 의사를.

"나야말로 미안. 이럴 때 털어놓게 해서. 짐작이야 했지만, 왜 숨기는진 몰랐어."

"어, 어, 잠깐만요. 선배 지금 뭐라고 하셨어요? 짐작하고 계셨다고요? 어떻게요?"

"한국 호랑이 멸종한 지가 언젠데, 너처럼 동물령 피 짙으면 뻔하지. 부모님 중에 연변이나 연해주 분 계신 거. 처음부터 알았어. 그 강사도 비슷하게 눈치챘을걸."

나루의 입이 딱 벌어졌다. 정말로? 그때도 이렇게 들킨 거야? 선배도 다 알면서 굳이 안 캐물었을 뿐이고? 얼굴이 화끈거리고 머릿속이 온통 엉망진창이었건만, 마침 세종이 결계를 칭칭 휘감고서 발톱으로 갈기갈기 찢으려는 참이었기에 생각을 어떻게 수습할 여유조차 없었다. 반면 세경은 침착했다. 일그러질 대로 일그러진 울타리를 다시 한번 침착하게 덧그렸고,

침착하게 계획해서 침착하게 목소리를 냈다. 아주 조금은 머 뭇거리면서.

"실은, 나도 숨긴 게 있어. 네가 말했으니까, 말할게. 공평하게."

아니, 머뭇거릴 때가 아니었다. 세경의 말이 빨라졌다.

"지금 쓰는 부적술, 실은 고조선 이전 주술 복원한 거 아니야. 배달옛글학회 시절에 그런 명목으로 국가지원금 받긴 했지. 지원서도 내가 썼어. 한반도 암각화에 남은 고대 한민족 국가의 녹도문이나 가림토 문자를 연구해서, 그게 중국 갑골문 점술의 기원이 되었음을 증명하겠다고. 당시엔 그런 소리가 유행했거든. 공모 사업 선정되기도 쉬웠고……. 증명은 당연히 안 됐지만. 기한은 다가오지, 진전은 없지. 그래서 어쨌냐면, 일본에서 근대에 만든 신대 문자 부적술을 베껴다가, 암각화 문양만 조잡하게 덧붙여서 가림토 주술이라고 우겼어. 그런 걸 아직도 쓰고 있다니. 아, 부끄러워. 진짜."

"뭐라고요? 그, 그러니까 선배가 옛날에……."

"마지막 탐사도 그래. 모른다느니, 기억 안 난다느니, 다 거짓말이야. 거의 똑똑히 생각나. 한라산 노씨란 사람이 학회에 불쑥 찾아와서, 고대 각문을 조사해보니까 옛 단군들이 쓰던 불로장생 비술의 단서가 나왔단 소릴 하더라. 그게 진나라 때 서불이 찾던 불로초라고. 왜 그런 말에 홀렸을까. 곧이곧대로 믿고 남해에도 갔다가, 거제 해금강에도 갔다가, 마지막엔 정방폭포에 갔는데 멍청하게 거기서 발을 헛디뎠어. 하찮게 죽었지. 그래, 분명히 죽었는데."

갑작스레 쏟아진 고백에 얼떨떨해져, 나루는 세경이 자개 머리핀 끝을 왼쪽 가슴 위로 움직이는 걸 눈치채지 못했다. 전부 세경의 계획대로였다. 이렇게까지 주의를 돌려놓지 않으면 틀림없이 뜯어말릴 테니까, 이렇게까지 시간을 끌지 않으면 각오를 충분히 다질 수 없으니까. 세경이 말을 마칠 때쯤 결계는 이미 산산이 조각나기 직전이었다. 마음의 준비도 아슬아슬하게 끝난 참이니, 자, 그럼.

"……분명히 죽었는데, 눈을 떴어. 여기서."

세경의 가슴을 파고든 핀 끝이 심장에 닿았다.

얼마 지나지 않아, 경복궁 앞뜰에 붉은 꽃밭이 흐드러져 피어났다.

***

절호의 기회였다. 마침 나루가 자신의 속마음을 털어놓아 주었기에, 세경도 언젠가는 얘기하리라 다짐해 온 비밀을 전부 털어놓겠다고 결심할 수 있었다. 마침 나루의 설득 시도가 세종을 효과적으로 자극해 주었기에, 세경은 결계에 꼭꼭 숨은 채로도 놈을 한자리에 묶어 둘 수 있었다. 특히 후자가 결정적이었다. 이번 일은 놈과 가까이서 저지를수록 좋았으니까. 울타리가 무너지며 황금색 몸통이 바로 코앞까지 다가오는 그 찰나를 노려야 했다. 심장을 꿰뚫으면 곧 터져 나와 주변을 물들일 백화난만 한가운데로 세종을 끌어들이기 위해선.

시작은 검푸른 저고리 가슴팍에 번진 불그스레한 자국이었다. 박동하지 않는 심장으로부터 흘러나온 체액 몇 방울이 남긴, 고작해야 새끼손톱만 한 흔적. 하지만 이내 그곳에서는 새싹이, 봉오리가, 줄기와 균사체가 일제히 폭발하듯 솟구쳐 나왔다. 어떤 넝쿨은 세경의 몸을 타고 내려가 땅에 뿌리를 내렸다. 어떤 가지 끝에는 가느다란 버섯이 다닥다닥 돋아나더니 공중에 포자를 자욱이 뿜어냈다. 무너진 톱니바퀴 바닥 틈새로 이내 온갖 들꽃이 고개를 불쑥불쑥 내밀었고, 그 사이로는 다시 온갖 지의류*와 이끼가 자라나 지표면을 빈틈없이 색칠해 갔다. 똑같은 암적색으로, 제각기 다르게 일그러진 형태로. 창호지에 떨어진 먹물처럼 꽃밭은 퍼지고 또 퍼져 나가 세경과 나루를, 시들어 흩날리는 결계의 흔적을, 그 안에 발을 들여 버린 세종의 다리와 몸통을 삽시간에 에워쌌다.

처음에 나루는 세경이 비장의 부적술이라도 펼친 것이리라 생각했다. 개발 경위야 어찌 됐든 굉장한 주술 하나쯤은 감춰 두었고, 그래서 문 앞에서도 혼자 시간을 끌 수 있다며 자신만만했던 것이리라고. 하지만 그런 감탄은 세경의 가슴에 꽂힌 핀을 뒤늦게 눈치채면서 당혹감으로, 용의 발을 파고들

---

* 균류와 조류의 공생체로, 나무껍질이나 바위에 붙어서 자라며 열대, 온대, 남북극부터 고산지대까지 널리 분포한다.

어 바느질하듯 땅에 옭아매는 가시투성이 철쭉 덤불이 눈에 들어오면서 공포로 점점 바뀌어 갔다. 세종이 억지로 발을 뜯어내자 이번에는 나사못처럼 꼬인 붉은 대나무가 지면으로부터 무수히 뻗어 나와 몸통을 마구 꿰뚫었고, 그 상처마다 물집에 덮인 광대버섯이 움트며 황금색 비늘을 짓무르게 했다. 용이 고통으로 몸을 마구 뒤틀자 독살스러운 향이 사방으로 흩뿌려졌다. 이런 잔혹한 광경은, 이런 괴로운 꽃향기는 나루가 지금까지 경험해 온 세경의 부적술과는 달라도 너무 달랐다. 이건, 이건…….

"정신세계야. 세종이 아니라, 자세경의 머릿속. 내 혼의 일부."

세경의 몸을 휘감고 올라와 뒤통수에서 만개한 접시꽃이 꽃잎을 입술처럼 뻐끔거리며 말했다. 세경과 매우 닮았으면서도 훨씬 몽롱한 목소리로. 흠칫 놀라 뒷걸음질을 친 나루의 발치에서 이번엔 능소화 무리가 입을 열었다.

"발을 헛디딘 순간부터, 하늘에 주마등이 흘러갔어. 아득하게. 아주 오래. 아마 내 정신세계를 잠깐 엿본 거였겠지. 종종 있는 사례잖아? 그런데 어쩐지, 갈수록 주마등 곳곳에 이상한 꽃이 피더라. 점점, 점점 더 많이. 정신을 차렸을 땐, 이미 온통 꽃밭이었어. 이렇게."

나루의 키만큼 자라난 양귀비가 고갯짓으로 주변을 빙 둘러 가리켰다. 뱀처럼 기어가는 담쟁이와 용의 격렬한 몸싸움

현장에도, 슬쩍 샘플을 채취하는 파충류 인간들 근처에도 자연계에 존재할 리 없는 암적색 식물과 버섯이 무성했다. 확실히 이 세상의 풍경은 아니었다. 하지만 인간의 정신세계가 지닐 만한 풍경처럼 보이지도 않았다. 아련한 추억을 회상하듯 능소화들이 계속해서 속삭였다.

"꽃밭이 머릿속을 뒤덮는 동안, 무언가가 눈앞에 어른거렸어. 뚜렷하진 않았지. 상형문자 비슷하단 건 알았지만. 폭포에서 떨어지면서 힐끗 본 걸까? 그게 혼에 씨앗을 심었을까? 모르지. 나중에 휴가 내서 조사해봤을 땐 아무것도 없었거든. 확실한 건 하나야. 그게 날 되살렸어. 이런 몸으로. 이런 정신으로, 이런, 정신으로오오……."

"저기, 선배! 괜찮으세요? 괜찮으신 거 맞죠?"

"……괜찮아. 어지러워서 그래. 정신의 꽃을 약간 밖으로 뻗어서, 부적술로 목적을 주는 대신 직접 움직이고 있으니까. 잠깐은 견딜 만해. 물론 너무 오래 이러다간, 예상보다 훨씬 일찍, 혼 전체가 꽃이 돼 버리겠지만. 무슨 말인지 이해해?"

휘감긴 담쟁이덩굴을 죄다 끊어 버리며 몸을 일으키는 금색 괴수를 양귀비가 다시 가리켰다. 움직임을 보아 하니 무슨 수를 써서든 꽃밭에서 벗어날 작정인 모양이었다. 구멍 뚫린 몸통과 짓무른 비늘도 곧 재생되어 갔다. 한편 예상치 못한 사건의 연속으로 나루의 머릿속은 여전히 전혀 정리되지 않은 난장판이었지만, 그래도 세경의 지금 의도쯤은 어찌어찌 알

수 있었다. 저 거대한 괴물을 꽃밭에 붙잡아 두는 데에도 한계
가 있다면, 여기 머물러 있는 동안에 빨리 끝장을 봐야겠지.
필사적으로 결심을 굳혀 보려는 나루를 응원하듯 여기저기서
붉은 나팔꽃이 피어올라 말했다.

"우리 정체가 뭐든, 과거가 어땠든, 할 일은 안 바뀌어. 힘
내자. 다시 어지러워지기 전에."

"네, 선배. 힘내 볼게요."

대답과 함께 나루가 발걸음을 떼었다. 아직은 다소 느렸지
만, 꽃밭을 가로지르는 그 걸음의 방향은 틀림없이 세종을 가
리키고 있었다.

***

영산홍이 마구잡이로 뻗쳐 세종의 몸통을 이리저리 꿰었
다. 동시에 용의 발아래에 피어난 수백 송이 봉숭아가 빨판처
럼 일제히 들러붙어 물고 늘어졌다. 하지만 육중한 옥체로부
터 뿜어져 나오는 파괴력을 완전히 저지하기에는 역부족이었
다. 거센 발악에 뿌리째 뽑혀 허공으로 던져진 풀꽃들이 불그
스레한 빗방울로 변해 후두둑 내렸다. 치열한 사투를 주고받
을 때마다 세종의 몸은 꽃밭 중앙으로부터 조금씩 멀어지고
있었다. 이대로라면 혼이 침식되는 것마저 감수하고 내지른 세
경의 각오가 무위로 돌아갈 판이었다.

"그렇게는 안 돼, 그렇게는……. 선배! 조금만 더 버텨 주

세요!"

　다시 한 발짝 물러나려는 세종의 발목에 달려들어 붙들며 나루가 외쳤다. 시답잖은 장애물을 제거하기 위해 세종이 반대쪽 발을 들자, 이번에는 무혁이 비늘 덮인 등으로 용의 몸 옆을 힘껏 들이받아 자세를 무너뜨렸다. 그러나 다소 흔들렸을지언정 세종은 여전히 건재했다. 휘청이려는 몸을 오히려 묵직한 채찍으로 삼아 휘두르기 시작하자 방해꾼들은 금방 나가떨어졌다. 꽃비가 어지러이 흩날렸다. 꽃밭 한쪽에서 무아지경으로 샘플을 긁어모으던 초도가 머리 위에 드리운 그림자를 보고 질겁해 도망쳤다.

　"유, 유, 유, 유의미한 연구 자료 수집 중. 양해 바람. 양해 바람."

　"도망은 그것보다 빨라야지 도망입니다, 초도 씨! 평소에 운동 같이 좀 하자니까는!"

　위기에 빠진 부하를 후방에서 재촉하던 사랑이 이내 다시 나섰다. 채찍질의 궤도를 아슬아슬하게 스치는 예리한 발차기가 곰팡이 핀 비늘을 일렬로 뜯어냈고, 그 통증이 만들어 낸 잠깐의 틈에 일행은 급히 태세를 정비할 수 있었다. 하지만 정비한다고 새로운 수가 생기는 건 아니었다. 금세 다시 돋아나는 비늘을 노려보면서 사랑이 치를 떨었다. 종묘사직의 꿈이 좌절되고 이성조차 흐려졌을지언정, 세종에게 끊임없이 공급되는 인식의 힘만큼은 건재한 채. 소모전이 계속된다면 불리한 건 당연히 이쪽인데 그렇다면 어떻게 이 대치 구도를 깨야 할까? 다시 요동치려는 옥체를 앞에 두고 절박한 눈빛만 이리저리 주고받던 와중, 멀찍이서 세종의 움직임을 줄곧 관찰해 온 조은이 그 결과를 힘껏 소리쳐 전했다.

"몸통은 강물이에요! 바깥 세계에서 쏟아져 들어오는 욕구의 흐름! 강물에 상처를 낼 순 없지만, 흐름을 물리적으로 끊으면 힘이 말라 버릴 거예요!"

'말은 쉽지.'라는 생각이 가장 먼저 나루의 머릿속을 스쳤다. 상처조차 제대로 입힐 수 없는 저 거대한 흐름을 절단하려면 사인검은커녕 사인전기톱이 있어도 모자랄 테니까. 아무리 따져 봐도 그저 막막한 느낌밖에 들지 않았지만, 그러면서도 나루의 눈은 본능적으로 괴물의 신체 곳곳을 날카롭게 살폈다. 낮고 으스스한 울음소리가 배 속에서부터 끓어 나왔다. 다른 세계의 꽃향기를 한껏 들이마신 코가 아렸다. 내면의 그 어떤 주저와 고뇌에도 아랑곳없이, 완전히 깨어난 야생의 오감은 이내 거대한 용의 몸 끄트머리에 우뚝 선 임금의 형체를 똑똑히 가리켰다. 물어뜯어 끊어야 할 목덜미는 바로 저곳이라는 듯이. 문득 곁에 다가선 인기척에 고개를 돌려 보니, 아무래도 광명시의 백사랑 또한 같은 결론에 도달한 모양이었다. 긴 머리깃을 단정히 빗어 정리하며 사랑이 짐짓 들뜬 목소리로 외쳤다.

"파충류보단 포유류 부분을 참하라! 이런, 실례. 혹시 다소 공격적으로 들렸는지요?"

"네? 아뇨, 뭐. 그럭저럭요."

"전혀 그렇지 않았다는 의사로 받아들이겠습니다. 자, 그럼 추후에!"

제멋대로인 대답만을 남긴 채 사랑이 먼저 튀어 나갔다. 찢어 버린 소매 아래 푸른 깃털에 덮인 팔을 펄럭이며, 또다시 출처 불명의 살인 무술을 펼치기 위해. 다만 이번 목표는 단순히 세종의 몸을 찢어발기는 게 아니라, 다리 하나하나를 타격해서 그 옥체를 땅바닥에 꿇어앉히는 데에 있었다. 꽃밭이 세종을 더욱 단단히 옭아맬 수 있도록, 이리저리 휘둘러지는 긴 몸통 끄트머리에 붙어 있어 겨냥하기 힘든 **포유류 부분**을 일행의 사정거리 내로 끌어내릴 수 있도록. 기회는 곧 찾아왔다. 독한 연기를 내뿜는 작약 군락을 피해 움직이던 세종의 몸무게가 채 아물지 않은 발목에 실리는 순간이었다.

살짝 휘청했을 뿐인 그 틈새를 놓치지 않은 갈고리발톱 연타가 세종의 다리에 꽂혔다. 아사늑불무(阿斯勒佛舞), 길상천모(吉祥天母), 남과벽대흑천(南戈壁大黑天). 순수한 살상만을 위해 개발된 일련의 무예 앞에서 용의 거죽은 찢겨 나갔고 뼈에는 금이 갔다. 무게중심도 점점 비틀거렸다. 다른 다리로 체중을 지탱해 버티려던 시도는 우르르 솟아오른 꽃무릇 바늘산에 의해 무위로 돌아갔다. 한쪽으로 완전히 기울어 버린 세종의 육중한 몸이 마침내, 굉음과 붉은 구름을 일으키며 풀썩 쓰러졌다.

하지만 용을 쓰러뜨렸다고 일이 끝난 건 아니었다. 고작 다리가 하나 꺾였을 뿐 세종의 힘은 그대로였고, 기어올라 파고드는 꽃 넝쿨에 휘감기는 동안 금빛 용틀임은 오히려 더욱 심해졌다. 더는 땅을 디딜 필요가 없어진 발톱들이 온 사방을 베어 대기 시작하자 사랑이 재빨리 자리를 피했다. 살의로 가득 찬 칼날 회오리를 멈추고자 두꺼운 뿌리가 막 솟아오르려던 바로 그때였다. 꽃밭에 쓰러진 육체를 통해 기운의 흐름을 읽은 것인지, 세종의 손아귀 하나가 방향을 틀어 그 발원지를 정확히 겨냥하고 날아왔다. 꽃밭 중앙에 홀로 주저앉은 세경의 몸을 향해. 막을 수도, 피할 수도 없는 속도로.

"어, 어어, 뭐야. 세경 선배……?"

날카로운 발톱 몇 개가 세경을 휙 가르고 지나가는 찰나, 나루는 무슨 일이 일어났는지조차 제대로 인지하지 못했다. 그러다가 설마 싶어 뒤를 돌아보니, 꽃밭이 심상찮게 일렁이는 가운데 세경의 몸이 나뒹굴고 있었다. 치솟았던 뿌리가 경련했고, 넝쿨이 요동쳤고, 픽 쓰러진 머리가 수풀 속으로 모습을 감췄다. 진하디 진한 꽃꿀 냄새가 생생히 바람에 실려 왔다. 목 뒤쪽이 삽시간에 싸늘해져 비명도 제대로 나오지 않았다. 그저 빨리 선배한테 달려가야 한다는 생각만이 머릿속을 새하얗게 메웠다. 하지만 그 생각을 행동으로 옮기기 직전, 무언가가 나루의 발목을 단단히 붙잡아 왔다.

"괜찮아. 박나루. 저번엔 더했잖아."

털 사이를 파고들어 휘감은 덩굴 끝에서 붉은 민들레가 피어 말했다. 지극히 덧없고 가쁜, 하지만 틀림없는 세경의 목소리로. 벅찬 안도감에 뚝뚝 떨어지려는 눈물에도 아랑곳없이 민들레는 담담히 지시했다.

"업무 시간이야. 집중. 앞을 봐."

그래서 나루는 무심코 앞을 보았다. 그곳에서는 세종의 발버둥에 뿌리와 넝쿨이 픽픽 끊겨 나가는 중이었다. 무시무시한 발톱의 기세에 파충류 인간들도 섣불리 접근하지 못했다. 요약하자면 아까와 같은 상황, 같은 광경. 하지만 달랐다. 꽃밭에 쓰러져 몸부림치는 저 금빛 용이 지금까지와는 완전히 다르게 보였다. 훨씬 덜 찬란했고 덜 무시무시했다. 끄트머리에 매달린 사람의 형체조차 그저 그렇게 생긴 고깃덩이로밖에 느껴지지 않았다. 그 꼴을 보고 있자니 왠지 가슴이 마구 뛰고 팔다리에 더운 피가 돌았다. 손가락마다 힘이 한껏 들어가 바들바들 떨렸다. 아, 그렇구나. 나루는 깨달았다. 화가 난 거야. 그것도 엄청나게.

그 사실을 인지하고 나니 마음속이 드디어 맑게 개는 기분이었다. 몇 년 전의 사건도, 앞으로의 비난에 대한 걱정도 갑자기 종적을 감추었다. 어머니가 어디서 오셨든, 민증이 있든 없든, 정체와 과거와 국적과 기원이 어쨌든 정말 아무 신경도 쓰이지 않았다. 당연했다. 지금 여기서 나루에게 가장 중요한 건, 저 망령이 감히 세경 선배를 해쳤다는 사실이니까. 지금껏 그래 왔듯 이번에도 세경은 당연히 무사하겠지만, 그렇다고 저것이 세경을 죽일 작정으로 발톱을 휘둘렀다는 점은 변하지 않았다. 말로 해결할 기회를 주려고 그렇게 노력했건만! 네가 뭔데, 네깟 게 뭔데! 옛날에 얼마나 대단한 왕이었든, 얼마나 똑똑했고 백성을 아꼈고 나라를 잘 다스렸든, 세경 선배한테 손가락 하나라도 댔다면 그 대가를 치러야 하는 거야! ……이것이 오늘 일하는 내내 가슴을 괴롭게 조여 온 고민에 대한 나루의 최종적 결론이었다. 뜨거운 숨을 천천히 내뱉으며, 나루는 비로소 그 결론을 행동에 옮길 준비를 했다.

"잠깐만 기다리세요. 끝장내고 올 테니까."

"파이팅."

민들레 덩굴이 땅속으로 사라졌다. 그 즉시 나루의 발이 꽃밭을 박찼다. 전광석화와도 같은 돌격의 목표는 물론 망령의 목덜미였지만, 그곳으로 무작정 달려드는 듯했던 몸은 내리찍는 발톱의 비를 피해 재빨리 구르고 웅크리며 민첩하게 방향을 바꾸었다. 분노에 휩싸인 이성이 몸을 지배하기에는 냉정한 본능을 끌어내는 꽃내음이 너무나 선명했다. 호랑이를 타고 산길을 달리듯이 내면의 야성에 몸을 맡기고서, 나루는 매 순간 망령의 목숨줄을 썰어 버릴 가장 좋은 방법을 생각하고 또 생각했다. 자, 어떻게 하면 좋을까. 그리고 어떻게 복수해야 속이 제일 후련할까.

맥을 끊기에 가장 좋은 칼은 진작 부러졌다. 온종일 기이와 부대낀 덕에 손톱은 꽤 뾰족했지만, 종잇장이라면 모를까 기운을 단번에 잘라낼 정도는 아니었다. 하다못해 들고 휘두를 만한, 아무 힘이든 담긴 무기가 뭐라도 하나 있었다면! 그런 생각 속에서 땅을 짚으려던 손에 마침 딱 적당한 물건이 잡혔다. 큼지막한 철퇴를 연상시키는 무게감. 울퉁불퉁한 나무 방망이나 버섯 덩어리를 쥔 듯한 촉감. 팔을 타고 찌르르 올라오는 섬뜩하도록 낯익은 기운. 아, 이건 틀림없었다. 정체는 알아챘지만 굳이 눈으로 확인하고 싶진 않았다. 시선을 목표물에 고정한 채, 나루는 다만 속으로 짧게 한마디를 흘렸다.

'다리 잠깐 빌릴게요, 선배!'

세경의 의족을 꼭 쥐고서, 나루는 다시 달리기에 박차를 가했다. 무기를 든 만큼 균형이 조금 흔들리나 싶었지만, 본능이 시키는 대로 몸을 낮춰 양발과 왼손으로 달리다 보니 오히려 몸놀림은 금세 편해졌다. 땅에 질질 끌리는 의족 끝에서 꽃다발이 어지러이 자라났다. 사인검처럼 섬세하게 쓸 만한 도구는 아니라 한들, 이거라면 기운 대 기운으로 맞부딪쳐 흐름을 아예 부숴 버리는 것쯤은 가능하리라. 물론 그러기 위해서는 망령에게 최대한 접근하는 것이 급선무였다. 한참 공중에서 버둥거리던 용의 발은 이미 땅을 딛기 시작했고, 그 몸을 붙들어 두려는 등나무 그물도 절찬리에 끊겨 나가는 중이었으니 이대로라면 기껏 쓰러뜨려 놓은 괴물이 도로 벌떡 일어

나기란 시간문제. 그렇다면 그 전에 놈의 본체까지 다다를 길
은……? 있었다. 그것도 금빛으로 번쩍번쩍 빛나기까지 하는
놈으로. 나루는 주저 없이 펄쩍 뛰어올라, 그대로 용의 몸통
위에 착지했다.

자신의 비늘 위를 달려 오르는 역적의 움직임을 물론 망
령은 가만두지 않았다. 몸을 뒤틀고 출렁이며 무슨 수로든 나
루를 떨어뜨리려 했다. 하지만 날카롭게 튀어나온 호랑이의
발톱은 길이 아무리 흔들려도 바닥을 단단히 붙들어 주었고,
질주하는 나루의 시야 한가운데에는 붉은 곤룡포가 표적처럼
점점 또렷이 빛나 왔다. 앞으로 서른 발짝, 스무 발짝, 열 발짝.
온 힘을 다해 몸을 치켜들려던 용의 양발이 무수한 대나무에
꿰뚫려 멈췄다. 어느새 다섯 발짝 앞까지 다가온 망령의 본체
가 나루를 휙 돌아보았다. 방금 사극에서 튀어나온 모습으로,
여전히 자신이 저지른 일에 대해선 아무것도 이해하지 못하는
것이 분명한 왕의 얼굴로. 그런 표정이, 그런 태도가……

"……건방지다고, 이 새끼야!"

한 발짝을 더 달려 나가며, 나루는 치켜들었던 의족을 전
력으로 휘둘렀다.

다음 순간, 세종의 머리가 눈앞에서 산산이 부서졌다.

***

그 뒤에 일어난 일을 나루는 그다지 또렷하게 기억하지 못

했다. 아무런 전조조차 없이 퍼뜩 현실에 내던져진 듯했는가 하면, 용의 거대한 몸이 발밑에서 무너지는 감촉을 생생히 느낀 듯하기도 했다. 타인의 꿈으로부터 깨어난다는 경험이란 나루가 이성적으로 이해하거나 되새길 수 있는 성질의 것이 아니었다. 다만 떠오르는 건 나루 본인조차 놀랄 만큼 강렬한 타격감, 그리고 완전히 정신이 들기 직전의 흐릿한 정황 몇 가지 정도였다.

햇살이 내리쬐는 근정전 돌계단 앞. 차가운 공기, 차가운 돌바닥, 품에 안은 세경의 차가운 상반신. 몸에 흠뻑 밴 들풀 냄새와 펑펑 쏟아지는 눈물의 감촉. 언제부터 그러고 있었는 지조차 알지 못하는 채로, 나루는 아무 움직임 없는 세경의 얼굴을 부여잡고서 하염없이 흐느끼고 또 흐느끼는 중이었다. 비둘기들의 길 안내를 따라 사후처리반이 달려오는 소리가 들렸다. 현장 정화를 위해 멀리서 경문을 읊던 수많은 목소리 중 하나가 어쩐지 청아하게 가슴에 스며들었다. 한편 나루는 계속, 뜯어말리는 손길에도 아랑곳하지 않고, 그저 목놓아서 엉엉 울기만 했다. 나루가 완전히 의식을 회복한 것은 그로부터 두 시간쯤이 지난 뒤였다. 현실을 받아들이는 데에는 꼬박 하루가 더 걸렸다.

그리고 다시 2주가 지났을 때, 나루는 광화문 앞으로 되돌아와 있었다.

하늘은 맑았고 인파는 북적였다. 경복궁에서 발생한 스모

그 **현상** 관련 조사가 마무리되어 다시 관람객을 받기 시작한 첫날이었는데도 벌써 그랬다. 하기야 이상한 일은 아니었다. 결과적으로 그날 인명 피해는 전혀 없었고, 경복궁 자체가 크게 훼손된 것도 아니었으며, 언론에 뿌린 공식 보도 자료도 문제없이 받아들여졌으니 그 모든 난리가 다 헛것이었던 듯해질 수밖에. 게다가 공기 냄새를 맡아 보니 오늘은 내내 화창할 모양이기까지 했다. 빌린 한복을 갖춰 입고서 삼삼오오 궁에 입장하는 사람들을 뒤로하고, 나루는 커다란 배낭을 멘 채 건널목을 지나 광화문 광장 쪽으로 걸어갔다.

광화문 광장의 세종대왕상은 여전히 근사한 황금빛이었다. 동상 바로 앞에서 1인 시위를 하는 사람의 피켓에 쓰인 말이 순간 이해가 가질 않아 나루의 가슴이 잠깐 철렁했지만, 자세히 보니 애초에 이해가 되는 게 이상한 소리였다. 다행이었다. 사건 이후 나루를 잠시 괴롭힌 후유증 가운데에는 한글이 잘 읽히지 않는 증상도 있었으나, 아무래도 그건 완전히 사라진 모양이었으니까. 지갑 속의 만 원권 지폐가 계속 사라지는 증상도, 세종시에 방문하려 들 때마다 길을 잃는 증상도 진작에 사라진 뒤였다. 아무리 강한 기이가 남긴 상처라도 언젠가는 아무는 법. 그러길 기다리는 데에는 이미 이골이 난 몸이었기에, 나루는 그저 한숨을 살짝 쉬며 계속 걸음을 옮겼다. 세종대왕상 뒤편으로, 기단 뒤에 뚫린 문 너머로.

문을 지나고 계단을 내려가니 곧 널찍한 지하 공간이 나

루를 맞이했다. 세종문화회관에서 운영하는 전시실인 **세종이**
야기였다. 세종대왕의 업적을 소개하는 패널과 각종 모형이 여
기저기 설치된 전시실에는 사람이 그리 많지 않았고, 나루는
용상 모형에 앉아 보거나 커다란 앙부일구를 툭툭 건드리며
잠시 지하를 가볍게 거닐었다. 그러던 발길이 마침내 멈춘 곳
은 세종의 민본 사상을 소개하는 벽 안쪽. 영상 자료가 흘러
나오는 화면 건너편의 눈에 잘 띄지 않는 벤치에 앉아서, 나루
는 배낭을 무릎에 올려놓고 지퍼를 쭉 열어젖힌 뒤 그 안에다
가 이렇게 살며시 속삭여 보았다.

　"안 답답해요?"

　"괜찮아. 숨 쉬는 것도 아니고."

　갓 자른 잔디 냄새가 훅 풍겨오는 가운데, 줄곧 배낭에
들어 있던 세경의 머리가 소곤소곤 대답했다. 그 태연한 모습
을 보고 있자니 나루는 조금 심통이 났다. 나루보다 두어 시
간 늦게 정신을 차리고서는 상황을 파악하자마자 꺼낸 말이
란 게, 몸이 재생되는 동안 수장고에 꼼짝없이 갇혀 있기는
너무 지루하니까 머리를 잘라서 들고 다니란 소리라니. 그 얼
토당토않은 부탁을 받아들이는 데에 걸린 시간이 꼬박 하루
였다. 평소에는 어디 나가기도 싫어했으면서! 수장고에 그냥
앉아 있을 때랑 뭐 얼마나 다를 거라고! 외근 때마다 불평 없
이 동행해 주겠다는 약속을 받아 내고 나서야 비로소 세경의
뜻에 따르기로 한 나루였지만, 생각해 보면 머리만 남은 세경

이 불평을 하든 말든 데리고 나오는 데엔 아무 상관이 없었다. 완전히 속아 넘어간 기분이었다. 세경이야 뻔뻔하게 이런 식으로 나왔지만.

"봐. 휠체어 안 미니까 편하지."

"선배 목 썰겠다고 줄톱 빌리러 다녔던 제 마음이 불편했거든요?"

"지난 일인데. 그래서, 검사 결과는?"

"전부 멀쩡해요. 광화문 앞, 동상 앞, 그리고 여기도요."

세경의 뻔뻔함에 작은 한숨을 내뱉으면서도, 나루는 세종대로 일대를 둘러보며 확인한 내용을 짧게 정리해서 말해 주었다. 이번 외근의 목적은 사건 발생 이후 궁 외부에 남은 기이 흔적이 혹시 없는지 확인하는 일. 경복궁 내부는 지난 2주에 걸쳐 철저히 검사를 마쳤지만, 이번 사건에서 세종을 숭배하는 일종의 신전으로 작용했으리라 추측되는 몇몇 장소에도 혹시나 영향이 미쳤을지 모르니 한번 쓱 둘러보고 오라는 것이 윗선의 지시였다. 아니면 그냥 밖에서 적당히 놀다 오라는 정 국장 나름의 배려인 걸까? 그럴 가능성도 적지는 않았다. 세종대왕에 대한 국민적 인식이 신적 기이를 만들어 낼 정도였든 어쨌든, 더는 대한민국에서 그 때문에 무슨 중대한 기이 현상이 발생할 여지는 없다고 봐도 무방했으니까.

나루의 마지막 일격으로 말미암아 세종의 혼은 힘 대부분을 상실했고, 그 틈을 놓치지 않은 사후처리반의 작업에 의

해 지금은 작은 스테인리스제 신주에 봉인되어 기이현상청 순응실에 잘 모셔진 상태였다. **팔선녀조차** 거의 탈출하지 못했던 시설에 갇힌 이상 더는 현실에 힘을 행사할 수 없음은 자명한 일. 이번만큼은 혼을 봉인하는 대신 잘 보내 드리자는 의견도 꽤 지지를 받았지만 결과적으로 실행되지는 못했다. 듣기로는 '아무리 영혼에 새로운 정보를 가르치는 일이 어렵다 한들, 혹시 세종이라면 10년 내로 순응을 마쳐 협조적으로 변하지 않을까.'라는 윗선의 기대가 작용했다는 모양이었다. 글쎄, 잘 되면 좋으련만.

　세종의 혼을 순응실에 가두는 데에는 이처럼 다소 이견이 있었던 반면, 황실제례진흥재단의 3급 지정기이 단체 허가를 취소하는 데에는 별다른 말이 나오지 않았다. 오직 이사장만이 "전부 지리산 함 선생이 시킨 일"이라는 주장을 꿋꿋하게 반복했을 뿐. 함 선생이라는 인물의 행방은 완전히 오리무중이었지만, 그래도 나루는 세경이 부탁한 대로 관련 증언을 전부 긁어모아서 한데 정리해 두었다. 수장고 한쪽 구석에 줄지어 꽂힌, **삼성이터널테크**나 **염부 박씨 종가** 또는 **취옥도** 등의 제목을 단 파일들 바로 옆에다가. 그중에서 가장 두꺼운 파일에 적힌 **한라산 노씨**라는 이름이 잠깐 나루의 관심을 끌었지만, 그렇다고 굳이 꺼내서 펼쳐 보지는 않았다. 기이현상청 같은 직장에서 남의 비밀을 캐는 건 특히 무례한 일이었다. 설령 이렇게까지 비밀을 많이 공유해 버린 사이라 할지라도……

"그래서, 너한테 뭐라고 한 사람은?"

"앗, 웅, 네? 아, 그 얘기요! 없었어요. 민원도 뭣도!"

그런 비밀도 공유했었지, 참! 깜짝 놀라서 황급히 대답하기는 했지만, 정말로 곰곰이 돌이켜 봐도 지난 2주 동안 나루가 세종을 제압한 방식이나 절차에 문제를 제기한 사람은 한 명도 없었다. 생각해 보면 당연한 일이었다. 황실제례진흥재단은 조직의 존폐에나 신경을 써야 할 상황이었고, 광명시의 파충류 인간들은 인류의 혈통이나 역사적 자긍심 따위에 관심조차 없었으며, 이번 사건의 세부사항이 그 이상 널리 퍼질 리도 만무했으니까. 이야기를 전해 들은 기이현상청의 동료들이 놀리듯이 한두 마디를 얹긴 했지만, 그것도 아무튼 나루가 걱정했던 방향은 전혀 아니었다.

"별명이 좀 붙긴 했어요. 그, **나루반정**이랑, **조선 왕 박살 사건**도 들어 봤고요!"

"조선 왕 박살 사건. 좋네. 어울려."

"아니, 그렇게까지 세게 맞을 줄은 몰랐다고요! 저도 놀랐다니까요?"

세종의 머리를 의족으로 후려갈기는 순간 느꼈던 타격감을 되새기며 나루가 손을 내저었다. 수십 대는 더 때려야 끝날 줄 알았는데! 막대한 힘을 실시간으로 공급받던 망령의 맥을 단 한 번의 타격으로 산산이 부숴 버린 영문이 대체 무엇인지 나루는 전혀 짚이는 바가 없었다. 한편 세경에게는 가설이 하나 있긴 했다. 나루가 세종을 끝까지 설득하려고 들었기 때문 아닐까? 태종 이방원이 정몽주를 회유하려 시도했다가, 거절당하자 선죽교에서 철퇴로 암살했다는 이야기의 업보를 아들인 세종이 대신 받았기에 치명타가 된 건 아니었을까? 글쎄, 인제 와서 증명할 길은 없었다. 그렇기에 세경은 입을 꼭 다문 채로, 배낭 안에서 후배의 얼굴을 그저 빤히 올려다보았다. 조금 새빨개져선 이렇게 털어놓는 얼굴을.

"아무튼 그, 솔직히 속은 엄청 시원했어요. 복수도 복수였지만……. 나중에 누가 이걸로 뭐라고 하면 똑같이 머리를 후려쳐 줘야겠다, 세종도 후려쳤는데 앞으로 뭔들 못 할까, 그런 생각이 들었던 것 같아요. 웃기죠. 세종대왕님 머리를 날려 버리면서 할 생각은 아닌데."

잠깐 침묵이 흐르는 가운데, 세경은 감정이 거의 드러나지 않는 얼굴을 움직여 아주아주 희미한 미소를 지어 보였다. 하지만 나루가 힐끗 내려다본 순간 그 표정은 이미 차가운 무감각함을 되찾은 채였다. 메마른 입술 사이로 평소와 다름없이 담담한 주문이 흘러나왔다.

"녹즙."

"네, 네."

나루가 배낭 앞주머니에서 꺼낸 녹즙 파우치를 뜯어 세경의 입에 물려 주었다. 액체를 기계처럼 빨아들이는 일정한 소리가 전시실 한쪽 구석을 메아리쳐 돌았다. "백성을 사랑한 임

금 세종대왕"이라고 적힌 벽 아래의 그늘에서, 두 사람은 한참
을 그렇게 평화로이 앉아 있었다.

작가의 말

본 연작 소설에 수록된 모든 이야기는 픽션입니다. 이 책을 기획하기부터 출간하기까지의 전 과정에 걸쳐 기이현상청은 단순 자문 이상의 어떠한 관여도 하지 않았으며, 금품이나 기타 유형·무형의 대가가 오간 바 또한 없다는 사실을 이 자리에서 명확히 밝힙니다.

대중에게 잘 알려지지 않은 조직의 일상과 활약을 소설로 엮어 조명하는 작업을 시작하면서, 저는 이 책이 특정 정부 부처를 홍보하기 위한 어용 문학이나 프로파간다가 되지 않도록 각별히 주의하였습니다. 대한민국의 다른 모든 행정 기관과 마찬가지로 기이현상청 역시 공과 과가 공존하는 집단입니다. 세계적으로 모범이 될 만큼 훌륭한 시스템이 갖춰져 있는가 하면 중대한 규정 위반이 밥 먹듯 일어나기도 하고, 맡은 바 책임을 다하고자 불철주야 노고를 아끼지 않는 헌신적인 구성원이 있는가 하면 허구한 날 국민의 혈세를 탕진할 뿐인 구성원 또한 안타깝게도 적잖이 있습니다. 기이현상청의 이러한 명암을 작품 내에 가능한 한 솔직히 담아내겠다는 저의 의도가 독자 여러분께 부디 잘 전달되었길 바랍니다.

이 책에 실린 단편 다섯 편의 핵심 소재 또한 실제로 기이 현상청이 담당한 사건으로부터 아이디어를 얻은 것이 많습니다만, 소설의 형태로 엮는 과정에서 극적 재미를 위해 상당 부분을 각색하였습니다. 각 단편의 주요 각색 사항은 다음과 같습니다.

〈노을빛〉: 실제 기재부 특수예산과의 예산안 편성 과정은 아마 작중 서술보다는 훨씬 복잡할 것입니다. 하지만 해당 부서에서 취재 요청에 응해 주지 않았기 때문에 대다수 묘사는 어쩔 수 없이 순전한 상상에 따라야 했습니다. 기이현상청 행정3팀 직원 영희예 씨는 기이현상청 취재 당시 많은 도움을 주셨던 직원분을 모델로 하였으며, 당사자의 허락을 받아 작중에 등장시켰습니다. 현재 기이 제397-3호는 존재하지 않으며, 1호와 2호는 모두 수장고에 보관되어 있다고 합니다.

〈주문하신 아이스크림 나왔습니다〉: 아케메네스 왕조 시기에 만들어진 **정령 항아리** 유물 일부에 생성적 적대 신경망 원리가 적용되었으리라는 가설은 흥미롭지만, 학계의 주류 의견은 아니며 여러 반론 역시 제기된 바 있습니다. 해당 원리를 사용한 정령 항아리가 제한적인 학습 능력을 발휘해 현대의 아이스크림마저 그럴듯하게 재현 가능하리라는 설명은 상당 부분 과장된 것입니다. 캐나다 유학 중에 웬디고에 씌었다는 고조은 씨의 과거사는 친척의 경험담에서 가져왔는데, 듣기론 지금은 그럭저럭 잘 지내는 모양입니다.

〈잃어버린 삼각김밥을 찾아서〉: 글의 전체적인 얼개는 2011년에 광명 연구개발특구에서 일어난 시제품 유출 해프닝을 바탕으로 하였지만, 작중 내용과는 달리 현실에서 해당 사건은 단순한 책임자의 실수로 벌어진 일이며 배후에 일루미나티의 음모가 있지는 않았다고 합니다. 한편 태백 구문소 전기 고생대 지층 및 하식 지형에서 촉수가 달린 기괴한 옛 생명체의 그림자를 마주했다는 기이 사건 보고는 1990년대 말에서 2000년대 초에 걸쳐 두 건 있었을 뿐이며, 그것이 정말로 인류의 먼 조상인지는 물론, 실존하였는지조차도 현재로서는 명확하지 않았습니다.

〈마그눔 오푸스〉: 명주영능의 모델이 된 업체는 실제로 명주군에 있으며, 제 취재에 적극적으로 협조해 주셨습니다. 다만 서시니 팀장만큼은 해당 업체 직원이 아니라 어릴 적 친하게 지내던 일산 지역의 한 신적 기이를 모델로 하였습니다. 일산신도시 개발 당시 국가와 지역 신흥 종교 사이에서 빚어진 갈등 이야기를 들려준 것도 그 친구입니다. 원래는 당시의 일을 더욱 직접적인 소재로 삼으려고 하였으나, 친구에게 들은 내용을 제외하면 참고할 만한 자료가 지나치게 적었기 때문에 차라리 전반적인 얼개만 남기고 배경부터 사건 경위까지 전부 창작하는 것이 좋겠다고 결론지었습니다.

〈왕과 그들의 나라〉: 경복궁 내에서 상습적으로 무허가 제례를 벌인 지정기이 단체가 승인 취소된 실제 사건을 바탕으로 한 단편이지만, 경복궁 전체가 세종의 정신세계에 집어삼켜진다는 작중 전개는 순전한 제 상상입니다. 세경이 사용하는 상고 부적술에 대한 묘사 역시 마찬가지입니다. 한편 광명 연구개발특구에서는 살상용 무기를 개발하지 않으며, **노자의 콧노래**는 어디까지나 휴대용 전자레인지 목적으로 만들어진 시제품의 코드네임입니다. **상처이빨 랏지** 역시 공식적으로는 존재하지 않음을 알려 드립니다.

지금까지 썼던 그 어떤 글보다도 더욱 대한민국의 현실에 단단히 바탕을 둔 소설 시리즈를 창작하는 일은 사뭇 힘들면서도 뿌듯한 작업이었습니다. 창작의 아이디어를 얻기 위해 2004년부터 지금까지의 기이현상청 업무 보고서를 독파하며 느낀 흥미진진함을 독자 여러분이 이 책을 읽는 동안 함께 느껴 주셨다면 저로서는 이 이상 기쁠 수 없을 것입니다. 끝으로 본 작품의 집필 전반에 걸쳐 많은 도움을 주신 광명과학기술대학교의 천여와 교수님께 깊은 감사를 드립니다.

이산화

프로듀서의 말

지난해 여름, 무더운 날씨가 이어지던 가운데 산화 작가님께 이메일 한 통을 받았습니다. "시대의 부름을 받아 썼습니다."라는 짤막한 멘트와 함께《기이현상청 사건일지》라고 제목이 붙은 파일이 첨부되어 있었습니다.

사실 제가 기다리고 있던 원고는 아니었습니다. 원래 왔어야 할 것은 그해 겨울부터 봄에 걸쳐 함께 열심히 준비했던 다른 작품이었지요. 그러나 시대의 부름을 받아 썼다던 그 원고를 읽지 않을 도리가 없었습니다. 그리고 세상에 잘 알려지지 않은 조직에 대한 명과 암을 소설이라는 장르가 담아낼 수 있는 최대치의 한계로 표현하는 이 작품을 외면할 수는 더더욱 없었습니다.

그 후로는 담당자로서, 작가님께 실제 업무 보고서 열람을 요청해 문건의 신뢰도를 확인했습니다.(다만 저는 문건 일부만 확인 가능했습니다.) 또한 작가님께서 〈작가의 말〉에서 밝히신 것처럼 기이현상청에 대한 일종의 홍보물 혹은 프로파간다가 되지 않도록 체크리스트를 작성하여 표현의 수위를 점검했습니다. 물론 극적 재미를 위해 각색된 부분은 작가님의 의중에 따라 최대한 신고자 노력했음을 밝힙니다.

다시 말씀드리자면 이 사건일지를 이렇게 책으로 만들어 세상에 정식으로 공개하기까지 많은 우여곡절이 있었습니다. 그 사연을 일일이 말씀드리기에 이 지면이 적절한 자리는 아니기에 언젠가 기회가 온다면 명명백백 알려 드릴 수 있으리라 믿습니다. 한 가지 아쉬운 지점이 있다면 제가 알고 있기로 작가님께서 대단한 분량의 업무 보고서를 가지고 계심에도, 이번 책에는 다 실을 수 없었다는 것입니다. 기이현상청이 설립된 역사와 베일에 가려진 초대 청장에 대한 기록 등 앞으로도 파헤쳐야 할 기록과 기이한 사건들이 여전히 많이 남아 있기에 역시 언젠가는 후속 시리즈도 빨리 볼 수 있기를 희망합니다.

끝으로 본 작품이 책으로 무사히 등록되어 나올 수 있도록 애써주신 국립중앙도서관 산하 '기이서지정보관리위원회'의 담당자분께 깊은 감사를 드립니다.

안전가옥 스토리 PD
윤성훈

기이현상청 사건일지

1판 1쇄 발행 2022년 4월 20일
1판 2쇄 발행 2022년 5월 30일

지은이 이산화

기획 안전가옥
콘텐츠 총괄 이지향
프로듀서 윤성훈, 이은진
　　　　　　김보희, 반소현, 신지민, 임미나
　　　　　　정지원, 조우리, 황찬주
퍼블리싱 박혜신, 이범학, 임수빈
편집 김미래(쪽프레스)
디자인 이경민
일러스트 SF소년단
경영전략 나현호
서비스 디자인 김보영
비즈니스 이기훈, 임이랑
경영지원 홍연화

펴낸이 김홍익
펴낸곳 안전가옥
출판등록 제2018-000005호
주소 04779 서울특별시 성동구 뚝섬로1나길 5,
　　　헤이그라운드 성수 시작점 201호
대표전화 (02) 461- 0601
전자우편 marketing@safehouse.kr
홈페이지 safehouse.kr

ISBN 979-11-91193-49-7 (03810)
값 13,000원